Au nom du père

Françoise Bourdin

Au nom du père

ÉDITIONS
FRANCE
LOISIRS

Ce livre est une œuvre de fiction. Les noms, les personnages, les lieux et les événements sont le fruit de l'imagination de l'auteur ou utilisés fictivement. Toute ressemblance avec des personnes réelles, vivantes ou mortes serait pure coïncidence.

Édition du Club France Loisirs,
avec l'autorisation des Éditions Belfond

Éditions France Loisirs,
123, boulevard de Grenelle, Paris
www.franceloisirs.com

© Belfond, un département de Place des Éditeurs, 2015.

ISBN: 978-2-298-09153-3

À tous mes amis du Pheb,
cette nouvelle histoire
écrite avec bonheur et passion !

1

Dan regarda sans les voir les trophées alignés sur les étagères de la vitrine. Il les avait trop souvent détaillés pour y être encore sensible. Toute la carrière de son père s'affichait là, bien en évidence, proclamant la gloire d'un champion.

Un *ancien* champion, ce qui rendait la chose à peine plus supportable. Durant près de dix ans, Gabriel Larcher s'était illustré sur les circuits, se mesurant avec succès aux plus grands pilotes de l'époque. Certains disaient qu'il avait eu la chance de trouver l'écurie providentielle et les bons sponsors, d'autres murmuraient qu'il avait eu de la chance tout court car il s'était parfois comporté comme une tête brûlée.

Dan soupira et se détourna. Être une *tête brûlée* lui semblait un terme assez flatteur. Certes, à l'époque de son père, courir en Formule 1 était encore plus dangereux qu'aujourd'hui, les règles strictes de sécurité ne s'étant peu à peu mises en place qu'au fil des accidents mortels. Gabriel était connu pour prendre des risques et en infliger aux autres. En se faisant un nom, il s'était fait des ennemis. Cependant, à tort ou à raison, il demeurait un grand vainqueur et les gens se souvenaient de lui. Dan avait voulu suivre ses traces, marcher dans ses pas, hélas il n'y était pas parvenu et il ne se remettait pas de cet échec.

Pourtant, qu'avait-il à se reprocher ? De n'avoir pas été assez fou, assez doué ? Il s'était donné à fond, parfois même surpassé, mais ça n'avait pas suffi. Était-ce donc si difficile de réussir ? Pouvait-on accuser le mauvais sort, la pluie, les mécaniciens, les pneus ? Le pilote n'était qu'une partie d'un tout. Néanmoins, quelques-uns parvenaient à se distinguer, y compris au volant d'une voiture médiocre. Parfois, une ascension fulgurante prouvait que, malgré tout, l'homme comptait autant que la machine, quoi qu'en pensent les ingénieurs.

Dan s'éloigna de la vitrine, agacé d'être resté planté là. Personne n'aurait compris qu'il expédie toutes ces coupes au fond d'un placard, pourtant il en mourait d'envie. Son père aurait pu les conserver chez lui, toutefois les exposer ici avait un intérêt commercial. En les découvrant, les clients restaient bouche bée ou bien hochaient la tête d'un air entendu. Le nom de Larcher était un sésame chez les mordus d'automobile. Dan songea avec amertume que sa propre sœur contribuait au prestige de la famille puisqu'elle parvenait à gagner des rallyes. Sa petite sœur ! Heureusement, son frère Nicolas avait fait d'autres choix, la vitesse et le bruit des moteurs ne l'ayant jamais intéressé.

Il quitta le hall d'accueil et gagna le parking balayé par un vent glacial. Alors qu'il rejoignait sa voiture, Valentine arriva au volant de la sienne.

— Dan, Dan ! hurla-t-elle, agitant un bras par la fenêtre.

À peine arrêtée, elle se rua sur lui.

— Tu n'as pas vu ma course d'hier ? Je t'ai envoyé la vidéo, tu ne vas pas en croire tes yeux !

— Je l'ai regardée en arrivant ce matin.

— Alors ?

— Tu as été brillante…

— C'est tout ? Papa m'a téléphoné pendant un quart d'heure, il avait plein de choses à me dire. Pas toujours gentilles, mais tu le connais.

— Bien sûr, soupira-t-il.

Puis, devant l'air déçu de sa sœur, il s'empressa d'ajouter :

— Bravo, ma puce. Je le pense sincèrement. Et ton copilote est formidable, ne t'en sépare jamais.

— Hors de question, on s'entend trop bien. Tu déjeunes avec moi ? Je t'invite pour fêter ça ! J'ai appelé Nick, il est d'accord, alors pour une fois on sera tous les trois ensemble.

L'enthousiasme de Valentine était communicatif, comme son sourire.

— Où ça ? voulut-il savoir. Tu nous offres une bonne table, j'espère ? Il y a *La Sauvagine* et aussi…

— Non, au bistrot du village, il faut encourager le commerce local ! Mais avant…

Elle prit un air ingénu qu'il ne connaissait que trop bien.

— Tu me laisses faire un tour sur la piste de kart ?

Jamais elle ne s'était tout à fait guérie de son amour d'enfance pour le karting. À l'époque, leur mère aurait voulu s'y opposer, déjà malade de peur quand son mari disputait un Grand Prix. Que Valentine soit elle aussi passionnée par ce genre d'engins la rendait folle. Évidemment, Gabriel avait encouragé sa fille. Elle avait goûté au Minikart à six ans, était passée en Minime à dix, en Cadet à onze, puis en Nationale où elle avait obtenu la place de troisième au championnat de France. Dès sa majorité, dans la catégorie Superkart qui offrait des circuits plus longs, elle avait été remarquée par un constructeur automobile et s'était lancée dans les rallyes. Depuis trois saisons, elle courait pour une marque allemande et commençait à engranger de jolis succès.

— Va t'amuser sans rien casser, soupira Dan. Le mécano est dans l'atelier.

— Je te retrouve à l'auberge à midi et demie !

Elle s'éloigna à grandes enjambées, les mains enfouies dans les poches de sa parka. Malgré l'épaisseur du vêtement, sa silhouette semblait fine et vulnérable. Un tout petit bout de femme, comme disait leur père avec attendrissement.

Dan rejoignit sa voiture, une Alfa-Romeo avec laquelle il s'amusait sur les petites routes. Mais il ne faisait plus que s'amuser modestement, déterminé à conserver tous les points de son permis de conduire. Il avait la responsabilité de l'affaire familiale et devait donner des gages de sérieux, se faire arrêter en excès de vitesse serait une très mauvaise publicité.

Appuyé à la carrosserie, il laissa errer son regard sur le paysage. Au-delà du circuit à l'asphalte impeccable, la plaine s'étendait jusqu'à un vaste étang. Plus loin, la forêt reprenait ses droits et fermait l'horizon. L'endroit était dégagé, comme une immense clairière au milieu des bois. En achetant ces soixante hectares, Gabriel avait fait une bonne affaire. Les amateurs de chasse jugeaient que la trouée était trop importante pour recéler du gibier et, bien que situés au cœur de la Sologne, ces terrains n'avaient pas trouvé acquéreur avant lui. Pour obtenir les autorisations nécessaires à la construction du circuit automobile, de la piste de kart et des bâtiments, il avait fait jouer ses relations, usé de son nom. Le pari était risqué, mais il l'avait gagné. Ou, plus exactement, c'était Dan qui avait assuré la réussite de l'entreprise en s'y consacrant. Avec six ans de recul, Gabriel prétendait qu'il avait monté cette affaire pour *occuper* son fils aîné, voire pour le *consoler*. Des phrases qui hérissaient Dan car c'était faux. Jamais Gabriel ne s'était vraiment soucié du devenir de ses enfants, son égoïsme l'empêchant d'y songer. Passionné par sa propre carrière, il avait cherché à construire sa légende, puis il s'était apitoyé sur lui-même lorsque son étoile avait pâli. L'idée du circuit résultait d'une discussion de fin de soirée arrosée où chacun s'était amusé à lancer des suggestions farfelues. Dan y avait réfléchi sérieusement par la suite. Il savait qu'il ne serait jamais un grand pilote, cependant il continuait d'aimer les voitures et ne voulait pas s'en éloigner. Nicolas lui-même, peu concerné, s'était enthousiasmé en écoutant son frère développer les grandes lignes de ce qui devenait un véritable projet. Il s'agissait d'offrir au public une formation à la conduite et à la sécurité routière, d'éventuels stages de pilotages ou une simple initiation, ainsi que la possibilité pour les possesseurs de voitures rapides de venir s'ébattre sur un circuit protégé. Évidemment, les infrastructures allaient coûter cher, mais on les rentabiliserait en ajoutant tout un catalogue d'options. Une piste de kart destinée aux plus jeunes s'imposait, on pouvait aussi offrir aux constructeurs un endroit idéal pour leurs présentations et démonstrations, réserver des créneaux horaires aux fanatiques de moto, proposer aux amoureux des vieilles voitures de venir faire leurs défilés. Les possibilités se multipliaient, et Dan s'emballa carrément en allant jusqu'à rêver d'hébergement ou de restauration sur place.

Les travaux prirent toute une année au bout de laquelle les pistes furent homologuées. Le circuit Larcher put voir le jour avec les honneurs de la presse régionale et spécialisée. Dan se mit à l'informatique, Valentine proposa son aide lorsqu'elle ne serait pas en compétition, un moniteur et un pilote furent engagés. Malgré tout, les débuts se révélèrent un peu difficiles, il fallut attendre que le bouche-à-oreille fonctionne pour obtenir les premiers résultats. À présent, l'affaire ronronnait et Gabriel se plaisait à dire qu'il avait bien placé son argent. Il oubliait de parler de Dan, présentait l'idée originale comme la sienne et se laissait féliciter pour sa clairvoyance. En réalité, il ne venait sur le circuit Larcher que pour s'y montrer lors de manifestations prestigieuses et avait dès le début abandonné la gestion et les contraintes à son fils.

Percevant le miaulement caractéristique d'un moteur de kart, Dan ébaucha un sourire. Valentine s'amusait, tant mieux. Le mécanicien devait la regarder passer, admiratif et complaisant, satisfait d'avoir un vrai pilote sur la piste. Au bout de quelques tours, elle s'arrêterait pour discuter avec lui et oublierait l'heure. Mais Nicolas était toujours ponctuel, aussi Dan décida-t-il de le rejoindre à l'auberge sans attendre.

*

Nicolas avait terminé sa tournée de visites à domicile vaguement inquiet. Les gastro-entérites

14

apparaissaient un peu tôt cet automne, alors que l'épidémie ne se déclarait en principe qu'au début de l'hiver. Si cette tendance se confirmait, il allait avoir beaucoup de travail et des horaires en conséquence. Lui resterait-il du temps pour la chasse ? Au fond, peu importait puisqu'il répugnait à tuer du gibier. Il conservait son permis pour le plaisir d'entreprendre de grandes marches avec son chien, et celui d'être un interlocuteur valable face à certains de ses patients. Les vieux Solognots aimaient parler de traque et d'affût, de battues ou d'approche. Nicolas les écoutait, hochait la tête et orientait la conversation vers des sentiers secrets, des étangs perdus, des sous-bois aux taillis inextricables. Il passait pour un connaisseur, et l'armurier de La Ferté-Saint-Aubin ne le trahissait pas alors qu'il ne lui avait pas vendu une seule boîte de cartouches depuis dix ans.

Il poussa la porte de l'auberge, salua le patron et gagna le fond de la salle où il s'installa. Être le premier ne l'étonnait pas, il préférait l'avance au retard, heureux d'avoir quelques instants de répit. Mais Dan arriva presque aussitôt, chaleureux et souriant.

— Deux kirs à la liqueur de fraise ! réclama-t-il en passant devant le comptoir.

— Valentine n'est pas avec toi ? s'étonna Nicolas.

— Elle fait la folle sur la piste de kart, donnons-lui un quart d'heure. Comment va, petit frère ?

— Trop de boulot, comme toujours. Et toi ?

— Pas mal de réservations. Même si ça ne tourne pas à plein régime, on s'en sort bien.

— *Tu* t'en sors bien...

Nicolas but deux gorgées de son kir puis considéra son frère avec attention.

— As-tu regardé papa à la télé, hier soir ?

— Ça passait hier ?

— À une heure tardive, oui.

— J'ai complètement oublié !

— Alors, je te suggère de la visionner en replay sur ton ordinateur. C'est… très intéressant.

Gabriel avait été sollicité pour une longue interview, entrecoupée d'images d'archives, dans une émission retraçant des carrières de champions sportifs. Nicolas se pencha au-dessus de la table et chuchota :

— Il a été odieux.

— Avec le journaliste ?

— Non, de ce côté-là, il sait se mettre en valeur. Je ne t'en dis pas plus, tu verras par toi-même.

Dan essaya de poser une question mais l'arrivée de Valentine l'en empêcha. Elle se laissa tomber sur la banquette, à côté de Nicolas qu'elle embrassa.

— Il faut que tu me fasses un certificat médical, lui annonça-t-elle.

— De complaisance ?

— Mais non ! De bonne santé, c'est tout. Vous avez étudié l'ardoise ? Moi, je prends une omelette aux girolles et une salade de cresson avec un chavignol.

Ils se rallièrent à son choix et passèrent la commande au patron. Volubile, Valentine revint sur sa course de la veille qu'elle raconta en détail. Depuis toujours, elle avait besoin d'émotions et de sensations fortes, menant sa vie tambour battant. À la voir, petite et menue, on imaginait mal sa force de caractère et sa témérité. Très brune, ses cheveux courts encadraient un visage aux traits fins où brillaient des yeux sombres, dessinés en amande. Elle n'offrait aucune ressemblance avec ses frères, grands et athlétiques, aux cheveux blond cendré et aux yeux d'un bleu très clair, presque délavé, comme leur père. Les deux hommes se différenciaient par leurs caractères. Dan avait pris son rôle d'aîné au sérieux, il était perfectionniste, exigeant, et si le fait de n'avoir pas réussi dans sa carrière de pilote restait une véritable blessure pour lui, il n'en montrait rien. Courant les filles dans sa jeunesse, il s'était calmé d'un coup lorsqu'il avait rencontré Mallaury, qui était devenue sa femme. De son côté, Nicolas n'aurait suivi l'exemple de son père ou de son grand frère pour rien au monde. Tourner sur un circuit, enfermé dans un bolide d'acier, lui semblait absurde. Il s'était démarqué très tôt de la passion familiale, préférant le tennis au sport automobile et privilégiant de longues marches solitaires en forêt pour marquer son indépendance. Dès l'obtention de son bac, il s'était inscrit en faculté de médecine à Paris où il avait mené une joyeuse vie d'étudiant durant plusieurs années, réussissant ses examens et ses concours. Mais s'il avait semblé apprécier son existence dans la capitale, il était pourtant revenu en Sologne pour y exercer. Comme raison de son choix, il invoquait la nature, qui lui avait beaucoup manqué. C'était vrai, en partie du moins. Certes, il s'était ennuyé des immenses forêts qu'il aimait tant arpenter, des automnes flamboyants ou des brumes hivernales sur les étangs. Il éprouvait aussi l'envie de se rapprocher de sa famille, d'avoir une maison et un chien car il ne se sentait vraiment pas une âme de citadin. Enfin, il avait la certitude de se constituer rapidement une clientèle dans une région désertée par les médecins. Mais la cause principale de son retour se trouvait ailleurs, si douloureusement enfouie dans son cœur qu'il ne souhaitait pas l'évoquer. Une insupportable déception amoureuse l'avait laissé hagard, meurtri, et très méfiant envers les femmes.

—Je vais prendre un sanciau, décréta Valentine qui venait d'engloutir son déjeuner avec un appétit féroce.

Cette crêpe épaisse, garnie de pommes caramélisées, était son dessert favori.

—Tu finiras par grossir, l'avertit Dan.

—Non, elle brûle tout, elle est toujours en mouvement…

Nicolas regardait sa sœur avec une bienveillance amusée, et Dan haussa les épaules.

—La Faculté a parlé !

—Je vais payer au comptoir et nous commander des cafés, annonça-t-elle.

Tout en la suivant des yeux, Nicolas chuchota :

—Ne lui parle pas de l'émission. Elle ne l'a pas vue hier puisqu'elle n'était pas là, tant mieux.

Quand ils quittèrent l'auberge, dont ils avaient été les seuls clients, ils furent surpris par une pluie fine qui tombait sans bruit. Le ciel était sombre, gris plombé.

—J'ai des clients cet après-midi, je vais leur apprendre à freiner sur une piste mouillée ! lança gaiement Dan.

Chacun regagna sa voiture en courant, et bien entendu Valentine fut la première à démarrer.

*

Gabriel pouvait se féliciter de n'avoir jamais vendu la maison dont il avait hérité à la mort de ses parents. Au début, il l'avait considérée comme un simple endroit de villégiature où emmener sa femme, Albane, et leurs trois enfants en bas âge. Chaque séjour donnait lieu à des transformations, des aménagements, et la propriété semblait toujours plus ou moins en chantier. Jusqu'au moment où Albane avait décrété qu'elle voulait vivre là désormais, avec les trois petits. Les incessants voyages de Gabriel justifiaient sa décision. Quitte à être seule sans son mari qui disputait des Grands Prix dans le monde entier, elle souhaitait s'organiser une vie paisible loin des circuits. Tombée amoureuse de la région, elle ne lui voyait que des avantages. Les enfants se retrouvèrent d'abord demi-pensionnaires dans une école privée d'Orléans, puis carrément en pension quand Albane en eut assez de faire la route. Car la propriété était située dans un endroit très isolé, entre La Ferté-Saint-Aubin et Chambord. Les bâtiments portaient l'empreinte identitaire forte de la Sologne avec des façades en brique à coins de pierre et des toits d'ardoise pentus. À l'entrée de la propriété, la maison du garde-chasse, tout à fait indépendante, avait été restaurée avec soin, dans le but de la louer. Mais finalement, c'était Nicolas qui l'occupait depuis son retour. Il avait tenu à payer un loyer afin de ne pas se sentir redevable, et comme il souhaitait conserver son indépendance, jamais il n'allait frapper chez ses parents. En revanche, Gabriel avait essayé de lui rendre visite chaque fois qu'il avait besoin de voir un médecin, et Nicolas avait dû se montrer ferme pour l'en dissuader. « Je ne soigne pas ma propre famille, c'est déconseillé, et de toute façon je ne consulte qu'à mon cabinet, je n'ai aucun matériel ici. » Gabriel s'était vexé, mais il avait cédé.

Albane, au contraire, respectait l'intimité de son fils. Elle le savait capable de quitter sa maison du jour au lendemain s'il se sentait envahi. En conséquence, elle faisait venir un autre praticien quand Gabriel était malade. Indulgente, elle avait compris depuis longtemps que son mari supportait mal de ne plus jouir de ses anciens privilèges, aussi s'arrangeait-elle pour l'entourer d'attentions et faciliter son quotidien. Mais elle le faisait machinalement, avec une sorte de distraction – ou de distance – qui trahissait son détachement. Elle estimait avoir accompli son devoir en supportant durant de nombreuses années une vie d'épouse de champion et de mère au foyer, aussi ne comptait-elle pas finir en dame de compagnie ou, pire, garde-malade. Gabriel riait jaune de toutes les activités qui avaient peu à peu envahi l'existence de sa femme. Alors qu'il avait soixante-quatre ans, et elle cinquante-six, les rôles semblaient à présent inversés dans leur couple. Elle sortait beaucoup, voyait des amies, était membre de plusieurs associations. Parfois, Gabriel avait l'impression de la découvrir, mais sans doute ne s'était-il jamais donné la peine de l'observer. Comme elle avait été une ravissante jeune femme – ce qui avait séduit Gabriel à l'époque de leur rencontre –, elle était aujourd'hui une belle femme d'âge mûr. Tandis qu'il se laissait aller, elle continuait à prendre soin d'elle, ainsi qu'elle l'avait toujours fait.

— Il y a longtemps qu'on n'a pas vu les enfants ! constata-t-il en tendant la main vers le plat de macarons.

— Nous les aurons tous à dîner demain soir.

— On fête quelque chose ?

— Mon anniversaire, répliqua-t-elle avec un petit sourire.

— Déjà ? Le temps passe à une vitesse…

— Ne te cherche pas d'excuse. D'ailleurs, tu as tout loisir de me trouver un cadeau d'ici là.

— De quoi as-tu envie ?

— Fais travailler ton imagination.

Ils prenaient le thé dans cette immense pièce à vivre qu'elle avait agencée bien des années plus tôt en abattant les murs. De part et d'autre de la haute cheminée de pierre blanche, deux bergères faisaient face à un vieux canapé au cuir râpé. C'était l'endroit où elle aimait lire et se reposer tout en étant au cœur de la maison. Sur l'un des murs, les éléments d'une cuisine très moderne s'alignaient face à un comptoir de brique flanqué de tabourets de bar. Au-delà se trouvaient une solide table de chêne blond et deux bancs provenant d'un monastère. Plus loin, sous les baies vitrées qu'Albane avait fait percer, six fauteuils anglais de velours taupe entouraient un grand coffre aux ferrures de bronze. Dans un coin, une table de bridge et quatre petites chaises attendaient les joueurs. Le long des poutres du plafond, des rails de spots éclairaient l'ensemble d'une lumière chaude dès que le jour baissait. Au sol, des ardoises de diverses tailles formaient un savant puzzle moiré. Pour le visiteur, l'aspect de cette grande salle était déconcertant au premier abord, mais très vite la convivialité du lieu s'imposait. On y était bien partout, chaque espace reflétant une ambiance différente. Avant d'être en âge de quitter la maison, Dan, Nicolas et Valentine avaient adoré se tenir là.

Albane resservit du thé, ignorant la grimace de Gabriel. Si elle n'avait pas imposé cette habitude de l'après-midi, Gabriel aurait commencé à boire bien avant l'heure de l'apéritif. Ils étaient installés sur les tabourets, de part et d'autre du comptoir, et le plat de macarons se vidait.

— Tu devrais arrêter, suggéra Albane.

— J'ai grossi ? s'enquit-il d'un air innocent.

— Oui, et tu le sais.

Elle savait aussi qu'il s'ennuyait mais qu'il n'avait pas le courage d'y remédier. Il aurait fallu qu'il s'intéresse à autre chose qu'à lui-même et à son passé. L'adrénaline des circuits et la vanité de la gloire lui manquaient cruellement, il n'avait toujours pas réussi à tourner la page. Albane s'abstenait de le plaindre car elle le jugeait responsable de son sort. Elle ne se sentait pas assez altruiste pour compatir ni assez méchante pour se moquer de lui. De son côté, elle estimait avoir fait sa part du travail en élevant leurs trois enfants et en améliorant sans cesse la maison. Alors, pas question d'utiliser les bonnes années qui lui restaient à tenir la main d'un homme aigri. S'il ne voulait pas s'adapter, tant pis pour lui. Quelques semaines plus tôt, lorsqu'on l'avait contacté au sujet de cette émission produite par une grande chaîne, il avait paru s'animer. Il s'était préparé à l'interview en relisant de vieilles coupures de journaux, tout fier de retrouver de l'importance.

Il en parlait du matin au soir, et Albane l'avait jugé un peu pathétique. Bien entendu, une fois l'événement passé, il était redevenu morose.

— J'irai à Orléans demain, décida-t-il. Veux-tu venir ?

— Non, pas si tu me cherches un cadeau !

Elle se mit à rire, égayée à l'idée d'avoir sa famille réunie autour d'elle. Contrairement à son mari, elle profitait toujours des bons moments. Se tournant vers la cheminée, elle observa le labrador noir qui dormait paisiblement, roulé en boule sur l'une des bergères. Plus tard dans la soirée, quand il se lèverait et demanderait impatiemment à sortir, ce serait le signe que Nicolas rentrait chez lui. Comme tous les chiens, il percevait des sons inaudibles pour les humains et ne se trompait jamais. Albane était ravie de le garder, et quand elle lui ouvrait la porte, elle le regardait galoper ventre à terre puis disparaître au tournant de l'allée. Il était comme un lien entre elle et son fils, silencieux, fidèle, infaillible. C'était d'ailleurs lui qui avait instauré l'habitude de ces allées et venues, trouvant seul le chemin entre les deux maisons.

— On ne peut plus s'asseoir là-dessus, ronchonna Gabriel en désignant le chien.

— Je la lui ai abandonnée, c'est *sa* bergère. Il n'aime pas être seul toute la journée, et j'apprécie sa compagnie.

— Les chiens dorment par terre, fit-il remarquer.

Le genre de maximes qu'il martelait volontiers sans qu'elle s'en émeuve. Ceux qui la croyaient effacée se trompaient, au fond, elle n'en avait toujours fait qu'à sa tête.

—Si Nicolas était marié, comme tout le monde, il…

L'éclat de rire d'Albane l'interrompit net.

—Comme *tout le monde*? répéta-t-elle, hilare. Parfois, j'aimerais t'enregistrer!

Elle se mit à débarrasser les tasses et enleva le plat de macarons au moment où il essayait d'en saisir un.

*

Atterré, Dan revint en arrière avec le curseur pour réécouter les réponses de son père aux questions du journaliste.

—*Votre fils aîné, Daniel, avait débuté avec succès en F3, mais il s'est retiré de la compétition après un accident.*

—*Je crois qu'il a bien fait.*

—*En revanche, le début de carrière de votre fille Valentine est très prometteur. Verra-t-on finalement une dynastie Larcher dans le sport automobile?*

—*On ne peut pas comparer la F1 et le rallye. Ce n'est d'ailleurs pas un hasard s'il n'y a pas de femme pilote. Quelques-unes ont essayé, sans succès. Je me souviens que la seule à avoir remporté un demi-point au championnat du monde s'appelait Lella Lombardi, et c'était il y a très longtemps…*

—*Pourtant, on parle aujourd'hui d'une jeune Suissesse qui pourrait bien obtenir un baquet.*

—*Une exception, pourquoi pas? Je sais à qui vous faites allusion, malheureusement, jusqu'ici, elle a surtout multiplié les sorties de piste! Elle n'est pas titulaire ni même pilote de réserve mais seulement affiliée dans l'écurie qui espère la former. Entre les courses d'Indy Car et la F1, il y a un monde…*

— *Je vois que vous vous tenez au courant ! Êtes-vous resté proche du milieu automobile ?*

—*Non, j'ai d'ailleurs refusé pas mal de postes de conseiller. Je préfère regarder tout ça de loin. L'époque a tellement changé ! On a limité la puissance des moteurs, érigé des règles si contraignantes pour les constructeurs que toutes les voitures finissent par se ressembler. C'est moins sportif qu'avant.*

Avec la souris, Dan mit sur « pause ». Pas un mot concernant les succès de Valentine, Gabriel avait préféré parler d'autre chose. Et il semblait regretter le temps où les accidents mortels s'étaient succédé. Aux yeux de Dan, il offrait une image négative et obsolète. Agacé, il reprit l'audition de l'interview.

— *Vous avez ouvert un circuit privé en Sologne. Dans quel but ?*

—*Pour répondre à des besoins actuels. Les gens sont intéressés par l'éco-conduite et la sécurité routière. Pour être responsable au volant, il faut apprendre dans de bonnes conditions, en situation réelle, ce que n'offre aucune auto-école. Quant à la Sologne, où je suis né, c'est une région magnifique ! Lors de l'élaboration des plans du circuit, j'ai été très attentif à l'environnement.*

Dan leva les yeux au ciel, exaspéré. Son père récitait une leçon bien apprise, alors qu'en réalité il avait fallu le convaincre de respecter des normes strictes pour ne créer aucune nuisance. Dan se souvenait de discussions houleuses où il avait dû le persuader, soutenu par Nicolas que le projet n'intéressait pourtant pas.

— *Donnez-vous des leçons de conduite vous-même ?*

—*Mon Dieu, non ! J'ai engagé de jeunes pilotes, sérieux et pédagogues.*

— *Nous allons maintenant regarder quelques images de vos victoires en Grand Prix, que je vous laisse commenter.*

Dan passa en mode accéléré. Il connaissait par cœur tous ces extraits de courses et n'avait aucune envie de les revoir, encore moins d'entendre son père rabâcher les mêmes phrases. Lorsqu'il était enfant, il visionnait les vidéocassettes durant des heures, éperdu d'admiration. Il avait longtemps rêvé de monter un jour dans ces bolides, de pulvériser des records, d'être à son tour celui qui secoue le magnum de champagne sur le podium, entouré de jolies filles. Des rêves de gosse que la réalité avait laminés.

Du coin de l'œil, il vit le générique de fin défiler et il ferma la cession de son ordinateur. À ce moment-là seulement, il sentit la main de Mallaury sur son épaule.

— Il est… stupéfiant, déclara-t-elle doucement.

Il se tourna vers elle pour croiser son regard. Jamais il ne se lasserait de ses yeux verts, de ses longs cheveux auburn, de sa voix rauque si chaleureuse.

— Je me demandais si papa est un monstre d'égoïsme et d'orgueil, ou bien si je suis seulement très jaloux de lui.

Elle s'esclaffa avec une telle spontanéité qu'il se mit à sourire.

— Jaloux de quoi, Dan?

— D'avoir gagné des courses. D'avoir connu ce vertige-là.

Avec elle, il pouvait l'avouer sans honte.

— Ce n'était pas ton destin.

— Qui sait?

—Moi, je sais. Si tu n'avais pas arrêté, je ne t'aurais pas épousé.

Elle le lui avait dit, trois mois après leur rencontre. Pas comme un chantage mais plutôt une évidence, et elle avait cessé de le voir. À ce moment-là, il courait encore, puis il avait eu ce terrible accident. Pendant son long séjour à l'hôpital, il avait beaucoup réfléchi, et beaucoup pensé à Mallaury. Parmi toutes les visites qu'il recevait, il espérait la sienne et il la bombardait de messages auxquels elle ne répondait pas. Il était habitué au succès auprès des femmes, du moins toutes celles qui hantaient les stands en se pâmant devant les pilotes, cependant Mallaury était différente, elle n'appartenait pas à ce monde-là. Désespéré par son silence, il avait fini par aller sonner chez elle sans attendre la fin des séances de rééducation. Lorsqu'elle lui avait ouvert la porte, elle ne s'était pas laissé attendrir par la minerve dont il ne pouvait pas encore se passer ni par son air implorant. Comme elle ne lui proposait pas d'entrer, il lui avait annoncé, sur le palier, qu'il renonçait définitivement à la course. Il s'attendait à ce qu'elle lui ouvre grand les bras, mais elle était restée silencieuse un long moment. Enfin, elle avait déclaré qu'elle ne voulait pas de cette responsabilité. S'il abandonnait pour elle, un jour il lui en voudrait et la détesterait. L'idée avait arraché un sourire à Dan, puis une boule s'était formée dans sa gorge. À voix basse, et sans la regarder, il s'était résigné à un aveu très douloureux. Il ne s'estimait pas suffisamment doué pour continuer. Son accident était dû à une erreur de pilotage, il le savait, et peut-être que tout le monde le savait. Il avait atteint ses limites, il n'irait pas au-delà. La minuterie s'était alors arrêtée, plongeant le palier dans la pénombre. La lumière en provenance de l'appartement mettait la silhouette de Mallaury à contre-jour et il ne pouvait pas voir son expression. En revanche, lorsqu'elle avait posé les mains sur ses épaules, il avait compris qu'il venait de gagner.

— Il n'a pas eu un seul mot pour Valentine, reprit-elle. Et quand il a évoqué le circuit, il ne t'a même pas cité ! Qui donc porte cette affaire à bout de bras sinon toi ? Mais c'était *son* émission, *son* grand soir, on reparlait de lui comme au bon vieux temps…

— On ne le changera pas, autant l'accepter tel qu'il est. Et dis-moi, ce soir-là justement, si tu as voulu aller dîner à Orléans, c'était pour m'empêcher de regarder ?

La prenant par la taille, il l'attira à lui. Chaque fois qu'elle le pouvait, elle le préservait des choses désagréables.

— Les enfants doivent avoir faim, viens…

Une fille était née peu après leur mariage, puis un garçon l'année suivante, et Mallaury avait décidé de s'en tenir là. Dan s'était tout de suite rangé à son avis, comblé.

— J'ai rapporté du travail, annonça-t-elle avec une mimique navrée. Je m'y mettrai après le dîner.

Son métier d'avocate lui prenait beaucoup de temps, cependant elle s'arrangeait toujours pour rentrer assez tôt le soir afin de s'occuper des enfants, quitte à se replonger dans un dossier lorsqu'ils étaient endormis. Éprise de justice sociale, elle défendait volontiers les plus démunis et ne s'enrichirait sans doute jamais dans sa profession, ce qui n'était pas son but. Combien d'honoraires n'avait-elle pas réclamés à des gens incapables de les payer ? Elle s'en amusait, en paix avec elle-même malgré des fins de mois hasardeuses.

— Ne pense donc plus à ton père, dit-elle en précédant Dan vers la cuisine. Il n'en vaut pas la peine.

Un jugement un peu abrupt, surtout venant de Mallaury qui était toujours bienveillante.

— Il ne supporte pas de vieillir, rappela-t-il.

Elle jeta un coup d'œil par-dessus son épaule, esquissa un sourire amusé et murmura :

— Comme tout le monde, non ?

*

Dès son installation dans l'ancienne maison du garde-chasse, Nicolas avait bricolé une sorte de chatière à la taille de son chien pour qu'il puisse aller et venir à sa guise. Ainsi, il ne se sentait pas pressé de rentrer et prenait son temps avec les malades lors de sa tournée de visites à domicile, en fin de journée. Son cabinet se trouvait à La Ferté-Saint-Aubin, une petite ville de sept mille habitants qui drainait tous les villages des environs. Nicolas aimait cette médecine rurale qui le mettait en contact avec toutes sortes de gens et de pathologies. D'un abord chaleureux, il s'était vite constitué une importante clientèle, et il redoutait d'avoir un jour trop de travail. Malheureusement, très peu de jeunes médecins souhaitaient s'installer loin des grandes agglomérations, aussi le manque de praticiens en exercice se faisait-il sentir. Chaque fois que l'un d'entre eux prenait sa retraite et n'était pas remplacé, l'afflux des patients faisait exploser les salles d'attente des confrères. Afin de ne pas se laisser déborder, Nicolas se réservait néanmoins une matinée hebdomadaire à l'hôpital d'Orléans, ce qui lui assurait une formation continue. Les progrès de la médecine et de la pharmacopée s'accomplissant à une rapidité vertigineuse, impossible de les ignorer.

Il était très satisfait de sa vie professionnelle, à défaut de l'être de sa vie privée. Bien sûr, il aurait voulu tomber amoureux, trouver une femme avec qui partager son existence, bâtir un avenir. Quand il voyait l'évident bonheur de Dan et Mallaury, il éprouvait une tristesse mêlée d'amertume. Il avait connu cet état de grâce qui lui semblait désormais aussi inaccessible qu'un paradis perdu. Mais comme il ne détestait pas la solitude, il ne cherchait pas à la remplir avec n'importe qui, préférant attendre une improbable âme sœur. Hélas, il ne parvenait plus à s'attacher, chacune de ses relations éphémères avec les femmes se soldait par un échec. Les sentiments le fuyaient et il s'en désespérait.

— Ah, te voilà ! lança-t-il à son chien en descendant de sa voiture.

La langue pendante, Aramis battait frénétiquement de la queue.

— Ne me fais pas de cinéma, tu as passé ta journée au coin du feu, couché sur une bergère…

Il se pencha pour caresser le pelage doux et chaud du labrador.

— On va se faire à dîner, lui promit-il.

À peine entré chez lui, il alluma plusieurs lampes, remonta le chauffage. Si l'automne était la plus belle des saisons en Sologne, grâce aux couleurs de la forêt et aux sempiternelles brumes de l'aube au-dessus des étangs, en revanche la température baissait de jour en jour. L'épidémie de grippe allait bientôt frapper, comme chaque année, et la campagne de vaccination avait débuté.

Contrairement à la maison de ses parents, celle de Nicolas était composée de petites pièces aux plafonds bas. Il appréciait cette configuration qui rendait l'atmosphère douillette, intime. Il avait soigné la décoration en choisissant des meubles légers, en bois cérusé, et des tissus aux couleurs franches, rouge ou bleu canard. Sous le regard intéressé d'Aramis, il mit à cuire une belle entrecôte avec une échalote émincée et quelques morilles offertes par un patient. Vivre seul n'impliquait pas pour lui de se nourrir n'importe comment.

Il se servit un verre de vin, brancha la radio sur une station de musique classique. Tout en surveillant la cuisson de la viande, il se remémora l'interview de son père, toujours choqué par certaines phrases.

— On aurait pu croire qu'il n'avait pas de famille ! maugréa-t-il.

Aramis dressa les oreilles et pencha la tête de côté, inquiet de l'intonation rageuse dans la voix de son maître. Nicolas le rassura d'une caresse avant de faire glisser le contenu de la poêle dans une assiette. Il s'installa à table, écoutant distraitement le concerto de Rachmaninov diffusé par la radio. Ainsi, aux yeux de leur père, Valentine ne comptait pas. En tant que femme, elle ne risquait pas d'avoir une aussi belle carrière que la sienne, et de toute façon ce ne serait pas dans la discipline reine de la F1.

Donc, il ne s'était pas donné la peine de parler d'elle. Concernant le circuit, à l'entendre il s'agissait de son œuvre, ce qui était archifaux. Mais le pire avait été sa manière de rabaisser Dan en affirmant qu'il avait bien fait de se retirer de la compétition. *Bien fait ?* Dan s'en était rendu malade, et leur père le savait pertinemment. Le traumatisme moral dû à la violence de l'accident aurait pu être surmonté, Nicolas en était persuadé, pourtant tout le monde avait insisté pour que Dan cesse de courir. Mallaury avait menacé de ne plus le revoir – ce qu'on pouvait comprendre –, tandis que leur père, de façon plus insidieuse, avait laissé entendre que Dan n'était pas assez doué, et bien sûr Dan l'avait cru. En réalité, il n'avait pas eu le temps de faire ses preuves et, surtout, il avait essuyé une série de malchances. Lorsqu'il avait pris sa décision, alors qu'il était encore à l'hôpital, Nicolas s'était abstenu de tout commentaire, décidé à soutenir son frère sans l'influencer. Cependant, il s'était toujours demandé quel rôle exact leur père avait joué, et il conservait de cette période une impression de malaise. Était-il injuste ? Jamais il ne s'était senti proche de Gabriel. Enfant, il le considérait avec davantage de curiosité que d'admiration, et plus de méfiance que d'affection. Tous ses copains d'école l'enviaient d'avoir un père célèbre, un pilote de F1 étant la référence absolue pour la plupart des petits garçons. Mais Nicolas le voyait seulement comme un père absent, distrait, vite agacé. Gabriel ne jouait pas au ballon avec ses fils, il ne leur avait pas appris à faire du vélo. En revanche, il les avait mis au volant d'un kart, ce que Nicolas avait immédiatement détesté. Il préférait la compagnie des animaux, et Albane l'emmenait au poney-club pendant que son frère et sa sœur tournaient sans fin au volant de leurs petites machines si bruyantes. Du coup, Gabriel ne s'était plus du tout intéressé à lui, mais il ne se souvenait pas d'en avoir souffert. Chez eux, on ne parlait que de voitures, de performances, de qualification et de pole position. Les points au championnat, une demi-seconde gagnée lors du changement de pneus : Gabriel pouvait discourir des heures, ravi de capter l'attention de Dan, ou même de Valentine. Il leur passait des vidéos de ses courses, mettait l'image au ralenti. Très tôt, Nicolas avait compris que l'univers de son père se résumait à lui-même. En ne battant pas des mains devant l'écran, en n'idolâtrant pas le champion, Nicolas s'était exclu. « Il aime bien faire bande à part ! » s'esclaffait Gabriel pour ne pas montrer qu'il était vexé. Au fil du temps, une défiance s'était établie entre le père et le fils. Aujourd'hui encore, leurs rapports s'en ressentaient.

Nicolas débarrassa la table puis versa des croquettes dans la gamelle d'Aramis. Il se prépara un café léger, grignota un carré de chocolat. S'il sortait ou recevait volontiers des amis, il appréciait aussi les soirées tranquilles. Grand amateur de films policiers, il les regardait sur sa tablette, au fond de son lit, ou bien il se plongeait dans un livre de science-fiction. Il ouvrit la porte à Aramis et fut surpris par un vent violent qui charriait de la pluie en rafales. La radio l'avait empêché d'entendre les bruits du dehors, mais une tempête s'était levée. En attendant son chien, il resta près de la porte-fenêtre, fasciné par le ruissellement des gouttes sur les carreaux. Il se sentait serein, bien à l'abri dans sa petite maison, et assez satisfait de son existence. Pourtant, quelque chose d'important lui manquait, il en était tout à fait conscient. S'il ne comblait pas ce vide, il finirait par en souffrir. Allait-il penser durant sa vie entière à un amour perdu ? À l'époque, être trahi et quitté avait failli le détruire. Toutes ses valeurs et tous ses rêves s'étaient effondrés ensemble, le laissant anéanti. Mais les années passaient, il aurait dû tourner la page depuis longtemps au lieu de rester bloqué sur ce chagrin trop souvent ressassé.

Il fit rentrer Aramis qui s'ébroua avec de grands claquements d'oreilles puis se jeta dans son panier pour s'y rouler.

— En principe, lui rappela Nicolas, les labradors ne craignent pas l'eau !

S'engageant dans l'escalier à vis, il monta se coucher.

*

Gabriel s'était endormi, mais il ne ronflait plus. Une opération de la cloison nasale avait réglé ce problème quelques mois plus tôt, et Albane avait regagné leur chambre. Elle n'était pas dupe, son mari n'avait pas affronté le geste chirurgical pour le seul plaisir de la voir revenir dans son lit ou, plus improbable encore, par égard pour elle. Non, il s'était seulement vexé des protestations réitérées d'Albane. Il redoutait tellement de « faire vieux » !

Elle ébaucha un sourire, plaça le marque-page dans son livre et le déposa sans bruit sur la carpette. Puis elle se tourna vers Gabriel qu'elle observa un moment. Que restait-il du beau jeune homme épousé trente ans auparavant? Ils avaient parcouru ensemble un bien long chemin, et ils avaient beaucoup changé l'un comme l'autre. Avait-elle eu raison de s'obstiner à le vouloir, lui et nul autre, pour compagnon d'une vie? Elle se souvenait d'en avoir été terriblement amoureuse, en tout cas au début. Et comme c'était grisant d'être l'élue du champion! Plus difficile avait été de le rester... Un véritable défi pour elle, mais elle avait su s'accrocher, se faire désirer, utiliser toutes les armes jusqu'à ce bébé qu'elle lui avait offert alors qu'ils n'étaient pas mariés. Devant Dan nouveau-né, Gabriel avait été ému aux larmes, gonflé de fierté, presque reconnaissant de ce rôle de jeune père qu'Albane venait de lui offrir. Il avait trop collectionné les conquêtes, à trente-deux ans il voulait donner une nouvelle image de lui aux journalistes. Et comme la naissance du bébé avait été suivie, quelques jours plus tard, par une belle victoire sur le circuit de Monza, il en avait déduit que fonder une famille lui portait chance. Dans la foulée, il avait épousé Albane et, deux ans plus tard, Nicolas était arrivé. Mais l'attrait de la nouveauté étant passé, Gabriel s'était moins extasié devant ce second fils. Surtout qu'à ce moment-là, sa carrière battait un peu de l'aile. De mauvais résultats lui avaient ôté la confiance de son écurie. En réaction, au lieu de s'assagir et de se concentrer, Gabriel était passé de tête brûlée à danger public. Provoquer les sorties de piste de ses adversaires l'avait rendu détestable, même auprès des spectateurs. Exaspéré par ses échecs en série, il s'était mis à en vouloir à tout le monde, Albane comprise. Pour se rassurer, il l'avait trompée et elle avait bien failli le quitter. Alors il avait pris peur, refusant que sa femme l'abandonne à son tour car les sponsors commençaient à le lâcher. Une réconciliation en fanfare avait été suivie d'une première place inattendue dans un Grand Prix. C'était la dernière fois qu'il grimpait sur un podium mais il n'en savait rien. Valentine était née neuf mois plus tard.

Ah, Valentine… Le sourire d'Albane s'élargit. Comme elle avait adoré cette si jolie petite fille ! Avec ses grands yeux sombres qui lui mangeaient le visage, ses traits délicats de petit tanagra et son rire en cascade, elle était depuis son premier jour une source de joie pour Albane. Valentine lui ressemblait, alors que Dan et Laurent étaient franchement du côté de leur père avec leur regard bleu délavé. Dès son enfance, Valentine avait manifesté un énorme appétit de vivre. Démonstrative, enthousiaste, volontaire, elle semblait avaler les obstacles et savourer les plaisirs. Une délicieuse gamine qui, hélas, avait cédé à cette passion de la vitesse et des moteurs que son père avait tout fait pour provoquer. Il avait déjà Dan, vissé à son kart, pourquoi avait-il voulu que sa fille s'y mette ? Par jeu ? Par esprit de revanche devant le dégoût de Nicolas ? Albane n'était pas parvenue à cerner les motivations de Gabriel. Il initiait ses enfants au sport automobile, voulait les voir se distinguer au volant, mais lorsque Dan avait commencé à s'illustrer en F3, il n'avait pas cessé de le critiquer, comme s'il admettait mal l'hypothèse qu'un jour son fils puisse le dépasser. Au contraire, Valentine ne lui faisait pas d'ombre avec ses rallyes, elle contribuait même à sa légende dans une « discipline mineure ». Mais pour Albane, voir sa fille prendre des risques était un calvaire.

Après un profond soupir, elle éteignit sa lampe de chevet. Ce soir, le sommeil serait long à venir. Elle arrangea son oreiller, prit la meilleure position pour dormir et, tout naturellement, posa une main légère sur l'épaule de Gabriel. Dans l'ensemble, il n'avait pas été un mauvais mari, la laissant mener son existence à sa guise. Il ignorait beaucoup de choses au sujet de sa femme, et c'était très bien ainsi. Qu'aurait-elle répondu s'il lui avait posé des questions ? Laissant ses pensées s'échapper vers son jardin secret, elle ferma enfin les yeux.

2

Dans un rugissement de moteur, la Porsche plongea vers la corde.

— Il faut toujours viser les cônes, rappela Dan à son élève.

En bord de piste, aux endroits stratégiques, des plots en plastique rouge et blanc indiquaient le tracé idéal. Avant même d'être sorti de l'épingle à cheveux, Dan accéléra.

— On enroule bien la courbe, on reprend les gaz et on y va! On continue, allez, on continue, on lâche les chevaux… Et maintenant on freine fort, on garde le frein, on vise le cône… Vous penserez à bien utiliser toute la largeur de la piste.

Sans avoir besoin de le regarder, il sentait l'attention extrême du jeune homme assis sur le siège passager. Rétrograder de deux cents à cinquante à l'heure en souplesse demandait une grande dextérité et pas mal de pratique. Dan avait toute l'expérience voulue pour éblouir n'importe quel élève, mais ce n'était pas ce qu'il recherchait. En faisant une démonstration, au-delà d'un authentique plaisir de conduite, il voulait surtout transmettre une partie de son savoir à ces amoureux de la vitesse qui venaient se défouler sur son circuit.

— Voilà, à présent il faut la laisser refroidir, le dernier tour s'effectue au ralenti, annonça-t-il à regret.

Lors de ces matinées d'initiation, il essayait de ne pas penser aux courses qu'il avait disputées, à la carrière qu'il avait abandonnée.

— Nous allons changer de place, déclara-t-il en s'engageant dans l'allée des stands.

— Je… Euh, je ne suis pas sûr de…, bredouilla le jeune homme.

Dan mit au point mort et se tourna vers lui.

— Vous êtes venu pour ça, non ? Tout va très bien se passer, vous verrez. Ne cherchez pas à aller aussi vite que moi, et essayez de vous rappeler tout ce que je vous ai dit.

Il ouvrit sa portière, descendit de voiture et, en croisant son élève devant le capot, il lui tapota gentiment l'épaule.

— Vous allez adorer, lui prédit-il.

Ce genre de client lui était sympathique, au contraire de ceux qui arrivaient en croyant tout savoir et tout maîtriser. Parmi les conducteurs qui défilaient ici à longueur d'année, Dan savait reconnaître presque immédiatement les inconscients, les orgueilleux, les passionnés ou les néophytes. Pour certains, il s'agissait juste de venir se faire plaisir au volant de leur propre voiture, pour d'autres de découvrir la vitesse en toute sécurité, pour quelques-uns de se perfectionner en acquérant de bons réflexes. Selon le choix du stage, Dan mettait à leur disposition une Porsche, une Alfa-Romeo ou une simple Renault au moteur turbo. Sur demande, il pouvait faire venir de chez un concessionnaire d'Orléans une Ferrari ou n'importe quel autre bolide de cette catégorie. Les sensations étaient garanties, les prix en rapport du plaisir éprouvé. La plupart du temps, Dan confiait les élèves aux deux moniteurs qu'il employait à l'année, mais l'envie de conduire à fond était parfois si forte qu'il se laissait tenter. Quelques instants plus tôt, il avait éprouvé une bouffée de puissance aisément reconnaissable. Contrôler le dérapage, pousser le moteur à sa meilleure limite, dévorer la piste, optimiser tous les transferts de charge... Il *adorait* ça !

Il boucla sa ceinture, regarda le jeune homme ajuster son siège.

— Ne cherchez pas à conduire loin du volant, les bras tendus, c'est une hérésie.

Devant le coup d'œil surpris de l'autre, il ajouta :

— Il y a beaucoup d'idées reçues qu'il faut oublier.

Reprenant son rôle d'instructeur, il lui fit signe de se mettre à rouler. Pour comprendre une voiture comme celle-ci, on devait la sentir dans ses mains, ses jambes, percevoir les vibrations de tout son corps, écouter le feulement du moteur lors des montées en régime. Valentine savait le faire, elle était vraiment douée et n'avait peur de rien. En aucun cas, Dan ne laisserait leur père la décourager. Sa manière de minimiser les succès de sa fille était odieuse. Il semblait tenir pour négligeables les rallyes, comme si tout ce qui n'était pas une monoplace et ne roulait pas sur un circuit fermé ne valait pas qu'on s'y intéresse. Il utilisait des qualificatifs allant de *sympa* à *super* en y mettant un enthousiasme factice bien loin d'une sincère admiration. Nicolas n'avait pas d'opinion, et pour cause, quant à leur mère elle s'angoissait trop pour approuver, ce qui faisait de Dan le seul

41

véritable soutien de Valentine. Il avait remisé ses propres ambitions, il n'était pas jaloux d'elle, au contraire elle l'attendrissait, et parfois le stupéfiait par son audace. Oubliant son côté protecteur de frère aîné, il se mettait sur un pied d'égalité avec elle pour commenter ses courses.

— Vous pouvez freiner plus tard au bout de la ligne droite, mais beaucoup plus fort. N'ayez pas peur d'écraser la pédale, l'ABS vous aidera à rester en ligne.

Il se reprocha de laisser courir ses pensées. Les élèves avaient besoin qu'on leur parle tout le temps pour parvenir à maîtriser la voiture en quelques tours. En ce qui le concernait, il ne se souvenait pas d'avoir jamais débuté. Dans les premières images de son enfance, il était déjà au volant d'un fichu kart! Et il avait toujours voulu aller plus vite... jusqu'à ce que son rêve se fracasse sur une piste trempée.

— On va regagner l'allée des stands, prévint-il de sa voix calme.

Le jeune homme parut enfin se détendre, et Dan réprima un sourire. Ils étaient presque tous pareils, à la fois soulagés d'en avoir fini mais navrés que ça se termine.

— On débriefe en buvant un café? proposa Dan.

Il savait déjà que, avant de partir, son client prendrait un nouveau rendez-vous.

*

— Les gens pensent faire plaisir à ton père en lui apportant du gibier, soupira Albane. Or il est au régime, et moi, je n'aime pas beaucoup ça...

42

Elle considérait avec un certain dégoût la paire de canards posée sur un journal.

— Fais des confits, suggéra Valentine.

Sa mère lui jeta un bref regard, secoua la tête.

— Avant-hier, je me suis échinée à préparer un civet de lièvre que j'ai finalement congelé. J'en ai assez de cuisiner !

— Canards à l'orange ? s'entêta Valentine. Toute la famille en raffole, et ce sera un bon menu d'anniversaire.

— J'aurais dû faire appel à un traiteur, ronchonna Albane.

Elle reporta son attention sur les canards, soupira.

— Au moins, ils sont plumés… Bon, je vais les découper, mais je te préviens, tu me tiens compagnie et tu épluches les pommes de terre !

Valentine éclata d'un rire gai tout en protestant :

— Il n'y a que toi pour me demander ça ! Je ne fais pas ce genre de truc chez moi.

— J'imagine que tu te nourris de surgelés ?

— Absolument. Et je me les fais livrer pour ne pas perdre de temps. Je ne suis pas une femme d'intérieur, tu sais bien.

— Plus personne ne veut se donner de mal.

— Pas pour des corvées pareilles. Et si on faisait cuire les patates sous la cendre, avec la peau ? Je peux allumer un feu maintenant, on aura des braises dans une heure ou deux.

Albane ouvrit un tiroir, prit un économe et le tendit à sa fille.

— Elles sont trop petites.

De mauvaise grâce, Valentine attrapa un journal qu'elle étala sur le comptoir.

—Tu n'infligerais pas ça à Dan ou à Nicolas, fit-elle remarquer. Encore moins à papa! Et lui n'a pas l'excuse d'avoir trop de travail.

—C'est une autre génération. Quant à tes frères… Je suis sûre que Mallaury fait participer Dan aux tâches ménagères, et Nicolas épluche ses légumes tout seul. Épargne-moi ton numéro de féministe, tu n'as rien à prouver.

Valentine ravala une réplique cinglante et se contenta de secouer la tête en signe de contrariété. Pourtant sa mère avait raison, après tout, elle vivait comme elle l'entendait, totalement libre et indépendante, réussissant ce qu'elle entreprenait et s'affranchissant des contraintes.

—Quel est ton programme des semaines à venir? s'enquit Albane pour faire diversion.

—Le critérium des Cévennes a lieu les vingt-quatre et vingt-cinq octobre. Un peu plus de huit cents kilomètres!

—Es-tu vraiment obligée de…

—Ça fait partie du championnat de France, maman.

Elle l'avait dit doucement, consciente de l'aversion de sa mère. Toute une vie à entendre parler de voitures l'avait rendue allergique à ce sujet. Et comme prévu, Albane n'ajouta rien, ne posa aucune question.

—Saloperie d'outil de malheur! s'exclama Valentine.

Elle venait de se couper et regardait, horrifiée, le sang perler sur son index.

—Fais voir… Ce n'est rien du tout, je m'en occupe.

44

Albane désinfecta l'estafilade à l'aide d'un spray indolore puis posa un petit pansement.

— Avec une blessure pareille, je suppose que tu vas laisser tomber mes pommes de terre ?

— Oui, mais je reste là pour bavarder avec toi.

Elle se dirigea vers la cheminée, s'assit sur une des deux bergères et considéra l'autre.

— Le chien n'est pas là ?

— Nicolas l'emmène toujours avec lui le samedi. Ils doivent être au fond des bois, sur des sentiers connus d'eux seuls.

— À propos, je suppose qu'il ne t'a rien dit ? C'est fini avec Laura, il ne veut pas aller plus loin. Évidemment, elle pleure… Cette fois, je n'ai plus de copine à lui présenter, il les a toutes découragées !

— Il n'a que trente ans, rappela Albane d'une voix apaisante. Pourquoi voulez-vous absolument le caser ? Mallaury s'y est mise aussi, elle organise des dîners avec de jolies célibataires, or c'est tout à fait inutile. Nicolas trouvera lui-même quand il sera prêt, il n'a besoin de personne.

— Crois-tu ?

— Au lieu de t'occuper du cœur de ton frère, si tu me parlais du tien ?

— Il bat toujours pour Marc, mais nous sommes si rarement ensemble…

Avec une petite moue découragée, Valentine laissa échapper un bruyant soupir.

— Comment aimer un éternel absent ? Tu y arrivais, avec papa ?

— Oui, bien sûr. Mais au début, je le suivais partout, j'étais toujours dans les stands. Il y avait trop de filles qui lui tournaient autour, je ne voulais pas

45

céder ma place. Je détestais les courses, je mourais de peur, néanmoins j'étais là. Après la naissance de Dan, quand nous nous sommes enfin mariés, je ne me suis plus sentie obligée d'être présente.

— Tu veux dire que le mariage tue l'amour ? ironisa Valentine.

— Non, mais peut-être qu'au bout de quelques années on prend un peu de distance pour ne pas s'étouffer l'un l'autre.

— Eh bien, nous n'en sommes pas là, Marc et moi ! On se voit par écran interposé, grâce à Skype, et une ou deux fois par mois nous arrivons à passer la nuit ensemble. Tu te rends compte ? Il est tout le temps en voyage !

Ingénieur, Marc travaillait pour une société de conseil et multipliait les missions à travers l'Europe.

— Toi aussi, tu t'absentes, ma chérie, fit remarquer Albane. Un week-end sur deux, tu es en train de disputer un rallye.

— Tu crois que je devrais l'attendre en tissant, comme Pénélope ? J'ai une passion, maman, et j'entends l'assouvir.

— Lui a un métier.

— Oh, je rêve, tu prends sa défense !

— Il faut bien que quelqu'un s'en charge. Marc t'aime, et il se désole de ne jamais te trouver là quand il rentre.

— Non, il me comprend. Et il n'a qu'à me rejoindre si je lui manque.

— Tu ne t'en apercevrais même pas. Toi et ton copilote, vous êtes dans une bulle inaccessible quand vous disputez une épreuve. D'autre part, Marc est fatigué lorsqu'il descend d'avion, il n'a sûrement pas envie de sauter aussitôt dans un train pour te voir passer, de loin et en dérapage, sur une route fermée à la circulation.

Valentine dévisagea sa mère pour s'assurer qu'il ne s'agissait pas d'humour.

— Tu n'es pas très indulgente, dit-elle lentement. On sait bien que la carrière de papa a été pénible pour toi et que tout ce qui se rapporte aux voitures te…

— Vous ne savez rien du tout ! trancha Albane d'un ton sec.

Choquée, Valentine se tut et un lourd silence s'installa. Albane prit le temps de faire caraméliser du sucre et du vinaigre dans sa cocotte en fonte, puis elle y disposa les morceaux des canards qu'elle avait découpés. Enfin elle se retourna et considéra sa fille avec un sourire affectueux.

— Ne fais pas la tête, j'ai le droit de dire ce que je pense. Est-ce que ta terrible blessure au doigt te permet de me peler les oranges ? Prélève quelques zestes d'abord, veux-tu ?

Après une courte hésitation, Valentine abandonna sa bergère, et alla chercher la coupe de fruits.

— Tant que j'y suis, je vais aussi finir tes foutues patates, annonça-t-elle.

Elle prit une orange tout en réfléchissant au bref éclat de sa mère. Pourquoi cette intonation de colère ? Parce que c'était le jour de son anniversaire et qu'elle était triste de vieillir ? Valentine lui jeta un coup d'œil et remarqua que, comme toujours, elle était bien habillée et portait des bottes à talons. Grâce à son coiffeur, la couleur de ses cheveux était parfaite, un peu plus claire chaque année et tirant

47

désormais sur le miel au lieu du brun, une façon habile d'adoucir ses traits. Épanouie, élégante, elle prenait soin d'elle mais n'avait jamais tenté de chirurgie esthétique. À quoi bon? Ses rides lui allaient bien, elle ne cachait pas son âge.

— Voilà mes femmes en plein travail! s'exclama Gabriel qui entrait, les bras chargés.

— Tu fais très macho du siècle dernier en disant ça, lâcha Valentine.

Le voyant décontenancé, elle tempéra sa réflexion par un adorable sourire. Elle alla l'embrasser, le débarrassa d'un grand carton portant le nom de la meilleure pâtisserie d'Orléans.

— Un saint-honoré, annonça-t-il, pour plaire à ta mère. Mets-le au frais. Je suis passé voir Dan, il y a beaucoup de clients sur le circuit aujourd'hui. Des particuliers venus faire les fous avec leurs propres voitures, ce qui demande toujours un surcroît de vigilance. Heureusement, les deux petits moniteurs sont vraiment à la hauteur, ils ont l'œil à tout.

Valentine nota que, dans la bouche de son père, les deux moniteurs étaient «petits», ce qui les rabaissait malgré les compliments. De toute façon, la sécurité sur le circuit était la priorité absolue de Dan qui n'avait pas subi le moindre incident depuis l'ouverture. Pourquoi ne pas lui rendre hommage au lieu de parler des employés?

— Bref, il ne sera pas là avant huit heures et demie, le temps de repasser chez lui pour prendre Mallaury et les enfants.

— Dommage, il faudra les coucher à peine arrivés, regretta Albane.

— Est-ce que Marc nous fait l'honneur de sa présence ce soir? demanda Gabriel à Valentine.

— Il est en Roumanie, papa.

— Un vrai pigeon voyageur, hein ? Allez, je monte me reposer un peu...

Ce qui signifiait qu'il allait s'allonger pour regarder un film ou une série dans son bureau. Il s'était approprié l'ancienne chambre de Dan lorsque celui-ci avait quitté la maison, décrétant qu'il avait besoin d'un endroit bien à lui. Et s'il avait effectivement installé un petit bureau et quelques étagères, il disposait surtout d'un grand canapé moelleux et d'un écran géant ultraplat. Albane n'appréciant guère la télévision, elle était satisfaite de cet arrangement.

Valentine rinça les pommes de terre épluchées puis elle retourna s'asseoir sur la bergère. Elle se sentait bien ici, dans le décor de son enfance, même si elle avait choisi d'habiter un duplex dans un immeuble rénové, au cœur d'Orléans. Elle préférait la ville à la campagne, goûtait l'animation des nombreux bars, restaurants et commerces, se rendait fréquemment au Carré Saint-Vincent pour y voir des spectacles. Mais chaque fois qu'elle passait une soirée chez ses parents, elle retrouvait avec plaisir la douceur de vivre du cocon familial, sachant qu'elle n'en était plus prisonnière.

Se tournant vers la cheminée, elle vit qu'une flambée était déjà prête et elle ne résista pas au plaisir de l'allumer. Derrière elle, sa mère eut un rire léger.

— Tu n'as jamais aimé la grisaille de l'automne, ma chérie. Veux-tu que je nous prépare du thé ?

— Plutôt un bon chocolat, suggéra Valentine.

Albane acquiesça, sourire aux lèvres.

*

Nicolas commençait à sentir le froid malgré les grosses chaussettes qu'il avait pris soin de mettre dans ses bottes en caoutchouc. Il accéléra le pas et enfouit les mains au fond des poches de sa veste. Quelques minutes plus tôt, Aramis s'était mis à l'arrêt, la queue bien droite, une patte avant levée, puis il avait démarré comme un fou, débusquant deux chevreuils. Ceux-ci s'étaient élancés, légers et rapides, et avaient filé. La course était perdue d'avance pour le labrador qui avait vaillamment essayé de les poursuivre avant de revenir, la langue pendante.

— Ce n'est pas du gibier pour toi ! ironisa Nicolas.

Son chien ne lui avait d'ailleurs jamais rien rapporté, ce qui le réjouissait. Voir détaler les chevreuils sur leurs jambes fines était un spectacle magnifique, il n'en demandait pas davantage. Il s'arrêta un instant pour regarder autour de lui. Le brouillard était en train de se lever au-dessus d'un étang, sur sa gauche, et envahirait bientôt tout le paysage. Censé s'en tenir aux sentiers balisés, Nicolas s'aventurait souvent bien au-delà. Il connaissait les endroits de prédilection des chasseurs, qu'il évitait soigneusement, toutefois il se sentait libre d'aller à sa guise dans la forêt. Par terre, un tapis de bruyère mauve s'étendait devant lui. Il leva la tête pour observer les arbres devenus roux avec l'automne, hormis les pins sylvestres. Le jour baissait et il devait rentrer car il était loin de sa maison.

— Ramène-nous, Aramis ! lança-t-il au chien.

Celui-ci connaissait le signal du départ. Il dépassa Nicolas au petit trot et prit la direction du nord. À cette heure-ci, Albane devait déjà dresser la table, sans doute aidée de Valentine. Plus contrariée par l'absence de Marc qu'elle ne voulait bien l'avouer, elle se faisait choyer par leur mère quand elle se sentait trop seule. Sa passion des voitures ne remplissait pas *toute* sa vie, pas plus que l'exercice de la médecine pour Nicolas. Mais au moins, il trouvait dans son contact intime avec la nature un apaisement qui faisait défaut à sa sœur.

Sous ses semelles, le tapis de feuilles était trop humide pour craquer et il progressait en silence, attentif aux autres bruits de la forêt. Combien de petits animaux étaient en train de s'immobiliser ou de se terrer à son approche ? Les oiseaux chantaient déjà moins fort avec l'arrivée du crépuscule, et à présent le brouillard s'étendait partout entre les arbres. Au loin, une détonation retentit soudain et le son se répercuta, porté par l'eau des étangs. Un chasseur solitaire à cette heure tardive ? Nicolas s'arrêta, essayant d'estimer la distance qui les séparait. Par prudence, il se signala en rappelant Aramis d'une voix forte. Il perçut faiblement une réponse et se remit en marche, rassuré.

—Reste au pied, ordonna-t-il néanmoins au labrador.

Son chien était un compagnon précieux, il ne voulait pas lui faire courir le moindre risque. En cas d'incident, il savait qu'il serait capable de devenir furieux, lui, le paisible Nicolas Larcher toujours si maître de lui. Partager la forêt n'était pas facile, même sur un territoire aussi étendu. Comme tous ceux qui arpentaient ces immenses forêts, il était conscient de la nécessité de la chasse, sans quoi le gibier se mettrait à pulluler et à tout ravager.

Mais parmi les nombreux possesseurs d'un fusil, certains se montraient parfois irresponsables. Pour faire bonne mesure, il entonna bruyamment une chanson de corps de garde, apprise lors de son internat. À l'époque, il était insouciant, amoureux fou, et persuadé que tous ses rêves s'accompliraient.

Droit devant lui, sur le sentier, une silhouette surgit des taillis, faisant gronder Aramis.

— Arrêtez de crier comme ça ! lui lança l'homme qui venait à sa rencontre.

— Je chante, répliqua ironiquement Nicolas.

Une main posée sur le collier de son chien, il esquissa un sourire avant d'ajouter :

— Et je voulais être sûr que vous m'aviez repéré.

— Vous devriez tenir le chien en laisse.

— Pourquoi ? Il n'est pas méchant et il m'obéit.

— Il fait fuir le gibier. Il le déplace.

— Et alors ? Il a le droit de s'ébattre. Nous ne sommes pas dans une forêt privée.

— Qu'en savez-vous ?

— Je connais cet endroit par cœur.

— Oh…

L'homme avança encore de trois pas et dévisagea Nicolas.

— Vous ne seriez pas le Dr Larcher ?

— Absolument.

— J'ai entendu parler de vous.

— En bien, j'espère ? Vous feriez mieux d'ouvrir ce fusil.

— Il est dirigé vers le sol.

— Oui, et vous allez finir par vous tirer dans le pied.

— Si vous n'aimez pas les chasseurs, vous n'avez pas choisi la bonne région !

— Je suis d'ici, j'y ai grandi.

— Moi aussi.

— Et j'ai mon permis de chasse, comme vous, je suppose.

L'homme fronça les sourcils mais un petit rire lui échappa.

— Eh bien, si vous tombez sur un lapin, il vous faudra le tuer à coups de pierres puisque vous n'êtes pas armé. Allez, bonne promenade, docteur !

Il croisa Nicolas en contournant ostensiblement le chien et s'éloigna dans la direction opposée.

— Il ne s'est pas présenté, dit Nicolas à Aramis.

L'autre avait dû l'entendre car il cria, sans se retourner :

— Antoine Vaillant !

Le brouillard le fit disparaître en quelques instants. Tirer sans visibilité serait une folie mais il devait le savoir. Sans doute rentrait-il chez lui, apparemment bredouille et contrarié d'avoir été dérangé. Il ne s'était pas montré vraiment agressif, pourtant cette rencontre laissait à Nicolas une mauvaise impression. Les gens parlaient de lui, c'était normal, il avait une grosse clientèle et il était connu dans la région. On savait aussi qu'il aimait marcher au fond des bois durant des heures. Et, pour une certaine génération, que son père avait été un coureur automobile célèbre. Quelques années plus tôt, le chantier du circuit avait provoqué beaucoup de curiosité, un peu d'hostilité, mais au bout du compte personne ne s'était plaint. Dan avait veillé à ce que les normes en vigueur soient scrupuleusement respectées, et même au-delà. Les bois qui entouraient le circuit et les bâtiments étaient assez denses pour les dissimuler, et au lieu d'installer un inesthétique mur antibruit, Dan avait préféré de hauts talus de terre végétalisée, créant ainsi une sorte de paysage vallonné qui absorbait le grondement des moteurs. Et c'était bien Dan qui avait tout pris en charge depuis le premier jour, lui qui faisait marcher l'affaire. Y prenait-il un réel plaisir ou n'avait-il trouvé là qu'un dérivatif?

L'obscurité commençait à envahir la forêt et Nicolas se remit en route. Il aimait beaucoup son frère, n'avait connu que peu de désaccords avec lui et le considérait comme son meilleur ami. Mais parfois, il aurait voulu lui suggérer de se libérer de l'emprise de leur père. Sauf qu'il n'avait pas de conseils à donner, lui qui n'avait même pas su se remettre d'une déception amoureuse.

Il allongea le pas, soudain pressé de rentrer.

*

Gabriel leva sa coupe et porta un toast à sa femme.

— Bon anniversaire!

Il venait de lui offrir un joli bracelet fantaisie qui, par chance, s'accordait à la couleur de sa robe. Avec un sourire attendri, elle affirma qu'elle le porterait souvent. Dan et Mallaury échangèrent un clin d'œil car, en réalité, ce bijou ne correspondait en rien à ce qu'Albane aimait. Mais c'était fréquent, Gabriel choisissant ses cadeaux sur un coup de tête et sans se préoccuper des goûts du destinataire.

— Ton canard à l'orange était sublime, glissa Nicolas à sa mère.

— Nous avons travaillé là-dessus tout l'après-midi, ta sœur et moi! répondit-elle en riant.

54

Elle semblait gaie, sereine, épanouie. Nicolas l'observa quelques instants avec intérêt. N'était-ce pas elle, le pilier de la famille ? Et pourtant, elle dissimulait des secrets dont il avait été le témoin involontaire. Ils n'en parlaient jamais entre eux, se bornant à une complicité muette.

— Es-tu libre vendredi soir ? répéta Mallaury à Nicolas qui n'avait pas entendu sa question.

— Oui, je crois.

— Alors, viens dîner à la maison. Si tu n'arrives pas trop tard, les enfants seront heureux de te voir.

— Tout dépendra des visites à faire. J'ai deux épidémies sur les bras en ce moment. Une qui se termine, une qui commence.

— Ah, tiens, intervint Gabriel, je voulais justement te demander un truc. Le matin, quand je me réveille...

— Non ! protestèrent en chœur Albane, Valentine et Dan.

— Mais enfin, j'ai bien le droit de lui poser une question !

— Pas si c'est médical, répliqua Albane. Tu as un médecin, tu n'as qu'à l'appeler.

Il se renfrogna, agacé que son fils ne puisse pas lui donner son avis.

— Quelque chose de sérieux, papa ? demanda néanmoins Nicolas.

— Figure-toi que je n'en sais rien !

— Maman a raison, prends donc rendez-vous.

Gabriel haussa les épaules tandis que Dan se penchait vers son frère.

— Mallaury veut te présenter une amie, annonça-t-il d'un ton faussement navré.

— Toi aussi, tu t'y mets ? reprocha Nicolas à sa belle-sœur.

— Sauf que c'est le contraire, je veux lui présenter quelqu'un *à elle*. Tu fais aussi bien l'affaire qu'un autre. Il s'agit d'une avocate avec qui je travaille de temps en temps. Une fille formidable, gaie et ravissante.

— Mais seule ? Tu m'inquiètes… Vous, les gens en couple, n'imaginez pas à quel point vos efforts pour faire se rencontrer les célibataires ont quelque chose de… d'humiliant.

— Grands dieux, pourquoi ?

— Comme s'il fallait nous aider !

— Eh bien, les occasions manquent, surtout pour les gens très occupés par leur métier.

— Mallaury, il n'y a pas de malédiction dans la solitude. Pas d'obligation à trouver absolument quelqu'un.

— Tu ne comptes tout de même pas faire ta vie avec Aramis ? ironisa Gabriel.

Nicolas lui jeta un regard aigu sans se donner la peine de répondre. Son père parvenait toujours à le mettre mal à l'aise, quels que soient leurs efforts réciproques.

— L'hiver arrive, je déteste ça, soupira Valentine.

Dans le court silence qui avait suivi la réflexion de Gabriel, le bruit du vent cernant la maison s'était fait plus présent.

— Profite donc de l'automne en attendant, suggéra Dan, les couleurs sont sublimes.

— Mais noyées dans le brouillard…

— Dites-moi, les enfants, intervint Gabriel que les considérations météorologiques n'intéressaient pas, avez-vous vu mon émission ? Comment m'avez-vous trouvé ?

— Peu laudatif, marmonna Nicolas.

— Désolée, je ne l'ai pas regardée, avoua Valentine.

Gabriel semblait interloqué, aussi Albane s'empressa-t-elle d'intervenir.

— Le sujet était bien traité, bien documenté, et tu étais très à l'aise pour répondre aux questions.

— J'en ai profité pour parler du circuit, j'espère que ça nous fera une bonne publicité, se rengorgea-t-il. Pour pas mal de gens, je suis tout de même une référence.

Nicolas décida qu'il en avait assez entendu et il se leva, prétextant la fatigue.

— On va se coucher, mon chien et moi ! lança-t-il d'un ton ironique.

*

Le vendredi soir, comme promis, Nicolas se rendit chez Dan et Mallaury pour dîner. Ils habitaient Chaumont-sur-Tharonne, dans une maison à pans de bois où la brique avait remplacé le torchis, une pratique qui s'était répandue en Sologne à l'époque où les briqueteries tournaient à plein régime. Côté rue se trouvait une agréable cour pavée fermée d'une grille, et à l'arrière un petit jardin clos idéal pour les enfants. À l'intérieur, Mallaury avait privilégié des meubles sobres et fonctionnels, d'inspiration scandinave, mais pour compenser leur froideur un sympathique désordre régnait dans toutes les pièces.

Nicolas pénétra dans la cour au ralenti et gara son 4×4 entre l'Alfa-Romeo de Dan et le break de Mallaury. Presque en même temps, une petite Polo arriva et s'immobilisa derrière lui. La jeune femme qui en descendit vint taper à son carreau.

— Bonsoir ! Vous êtes Nicolas ? Je suis Justine, et je vous guettais. Avant d'entrer, je voulais vous avertir que je n'apprécie pas trop ces présentations organisées. Mallaury est pleine de bonnes intentions, mais sentez-vous libre de m'ignorer toute la soirée, je ne suis pas un cœur à prendre !

Elle éclata d'un rire gai avant d'achever :

— Voilà, c'est dit. Pardonnez ma franchise mais nous passerons un meilleur moment vous et moi, n'est-ce pas ?

— Tout à fait d'accord, admit-il chaleureusement.

Ils se serrèrent la main pour sceller leur pacte, échangeant un petit sourire. Elle était grande, avec une carrure de sportive, des yeux noisette et des cheveux longs attachés en queue de cheval. Sans être vraiment jolie, elle possédait beaucoup de charme. Sa parka était ouverte sur un col roulé et un jean, elle semblait n'avoir fait aucun effort de coquetterie. Elle comprit son regard car elle se remit à rire.

— Je me détends en fin de journée. Pas vous ?

Elle le détailla, vit qu'il portait un pull lui aussi et son sourire s'élargit.

— On y va ? proposa-t-elle.

Ils furent accueillis par Dan qui s'était mis en tête de préparer des cocktails pour l'apéritif et qui cherchait la recette du *mojito* sur son smartphone.

— Ne te donne pas tant de peine, protesta Nicolas, ce truc est infâme.

— Pas si on ajoute une goutte d'angustura pour le rendre plus sec, suggéra Justine.

Mallaury, qui venait de coucher les enfants, proposa à Nicolas un cheverny frais.

— J'ai vu que vous faisiez connaissance dans la cour, Justine et toi?

— Nous nous sommes présentés, je n'en sais pas plus.

— Je suis avocate, précisa Justine. Depuis quelques mois, je travaille à Orléans, mais je loue un appartement à La Ferté-Saint-Aubin, juste à côté du cabinet de Mallaury. C'est comme ça que nous nous sommes rencontrées, ensuite nous avons eu l'occasion de nous retrouver sur certaines affaires et nous sommes devenues amies.

— Justine est un peu parachutée dans la région, précisa Mallaury.

— Où étiez-vous, avant?

— À Paris. Mais je n'ai plus envie d'y vivre, pour des raisons personnelles.

— Et pourquoi avoir choisi d'habiter La Ferté?

— Les loyers sont moins chers qu'à Orléans.

Craignant d'avoir été indiscret, Nicolas s'empressa d'ajouter:

— Vous allez adorer la Sologne. Imaginez ses cinq cent mille hectares de forêts, de landes de bruyère, d'étangs et de cultures… Un endroit qui réconcilie l'agriculteur, l'éleveur et le chasseur!

Un peu étonnée par tant d'enthousiasme, elle esquissa un sourire hésitant. Dan en profita pour lui mettre dans la main son *mojito* et attendit qu'elle y ait goûté.

— Alors?

— Pas mal du tout...

Nicolas et Mallaury trinquèrent avec leurs verres de vin, puis cette dernière suggéra qu'il aille embrasser les enfants.

— Ils ne dorment pas, ils t'attendent. Je leur avais promis que tu irais les voir, même tard.

Il se leva aussitôt et gagna la chambre des petits qui, en effet, patientaient sagement, assis sur leurs lits, et qui l'accueillirent avec des cris de joie. Tout en leur lisant une histoire, installé entre eux deux sur la carpette, Nicolas eut une pensée reconnaissante pour Justine. Alors qu'il était venu un peu à contrecœur, la franchise de la jeune femme lui avait rendu sa bonne humeur. L'idée qu'on veuille à toute force le « caser » l'exaspérait. Depuis toujours, il réglait seul ses problèmes et refusait qu'on se mêle de sa vie. L'insistance de son père, lorsqu'il était jeune, pour l'intéresser aux voitures, lui avait été insupportable. De ce conflit était né le refus de toute ingérence.

— Voilà, mes lapins ! dit-il en rangeant l'album. C'était une belle histoire, n'est-ce pas ? Et maintenant, il faut dormir.

Il les embrassa tour à tour, heureux de les serrer contre lui. Chaque fois qu'il sentait leur bonne odeur de shampooing à la pomme et de savon pour bébé, il éprouvait le désir fugace d'avoir lui aussi des enfants. Mais pour ça, il devait d'abord déverrouiller son cœur et tomber amoureux. Il l'avait cru, hélas, ses aventures tournaient court, n'allaient même pas jusqu'à la liaison.

— Tu viens ? chuchota Dan en s'arrêtant sur le seuil. On va passer à table. Tu es resté là un temps fou ! Tu fuis Justine ? Elle ne te plaît pas du tout ?

Nicolas le rejoignit dans le couloir, ferma la porte sans bruit et s'éloigna de quelques pas avant de répondre.

—Comment pouvez-vous me faire encore des coups pareils, ta femme et toi?

—Oh, arrête! Tu parles d'un crime de lèse-majesté…

— Par chance, votre copine Justine est sympa, elle m'a libéré de toute obligation de politesse, je ne ferai donc pas semblant de marivauder.

Dan éclata de rire et tapa sur l'épaule de son frère.

—Parfait! Écoute, je ne l'ai vue qu'une fois mais je crois qu'elle est très sympa, très marrante. On devrait passer une bonne soirée et tu en resteras là si ça te chante.

— Exactement. Et sois gentil, ne me présente plus jamais personne. Tu es comme papa, tu voudrais me voir rentrer dans le rang, faire «comme tout le monde», selon son expression.

—Non, je…

— Grandis un peu, Dan. Tu ne t'en rends peut-être pas compte, mais tu es encore sous son influence.

—Faux, archifaux! Ne me fais pas ce procès-là uniquement parce que je travaille avec lui.

— Pas *avec* lui, *pour* lui. Il ne s'occupe de rien, il te laisse tout sur les bras. Pourquoi as-tu accepté de n'avoir qu'un salaire au lieu d'être intéressé aux bénéfices?

—Sans lui, je n'aurais jamais pu monter l'affaire du circuit. Et que serais-je devenu? Tu le sais, bon Dieu!

Ils se querellaient à voix basse, à cause des enfants, et ils finirent par se taire. Dan haussa les épaules puis eut un geste d'impuissance qui émut Nicolas.

— Désolé, s'excusa-t-il, je ne voulais pas t'agresser.

— Fais attention, Nick. Tu es en colère contre papa, en colère contre Mallaury qui ose te présenter une copine, en colère contre moi… Tu finiras en colère contre le monde entier.

Sans doute n'avait-il pas tort. Nicolas s'en voulut de cet affrontement inutile, alors qu'il adorait son frère. Ils gagnèrent la cuisine où Mallaury avait dressé la table. Supposant sans doute que Nicolas n'était pas content, elle lui adressa une petite mimique navrée à laquelle il répondit par un sourire.

— Tes enfants sont des amours, lui dit-il. Pardon d'avoir été un peu long, j'avais choisi une histoire interminable qui a eu le mérite de les endormir.

Dans un effort méritoire de galanterie, il tint la chaise de Justine tandis qu'elle s'asseyait, et il engagea spontanément la conversation avec elle. Mallaury leur servit une terrine de faisan puis des sandres au beurre blanc accompagnés de petits légumes frais cuits à la vapeur. Justine était effectivement pleine d'humour, elle les régala d'anecdotes judiciaires désopilantes. Sa manière d'imiter certains magistrats faisait rire Mallaury aux éclats. Quand, plus tard, ils en vinrent aux voitures et au circuit, Justine en profita pour réclamer un rendez-vous à Dan.

— Mallaury m'a fait rêver en me décrivant les stages de pilotage. La vitesse me fascine, je suis fan de F1 et je ne rate jamais la retransmission d'un Grand Prix. L'idée de me retrouver au volant d'un bolide, même pour dix minutes, me donne des frissons !

— Pas de problème, je peux t'accueillir quand tu veux pour une initiation. Après, si ça te plaît, il y a plusieurs stages possibles. Une matinée, une journée complète… Bon, je te préviens, c'est assez onéreux. Tu verras les différentes formules quand tu viendras, mais je t'offre ta première visite.

—Génial ! Quel jour ?

Elle semblait surexcitée par cette perspective, et Nicolas réprima un soupir. Entendre parler de voitures le lassait vite. Compatissante, Mallaury lui adressa un clin d'œil tandis que Dan et Justine se mettaient d'accord.

—J'ai l'impression que vous n'avez pas le virus familial, lui glissa Justine d'un ton amusé.

—Non, j'ai dû tomber à côté de la marmite, pas dedans.

—Votre père est pourtant une légende.

—Il en a tout à fait conscience, ironisa Nicolas.

Elle le dévisagea et parut comprendre qu'il valait mieux changer de sujet. La fin de la soirée fut gaie, ils parlèrent longtemps de tout et de rien avant de s'apercevoir qu'il était plus de minuit. Justine partit la première tandis que Nicolas s'attardait quelques instants sur le perron avec Dan et Mallaury.

—Alors, ce n'était pas si terrible ? risqua Mallaury.

—J'ai passé un bon moment, admit-il. Cette fille est agréable, elle a du charme, je ne comprends pas qu'elle soit seule dans la vie.

—Elle s'est mariée très jeune et le mariage n'a pas tenu. Deux ans plus tard, elle avait déjà divorcé. Elle ne m'a pas fait beaucoup de confidences, mais je crois qu'elle ne veut plus remettre les pieds à Paris pour l'instant. D'un point de vue professionnel, elle est efficace et très appréciée. J'aimerais bien que nous devenions de véritables amies. Si elle t'est sympathique, ça me suffit. Et, à propos, je ne t'ai pas tendu de piège.

Sa manière directe de s'exprimer plaisait à Nicolas qui l'embrassa affectueusement.

— Je sais. Ton dîner était excellent.

Il salua son frère et se dépêcha de partir. Le lendemain, comme tous les samedis matin, il y aurait affluence dans sa salle d'attente.

*

Valentine ne dormait pas, elle réfléchissait tout en écoutant la respiration régulière de Marc. Leur histoire ne pouvait pas continuer dans ces conditions, autant l'admettre. Lorsqu'elle était allée le chercher à la gare, trois heures plus tôt, il était descendu du train fatigué, agacé par ces voyages incessants. Dans la voiture, il lui avait demandé de conduire moins vite, une main sur le tableau de bord, comme si elle allait le tuer dans les rues d'Orléans ! Sa mauvaise humeur s'expliquait par toutes ces heures passées en avion, puis en taxi, enfin en train. Se voir devenait de plus en plus compliqué. Il la suppliait de venir habiter Paris, et au fond rien ne s'y opposait. Sauf qu'elle répugnait à quitter Orléans, ses habitudes, ses amis, la proximité de sa famille. Si Marc avait eu un travail sédentaire, peut-être aurait-elle été tentée, mais il était trop souvent hors de France et elle ne s'imaginait pas tous les soirs seule dans une ville où elle ne connaissait personne.

Elle avait préparé le dîner en décongelant du poisson et des frites, s'apercevant un peu tard qu'il la regardait faire d'un air consterné. Eh bien, non, elle n'était pas une parfaite femme d'intérieur ! Il le savait déjà, alors pourquoi s'en offusquer ? L'unique moment agréable avait été de se retrouver au lit, peau contre peau, animés d'un désir réciproque. Mais ils n'avaient pas passé une nuit ensemble depuis trois semaines et ils s'étaient jetés l'un sur l'autre, bâclant les préliminaires pour atteindre un plaisir trop hâtif. Puis Marc s'était endormi aussitôt, épuisé.

Valentine se redressa un peu pour le regarder. Il avait les traits marqués, des cernes, et il était plongé dans un sommeil profond. Ses rêves le faisaient parfois tressaillir de manière spasmodique. Leur liaison était en train de s'achever, elle en eut la brusque certitude. Pour envisager un avenir en commun, il aurait fallu qu'elle abandonne les rallyes, qu'elle ne multiplie pas, elle aussi, les absences. Au début, Marc avait bien aimé assister à l'arrivée des courses, plein d'admiration pour elle. Quand elle descendait de voiture et qu'elle enlevait son casque, il la regardait avec fierté. Qu'une si jolie et si fragile jeune femme puisse maîtriser une voiture de cette façon-là le subjuguait. Mais il avait vite déchanté devant le calendrier chargé de Valentine. Ce qu'il avait pris pour un sport ou une activité annexe constituait l'essentiel de la vie de Valentine, or elle n'envisageait pas de tout lâcher. Et surtout pas son copilote, Boris, un garçon formidable en qui elle avait toute confiance. Ils se comprenaient parfaitement, sanglés tous les deux sur leurs sièges, et pouvaient prévoir ou déjouer la plupart des pièges de la route, quelles que soient les conditions. Une fois sortis de leur voiture, ils savaient aussi s'amuser ensemble, toujours complices. D'ailleurs, Boris n'était jamais fatigué, lui! Éprouvait-elle autre chose que de l'amitié? Elle ne se posait pas la question, de peur de gâcher leurs rapports. Quand Marc était présent lors d'une arrivée, Boris se faisait discret pour les laisser en tête à tête, et si sa petite amie du moment venait le rejoindre, il disparaissait avec elle. Chacun respectait la vie privée de l'autre et ils s'en tenaient à une attitude de coéquipiers, de bons camarades. Néanmoins, un regard ou un sourire trahissait parfois quelque chose de plus ambigu.

Elle effleura les cheveux de Marc avec un sentiment de tristesse. Ils allaient vers la rupture et le savaient tous deux. Mais pourquoi se serait-elle «sacrifiée»? Tout le monde lui répétait que Marc était un homme merveilleux – ce qui restait à prouver –, et qu'elle ferait mieux de le suivre, l'épouser et fonder une famille avec lui plutôt que continuer à mener sa folle vie. Pourquoi donc? Au nom de quoi devait-elle se conformer à l'image de la femme dans l'ombre? Elle était un excellent pilote, ses résultats le prouvaient, et elle n'avait pas épuisé son plaisir au volant. À vingt-six ans, elle estimait avoir du temps devant elle. Et peut-être, au fond, n'était-elle plus assez amoureuse. Impossible de démêler les fils qui avaient tissé puis étranglé leur liaison. Trop d'absences? D'incompréhension? Pas assez de partage? Quand donc le tendre «tu m'as manqué» avait-il été remplacé par le décourageant «je suis crevé»? Comment le désamour s'était-il peu à peu insinué entre eux? Ils s'étaient même imaginé que l'éloignement renforcerait leur lien!

Surmontant l'envie de se blottir contre lui, elle se rallongea. Le réveil allait sonner à cinq heures et elle filerait sous la douche avant de partir sur la pointe des pieds. Elle descendait dans le Midi pour un rallye, et l'idée de déclarer forfait ne l'avait pas effleurée. Marc avait les clefs de son appartement, il n'aurait qu'à fermer en s'en allant. Avant de s'endormir, il avait marmonné qu'elle n'était pas absolument *obligée* de disputer cette épreuve, espérant sans doute une réponse qui n'était pas venue.

Elle essaya de se concentrer sur sa voiture, la puissante allemande qu'elle conduisait depuis deux ans et que les mécaniciens bichonnaient entre chaque épreuve. Jusqu'où pourrait-elle monter dans le classement ? Au fil des mois, ses résultats et son assiduité lui avaient peu à peu attiré l'estime des autres pilotes. Avec Boris à côté d'elle, qui la guidait avec la précision d'un radar, elle se surpassait et elle adorait ça. Non, elle n'abandonnerait pas, l'heure n'était pas venue d'être *raisonnable*. Elle ne remettrait pas en question ses choix de vie uniquement parce qu'ils ne plaisaient pas aux autres. Elle ne se laisserait ni influencer ni décourager par Marc, comme Dan l'avait été en son temps par leur père. Pauvre Dan, il ne s'en était pas remis ! Même s'il semblait heureux auprès de Mallaury et de ses enfants, même s'il travaillait avec plaisir au bon fonctionnement du circuit, il éprouvait forcément des regrets brûlants lorsqu'il se retrouvait au volant d'un bolide. Valentine ne voulait rien regretter, mais elle savait qu'il y a toujours un prix à payer et elle était d'accord pour régler l'addition.

3

Le Grand Prix d'Allemagne sur l'effrayant circuit du Nürburgring. 23 kilomètres dont 177 virages. La chaleur de l'été 1976. Niki Lauda et James Hunt se battent pour le titre. Sur la grille de départ, la pluie commence à tomber. Problèmes de pneus pour tout le monde. Soudain, le drapeau rouge se déploie et la course est stoppée à cause d'un accident grave. La Ferrari de Lauda s'est écrasée sur la piste après son envol contre un talus. Une première voiture vient la percuter et elle prend feu. Une deuxième voiture arrive et s'encastre dans les deux premières. Les secours tardent. Les flammes dévorent le visage du pilote.

Gabriel se réveilla en sursaut, inondé de sueur. Le drame vécu par Niki Lauda, qui avait traumatisé tous les pilotes de l'époque, venait encore hanter ses nuits. Il détestait ce cauchemar, contrairement à certains rêves où il se revoyait en course. Des images fortes se superposaient, le ramenant toujours à sa jeunesse, à ses succès, à sa vraie vie. Car, depuis lors, il végétait, il s'ennuyait. Tout lui semblait édulcoré et sans intérêt. Même s'il n'avait jamais été champion du monde, quelques victoires l'avaient rendu célèbre. Et après avoir goûté au succès et à la gloire, retomber dans l'ombre se révélait une punition odieuse. Il n'avait rien prévu pour sa retraite, n'avait pas su réorganiser son existence, brusquement vidé de son énergie. Pourtant, avec quelle force rageuse il avait adoré la vitesse et le danger ! Remettre sa vie en jeu à chaque virage, aller au bout de soi-même jusqu'au vertige… Qu'est-ce qui pouvait remplacer ça ? Rien ! À l'époque où il courait, il pouvait aussi être amoureux fou, comme il l'avait été d'Albane. Tout ce qu'il faisait alors était excessif. La prise de risque, la fête, l'amour. Aujourd'hui, les gens et les choses lui semblaient ternes. Habiter une jolie maison, avoir des enfants et des petits-enfants ne comblaient pas le manque. Et lorsqu'il racontait des souvenirs cent fois ressassés, il sentait bien qu'il ne captivait plus personne. Même Dan n'était plus ébloui, alors qu'il aurait dû l'être puisqu'il avait mesuré la difficulté d'être un bon pilote de course. Mais Dan était trop…

Trop quoi ? Mal à l'aise, Gabriel s'agita sur son canapé, puis finalement se leva. En principe, lorsqu'il faisait la sieste, il ne rêvait pas. Son cauchemar était-il la conséquence du déjeuner ? Malgré les protestations d'Albane, il avait beaucoup mangé et bu plusieurs verres de vin. Il devenait gourmand en vieillissant, c'était pathétique. La télévision n'affichait plus qu'un écran bleu, le film était fini et Gabriel n'en avait vu que le début. Après avoir bâillé, il alluma une cigarette. Il n'aurait pas dû fumer mais il en avait marre de toutes ces recommandations, ces réflexions.

— Dan…, murmura-t-il d'une voix songeuse.

Quelques années plus tôt, il l'avait conseillé, soutenu. Attendri parce que son fils voulait marcher sur ses traces, il aurait aimé diriger sa carrière. Mais dès les premiers bons résultats, Dan avait été pris en main par d'autres. Gabriel s'était vexé et, à partir de ce moment, les victoires de Dan l'avaient vaguement agacé. Bien sûr, il avait été fou d'angoisse le jour de son accident à Zandvoort, lors du championnat d'Europe de F3. Prévenu par téléphone, il s'était précipité en Hollande mais, le temps qu'il arrive, Dan avait été transféré à Paris, dans un service de pointe. Quand Gabriel, enfin à son chevet, avait appris que le pronostic vital n'était plus engagé, une chape de plomb avait quitté ses épaules. Son fils était vivant, il respirait, parlait ! Il parlait même beaucoup, racontant avec désespoir son erreur de pilotage, la perte de contrôle, le trou noir. Il s'en voulait, menaçait de tout arrêter. Aussitôt, Gabriel lui avait donné raison, éprouvant un second soula-gement, comme un effet rebond. N'avait-il vu dans cet abandon que la sauvegarde de Dan ? Ou bien, d'une manière insidieuse, ne voulait-il pas être remplacé, peut-être un jour devancé ? Car Dan avait fait preuve de grandes qualités jusque-là. On félicitait souvent Gabriel avec des expressions comme : « Tel père, tel fils ! » ou, pire : « Un jour, l'élève va dépasser le maître ! » Ces compliments le hérissaient. Et si Dan faisait mieux que lui, le reléguant définitivement ?

— Non, non, non ! lâcha-t-il entre ses dents.

Pourquoi se culpabilisait-il ? Bon sang, il n'était pas responsable de l'accident qui avait mis un terme définitif à la carrière de Dan ! Lui-même en avait subi en son temps, sans jamais envisager pour autant de lâcher la course. Et Niki Lauda, dont il venait de rêver, avait repris le volant six semaines après

71

l'horrible drame du Nürburgring. Dan s'était décidé tout seul, probablement en pensant à Mallaury dont il était fou, ou bien parce qu'il n'avait plus le feu sacré. Gabriel n'avait fait qu'entériner son choix. Et ensuite, il l'avait aidé à trouver un métier qui ne l'éloignait pas trop de son ancienne passion. Mais sans le nom de Gabriel Larcher, le circuit solognot aurait été inconnu parmi bien d'autres en France et les clients se seraient fait attendre.

— Absolument ! martela-t-il en tapant la télécommande sur le coin d'une étagère.

Le boîtier s'ouvrit et les piles se répandirent sur la moquette.

— À qui parles-tu ? s'enquit Albane en passant la tête à la porte.

Il tenait les deux morceaux de plastique et devait avoir l'air un peu hagard car elle lui sourit gentiment.

— Laisse, je vais t'arranger ça.

Tandis qu'elle se baissait pour ramasser les piles, il la considéra avec reconnaissance. Sans elle, que serait-il devenu ?

— Tiens, c'est réparé. Je venais te prévenir que je file à Beaugency.

— C'est le jour de ton bridge ?

— Oui, et ne m'attends pas pour dîner, je ne rentrerai que vers dix heures. Tu as de la viande froide et une salade de pommes de terre au frigo.

— Vous jouerez si tard ? protesta-t-il.

Les nombreuses activités de sa femme continuaient de l'étonner. Où trouvait-elle tant d'énergie et un tel intérêt pour les autres ?

— Nous devons aussi discuter de la prochaine assemblée générale de notre association, expliqua-t-elle patiemment.

— Laquelle ? railla-t-il. Tu t'investis pour de si nombreuses causes...

— Je trouve ça plus gratifiant que regarder la télé.

Elle n'avait pas élevé la voix, son ton n'était même pas ironique, néanmoins il fut vexé.

— À plus tard, mon chéri !

Elle quitta la pièce de son pas décidé puis dévala l'escalier d'après le bruit des talons de ses bottes sur les marches en pierre. Gabriel s'approcha de la fenêtre pour la regarder partir. Quelques mois plus tôt, elle s'était acheté une Mini rouge et blanc qui ressemblait davantage à un jouet qu'à une vraie voiture. Pour se démarquer ? Pour épater ses copines ? Des femmes que Gabriel ne connaissait pas, sur lesquelles il ne pouvait pas mettre de visages. Les parties de bridge ou les réunions en tout genre n'avaient jamais lieu ici, c'était toujours Albane qui s'en allait, censément pour préserver la tranquillité de Gabriel. Au fond, elle avait raison, voir des jeunes filles l'aurait peut-être émoustillé, mais des sexagénaires...

Il se demanda de quelle façon occuper cette fin de journée. La maison lui semblait trop grande quand Albane n'était pas là. Il descendit à la cuisine, hésita puis gagna la cave voûtée où il choisit une bouteille de cheverny rouge de chez Cyrille Sevin, un de ses vignerons favoris. Mais, avant de boire un verre, pourquoi n'en profiterait-il pas pour filer chez Nicolas et obtenir enfin cette consultation dont il rêvait ? En remontant, sa bouteille à la main, il eut la déception de découvrir Aramis tranquillement couché sur sa bergère. Nicolas n'était donc pas encore rentré chez lui. Avec un soupir résigné, il se mit à chercher le tire-bouchon.

*

— Tout le monde rêve de la mythique Ferrari, expliqua Dan, mais quand on voit ce qu'on peut tirer d'une Porsche sur un circuit comme celui-ci...

Un sourire radieux illuminait le visage de Justine.

— Oh, c'était magique ! s'exclama-t-elle en débouclant sa ceinture de sécurité.

Après lui avoir montré comment faire, Dan l'avait laissée conduire une dizaine de tours sans cesser de lui prodiguer des conseils jusqu'à ce qu'elle se sente à l'aise et prenne du plaisir à piloter.

— Je n'aurais jamais pu m'offrir un moment aussi merveilleux, merci du fond du cœur.

— Rien ne t'empêche de t'inscrire à un stage.

— Tes tarifs sont au-dessus de mes moyens, mais peut-être l'année prochaine.

Tout en lui souriant, il se demanda pourquoi une avocate célibataire n'avait pas de quoi se payer du bon temps. D'après Mallaury, Justine était brillante et ne devait pas manquer de dossiers. Il lui proposa de visiter le reste des installations et la conduisit jusqu'à la piste de kart.

— C'est un circuit outdoor homologué, expliqua-t-il. Il y a de grandes courbes, des épingles à cheveux, de vraies lignes droites. Le départ se fait sur la grille et les jeunes s'amusent comme des fous.

— Je les comprends ! D'ailleurs, je les envie.

— Il y en a pour les adultes aussi, et les prix sont beaucoup plus abordables. Ma sœur adore ça, à dix ans elle était déjà une vraie championne.

— Elle ne court pas en rallye ?

— Si, mais tout ce qui roule la passionne.

— Dans ta famille, on dirait que Nicolas est le seul à ne pas s'y intéresser.

— En fait, ma mère non plus. Et Nicolas a d'autres passions.

— De quel genre ?

— La nature, les animaux… et la médecine, bien entendu, qui est pour lui une véritable vocation.

Elle avait parlé de Nicolas la première, ce qui était bon signe. Le trouvait-elle à son goût ? Pour sa part, elle avait décidément beaucoup de charme, un regard intelligent et un sourire irrésistible. Il nota que certains de ses défauts, comme une bouche un peu grande ou une carrure trop athlétique, ne l'empêchaient nullement d'être féminine et très attirante.

— Mon frère a eu une grosse déception amoureuse à la fin de ses études, alors qu'il vivait à Paris. Quand il est revenu, j'ai senti qu'il allait mettre du temps à oublier. Aujourd'hui, je crois qu'il a enfin tourné la page.

Il ne le croyait pas du tout, mais il avait jugé bon de le dire pour ne surtout pas décourager Justine. En revenant vers le bâtiment de l'accueil, il changea délibérément de sujet.

— Quand nous avons construit le circuit, j'espérais y adjoindre un restaurant, et peut-être quelques chambres destinées aux clients qui souhaiteraient passer le week-end ici. Malheureusement, nous n'avions pas les fonds nécessaires. Quant aux autorisations, sans doute auraient-elles été difficiles à obtenir.

— La licence pour servir de l'alcool, certainement! répliqua-t-elle en riant.

Puis elle redevint sérieuse et lui lança un coup d'œil aigu.

— J'ai envie de te poser une question à laquelle tu n'es pas du tout obligé de répondre. Tu n'auras qu'à m'envoyer sur les roses si je suis indiscrète.

— Vas-y.

— N'es-tu pas frustré d'avoir arrêté la course? Toi, tu n'as pas tourné la page, tu continues à conduire des bolides...

— Pour gagner ma vie, oui. Il n'est plus question de compétition ou de performance, j'essaie juste de transmettre une partie de ce que je sais. De toute façon, je n'aurais pas pu épouser Mallaury si j'avais continué, alors je ne regrette pas, non.

— Pourtant, quand tu m'as montré comment conduire cette Porsche, tout à l'heure, tu avais l'air tellement...

— J'y prends du plaisir, c'est certain. Mais nos petits bolides n'ont rien à voir avec une monoplace.

Il avait répondu d'un ton un peu sec et il poursuivit, plus doucement:

— Il n'y a que très peu d'élus pour la F1. En ce qui me concerne, les circonstances n'étaient pas réunies. M'obstiner aurait été dangereux. Nous avons tous nos limites, et j'avais trouvé les miennes.

Inlassablement, il avait répété ces phrases pour mieux s'en convaincre, mais, en réalité, un doute subsistait tout au fond de sa tête.

— Je n'aurais pas dû te demander ça, s'excusa-t-elle d'un air navré. Je t'ennuie alors que tu m'as fait un beau cadeau ce matin, je suis stupide.

Elle posait sur lui un regard indéchiffrable qui le mit mal à l'aise.

— En tout cas, nous avons eu de la chance avec le temps, marmonna-t-il en la raccompagnant à sa voiture.

— Ma petite Polo va me sembler bien terne ! ironisa-t-elle. Mais elle est solide et c'est l'essentiel. Encore merci, et à bientôt j'espère. On s'embrasse ?

Quand elle lui déposa un baiser sur la joue, il sentit l'effluve d'un parfum capiteux très enivrant. Il la regarda manœuvrer puis s'éloigner en souhaitant qu'elle ait envie de revoir Nicolas. À moins d'être aveugle, son frère ne devrait pas rester longtemps indifférent à une femme comme elle.

*

— Je ne suis qu'un *has been*, un foutu *has been* ! martela Gabriel en s'observant dans le miroir.

Ce qu'il voyait lui déplaisait, le déprimait. Les marques de l'âge se faisaient cruelles, son front était dégarni, ses tempes toutes blanches à présent, et un sempiternel pli amer avait profondément creusé des rides autour de sa bouche. En se brossant les dents, il les avait trouvées jaunes comme celles d'un vieux cheval.

— Ces cons-là…, maugréa-t-il en se baissant pour ramasser le journal qu'il avait jeté par terre.

Une réglementation absurde de la Fédération venait de baisser d'au moins dix décibels le bruit des moteurs de course. Les spectateurs exprimaient leur mécontentement, le rugissement des bolides de F1 faisant partie intégrante de leur plaisir. Sans cet énorme volume de son, le sol ne vibrait plus, il devenait inutile de mettre des protections sur les oreilles. À quoi pensaient donc ces abrutis de la FIA ? Voulaient-ils la désaffection du public et, en conséquence directe, des sponsors ?

— Et pourquoi pas les faire rouler en silence ? Avec des moteurs électriques, tiens ! Si on m'avait demandé mon avis, j'aurais pu leur éviter cette boulette.

Mais personne ne le lui demandait. Après s'être retiré de la course, on lui avait proposé plusieurs postes qu'il avait refusés. Il se sentait alors une personnalité trop importante pour ne jouer qu'un rôle secondaire. Quelle arrogance, quelle bêtise... Il aurait pu finir, qui sait, membre ou même président de cette foutue Fédération internationale de l'automobile qui regroupait tout de même cent vingt-cinq pays et dont le siège se trouvait, non pas à l'autre bout du monde mais place de la Concorde, à Paris !

— Je n'ai fait que des erreurs, que des conneries...

Jamais il ne l'aurait reconnu devant autrui, pourtant c'était vrai, il le savait. Il ne devait qu'à lui-même sa carrière écourtée et sa retraite ratée. L'ennui, doublé d'une nostalgie tenace, était devenu son lot quotidien. Et voir Albane s'épanouir dans ses multiples activités le rendait plus morose encore. Évidemment, elle n'avait pas connu les sensations fortes auxquelles il avait si souvent goûté avec délectation, elle pouvait donc trouver du plaisir à jouer au bridge ou à fréquenter un club de remise en forme.

Après tout, elle n'avait fait qu'élever leurs enfants et s'occuper de la maison, aujourd'hui elle se grisait avec des petits riens qui lui donnaient l'impression d'exister. Très peu pour lui ! Quant à ses amis… En fait, il ne fréquentait plus personne. La distance, la paresse, et surtout l'indifférence avaient fini par le couper du monde. D'ailleurs, il estimait que l'amitié résistait mal au temps. Quand on n'exerce plus le même métier, quand on change de région, qu'est-ce qui subsiste ? Se voir devient un effort durant lequel on s'évertue à évoquer une époque révolue. De quoi attiser les regrets jusqu'à la nostalgie, puis la noyer dans trop d'apéritifs. Bien des années auparavant, il avait essayé d'inviter des amis pour le week-end, et il s'était aperçu que ces gens n'étaient que des relations, à peine des copains, et qu'il ne prenait aucun plaisir à les recevoir. Depuis, il préférait emmener Albane dans les bons restaurants de la région ou, plus rarement, lui offrir un week-end de shopping à Paris.

Il décida de se rendre sur le circuit, un but de promenade comme un autre, et ainsi Dan ne pourrait pas dire qu'il n'y mettait jamais les pieds. En arrivant, il fut surpris par l'affluence sur le parking, puis il se souvint que le mercredi de nombreux adolescents se ruaient sur les karts. Au moins, cette piste-là était très rentable. Il trouva Dan dans son bureau du premier étage, apparemment occupé par de la comptabilité.

— Ah, tu es vraiment bien ici ! lança-t-il d'un ton joyeux.

Une large baie équipée d'un triple vitrage donnait sur le circuit, avec la forêt dans le lointain. Aménagé au-dessus du hall d'accueil, on accédait au bureau par un escalier en colimaçon dissimulé aux visiteurs. Les murs étaient tapissés de liège et, au sol, une épaisse moquette contribuait à atténuer tous les bruits en provenance des pistes. Dan pouvait y travailler à peu près au calme tout en jetant un coup d'œil aux voitures qui tournaient sur le circuit.

— Il y a longtemps que tu n'étais pas venu, constata-t-il en dévisageant son père.

— Je m'ennuie mortellement à la maison. Ta mère n'est jamais là…

— Elle s'occupe, elle a raison. Tu n'as qu'à passer plus souvent, il y a toujours de l'activité ici.

Gabriel s'approcha de la baie et, durant quelques instants, observa une Aston Martin qui semblait battre des records de vitesse le long de la ligne droite mais tanguait dangereusement dans les virages. Il n'y avait aucune autre voiture en vue.

— Qui est-ce ? demanda-t-il, intrigué.

— Un de ces nouveaux riches qui s'offrent une bagnole hors de prix mais ne savent pas la conduire.

— Je vois ça.

— Il a privatisé le circuit pour se « perfectionner » tout seul. Car, bien sûr, il refuse l'aide d'un vrai pilote.

Dan détestait ce genre de client, néanmoins il les acceptait par la force des choses.

— Le fric ne donne pas tous les droits, déclara Gabriel d'un air vertueux qui fit rire Dan.

— Oh, papa ! Nous faisons du commerce, d'accord ? De toute façon, il y a moins de danger pour lui, et surtout pour les autres, quand il se défoule ici plutôt que sur une route. S'il fait une sortie de piste, il cassera son beau jouet sans trop de dommages pour lui.

Les abords du circuit étaient parfaitement sécurisés, avec des dégagements larges, dépourvus de tout obstacle. Un des moniteurs observait la voiture depuis les stands, prêt à intervenir. Entre les caméras de surveillance, les feux clignotants, les extincteurs aux points stratégiques et les cônes savamment disposés pour guider la trajectoire du conducteur, les risques d'accident étaient très limités.

— Il devrait y avoir un permis spécial pour les V8, soupira Gabriel.

— Hors d'ici, il roule à soixante à l'heure, il a la trouille.

— Quel gâchis… Cette voiture est pourtant un vrai bijou.

— Veux-tu qu'il te la prête ? Il serait ravi que tu lui fasses faire quelques tours avec toi au volant.

— Je ne donne pas de cours ! répliqua vertement Gabriel. Pour une démonstration, il n'a qu'à s'adresser à toi, même si c'est moins flatteur pour lui.

Il n'eut pas conscience de la cruauté de sa réflexion et poursuivit, sur le même ton :

— Qu'est-ce que les gens s'imaginent ? Qu'on peut tout se payer ? Je ne suis pas le larbin de service.

— Alors, cesse de loucher sur sa voiture !

Gabriel, qui jusque-là n'avait pas quitté des yeux l'Aston Martin, fit volte-face et toisa Dan. Il chercha en vain une repartie puis haussa les épaules.

— Tu aurais dû me dire que je te dérangeais, au lieu de te montrer agressif.

— Moi ? Tu plaisantes, j'espère. Écoute, je n'ai pas le temps de faire une pause, je me débats avec toute cette paperasserie…

— Il me semble que nous avons un comptable.

— Uniquement pour vérifier nos chiffres en fin d'année. Le reste du temps, je m'en charge et je déteste ça.

— C'est vrai que les maths n'étaient pas ton fort à l'école, ricana Gabriel.

— Tu n'as jamais rien d'agréable à me dire ? riposta Dan.

Stupéfait, Gabriel se sentit accusé à tort et se défendit.

— Oh, tu es en mal de compliments ? Ça ne va pas avec Mallaury ?

Il ne pouvait pas comprendre, car il ne s'en souvenait pas, qu'après avoir chouchouté Dan durant son enfance et son adolescence, heureux de le voir se passionner pour les voitures, il s'était soudain mis à le considérer comme un rival potentiel exactement pour la même raison. Cette sourde jalousie, à laquelle il n'aurait jamais donné ce nom, avait instauré un rapport ambigu entre eux. Dès le début du projet du circuit, Gabriel avait voulu garder la main. L'affaire portait son nom, et même s'il en avait délégué la responsabilité à Dan, il se considérait comme l'atout majeur de leur réussite.

— Bon, je te laisse travailler, je vois que tu es mal luné. Moi qui croyais passer un bon moment…

Dan ne fit rien pour le retenir et il sortit à regret. À peine hors du bureau, les bruits de l'Aston Martin qui tournait toujours, ainsi que ceux en provenance de la piste de kart, l'assaillirent. Il resta quelques instants à écouter ces sons aigus qui lui rappelaient tant de choses et qu'il avait aimés par-dessus tout. Puis il gagna le parking, espérant qu'Albane était rentrée à la maison.

*

Nicolas s'arrêta net, le cœur battant. Il avait reconnu la silhouette de sa mère, et aussi celle de l'homme qui l'accompagnait. Pour une fois qu'il s'accordait un peu de shopping à Orléans, après sa matinée passée à l'hôpital, pourquoi fallait-il qu'il tombe sur eux ? Attablés face à face au Saint-Patrick, un bar à bières de la rue de Bourgogne, ils étaient parfaitement visibles à travers la vitre. Or Nicolas avait donné rendez-vous à Valentine au même endroit. Il recula de quelques pas et consulta sa montre. Comme d'habitude, il était en avance et sa sœur n'était sûrement pas arrivée. Autant la préserver de cette rencontre, même si, il en était certain, leur mère trouverait une explication plausible. Surmontant sa propre curiosité, il s'éloigna davantage pour guetter Valentine et l'intercepter. Cet homme, dont il ignorait le nom, l'intriguait depuis le jour où il l'avait aperçu une première fois, tenant Albane par la taille. La scène se passait dans le hall de la gare, alors qu'il arrivait de Paris pour le week-end. À l'époque, il était encore étudiant, insouciant et amoureux. Rentré plus tôt que prévu, il était resté cloué sur place en découvrant sa mère enlacée par un inconnu. En pleine confusion, il s'était dissimulé en hâte, mais sans pouvoir s'empêcher de les observer. Leur attitude et leurs gestes trahissaient une familiarité de longue date. Totalement désemparé, il avait quitté la gare et erré en ville durant des heures. En général, il appelait la maison pour qu'on vienne le chercher, mais il ne voulait surtout pas que sa mère puisse supposer qu'elle avait été vue. Aussi avait-il attendu le soir pour téléphoner, comme s'il venait juste d'arriver. Par la suite, ne sachant que faire de sa stupéfiante découverte, il l'avait gardée pour lui. Avec le temps, il s'était efforcé de ne plus y penser, se disant confusément que sa mère avait peut-être eu une aventure sans lendemain, voire un simple flirt platonique destiné à la rassurer. Après tout, elle arrivait à un âge critique pour une femme. Durant les mois qui avaient suivi, il ne s'était rien passé d'anormal, mais un an plus tard Nicolas avait surpris les bribes d'une conversation téléphonique, alors que sa mère se croyait seule dans le jardin. Elle parlait, riait et faisait des gestes avec ses mains, apparemment d'humeur très joyeuse. En avisant son fils qui s'était arrêté à l'angle de la maison, très embarrassé, elle s'était tue. Ils avaient échangé un long regard, puis elle avait seulement dit à son mystérieux interlocuteur :

— Je dois te laisser.

Elle avait coupé la communication, attendu quelques instants avant de ranger son portable dans la poche de son blouson. Sans doute savait-elle qu'il en avait assez entendu pour être édifié, mais elle n'avait pas cherché à se justifier.

Nicolas adorait Albane, il n'était pas question pour lui de la juger, encore moins de la trahir. Il ne l'avait pas fait alors et ne le ferait pas davantage aujourd'hui. Avec lui, elle s'était montrée une bonne mère, l'avait soutenu face à Gabriel quand celui-ci voulait absolument convertir son fils à la pratique du kart, l'avait encouragé à entreprendre ses études de médecine pour échapper à l'obsession familiale des voitures. Ils avaient toujours été solidaires, et voilà qu'un hasard les rendait complices malgré eux. Le pacte s'était scellé sans un mot.

Tournant la tête à droite et à gauche, Nicolas essaya de repérer Valentine parmi la foule des passants. La rue de Bourgogne était toujours très animée avec ses multiples restaurants, petites boutiques et bars branchés. Nicolas se souvint que la Maison Bourgogne, au 108, abritait une quarantaine d'associations et organisait régulièrement des expositions ou des animations artistiques. Était-ce la raison de la présence de sa mère ici ? Elle avait tant d'activités ! Il se prit à espérer que l'homme qui l'accompagnait ne soit pas son « activité » principale et la raison essentielle de ses absences. Il aperçut enfin Valentine qui se dirigeait vers le Saint-Patrick. Elle marchait vite, le col relevé et les mains dans les poches de son manteau pour se protéger du vent glacial. De son bonnet s'échappaient quelques petites mèches brunes qui encadraient son visage. Nicolas lui trouva l'air incroyablement jeune, elle ne faisait pas du tout ses vingt-six ans. Il alla à sa rencontre, la prit par un bras et lui fit faire demi-tour.

— Trop de monde au Saint-Patrick, expliqua-t-il.

— Mais j'ai froid ! protesta-t-elle.

— Tu dois d'abord m'aider, je voudrais acheter des pulls chez Benetton. La rue Jeanne-d'Arc n'est pas loin, viens…

Tout en l'entraînant, il remarqua qu'elle semblait tendue, moins souriante que de coutume.

— Quelque chose ne va pas, ma puce ?

— J'ai le cafard.

— Toi ?

D'un naturel gai, elle était toujours prête à rire ou à s'enthousiasmer, et si elle pouvait se mettre facilement en colère, en revanche elle n'était pas sujette à la mélancolie.

— J'ai quitté Marc, expliqua-t-elle.

Il s'arrêta net, stupéfait.

— Ah bon ? Pourquoi ?

— Parce que l'amour à distance, ça ne fonctionne pas. On l'a cru, on s'est trompés.

— Et comment prend-il la rupture ?

— Très mal. Il aurait voulu que je plaque tout pour le suivre, en me promettant une vie de rêve à Paris.

— Tu n'en avais pas envie ?

— Tu parles d'un marché de dupes ! Mon existence me convient très bien, Nick.

Avec une moue boudeuse, elle se remit en marche en l'entraînant.

— Allons choisir tes foutus pulls, ça me changera les idées.

— Tu es sûre de ne pas avoir agi sur un coup de tête ?

— Et alors ? Il vaut mieux suivre son instinct que tergiverser durant des mois pour en arriver au même résultat. J'ai compris que nous n'irions pas beaucoup plus loin, tous les deux, et que d'ailleurs je ne le souhaitais pas vraiment. Nos aspirations sont trop différentes.

— Tu n'as donc pas envie de fonder une famille ?

— Pas maintenant ! Et puis, c'est toi qui dis ça ?

— Tu es une femme, Valentine.

— Mon horloge biologique tourne, je sais. Sauf que j'ai encore de la marge.

— D'accord. Pourtant, un jour, tu devras abandonner tes rallyes, tes voyages, et te poser enfin.

— Pourquoi ? J'aime ce que je fais, Nick !

— Je te parlais d'un point de vue médical. Être secouée comme un prunier la moitié de l'année…

Elle s'arrêta pour le toiser, et il leva la main en signe d'apaisement.

— Très bien, je me tais.

— Il n'y a que Dan pour me comprendre, marmonna-t-elle. Toi, tu me fais la morale, maman a la trouille, et papa ne me prend pas au sérieux. Merci la famille !

Ils reprirent leur marche jusqu'à la boutique où elle entra la première. Sans s'occuper de son frère, dont elle connaissait la taille, elle fouilla parmi les piles de pulls et de chemises, fit son choix puis déposa tout sur le comptoir.

— Les couleurs, ça te va ? lui lança-t-elle d'un ton rogue.

Amusé, il hocha la tête avant de se tourner vers la vendeuse qui les observait, intriguée.

— Allez-y, c'est bon, je vais vous régler.

Valentine s'interposa pour demander, plus gentiment :

— Tu es sûr que ça te plaît ?

— Je te fais confiance.

— Je sais que tu aimes le bleu…

Soudain, elle était comme une gamine, navrée d'avoir fait un caprice.

— Ce sera parfait, affirma-t-il.

Puis, par jeu, il prit les côtés de son bonnet et le lui enfonça jusqu'aux yeux. La vendeuse leur sourit comme à deux amoureux en leur tendant le paquet. Ils se ressemblaient si peu que personne n'aurait pu les croire frère et sœur. En sortant de la boutique, Nicolas en profita pour déclarer :

— Puisque tu as rompu avec Marc, je vais devoir te présenter tous les jeunes médecins que je connais.

— Pas question !

— Pourquoi ? Vous me faites souvent le coup, Mallaury et toi, alors je tiens à rendre la pareille. Tu verras comme c'est saoulant.

— Au fait, et cette Justine si formidable ?

— Qui prétend qu'elle l'est ?

— Dan. Il la trouve faite pour toi. Tu sais, on parle beaucoup tous les deux. Je l'appelle après chaque rallye, je le bombarde de questions. Sans son accident, il aurait pu être un grand pilote et j'écoute ses conseils. Avec papa, je ne peux pas discuter, il prend ça de trop haut, de trop loin, comme si je lui racontais une partie de bowling !

— Rien ne t'empêche de m'appeler. À défaut de pouvoir te conseiller, au moins je t'écouterai.

— Non, toi, tu as un travail trop *important*, il ne faut pas te *déranger*. Maman nous l'a seriné depuis ta première année de médecine. Pour elle, tu es le plus respectable de toute la famille.

— C'est ridicule, Valentine. Elle n'a jamais dit ça.

— Elle le pense très fort. Quand nous étions petits, elle préférait te voir tourner sur un poney, dans un manège, que nous sur des karts. Elle trouvait ça plus intelligent. Pourquoi ?

— Parce qu'elle…

— … déteste le bruit des moteurs, je sais. Viens, entrons au Café-crème, j'ai vraiment froid.

Ils étaient loin du Saint-Patrick, et Nicolas se laissa entraîner à l'intérieur du bistrot. Tout en continuant à bavarder, ses pensées revinrent vers sa mère. Était-elle toujours en compagnie de l'inconnu et que faisait-elle ? Sachant que sa fille habitait Orléans, elle prenait le risque de la rencontrer, ce qu'elle ne souhaitait sûrement pas. Mais l'habitude finit par endormir la méfiance, et si vraiment elle entretenait une liaison depuis des années, elle ne devait plus faire suffisamment attention.

— Tu m'écoutes ? protesta Valentine.

Elle était en train d'énumérer ses griefs envers Marc, et Nicolas se força à sourire.

— Arrête de l'accabler. Contente-toi de reconnaître que tu n'es plus amoureuse de lui.

— Plus autant qu'au début.

— Ce qui explique ta décision. Tu as bien fait.

Mais il avait du mal à lui donner raison car la rupture de sa sœur lui évoquait cruellement la manière dont il avait lui-même été quitté. Une douleur si violente, si désespérante, qu'il en venait à plaindre Marc.

— Dans la famille, Dan est bien le seul à être heureux en amour, soupira-t-il amèrement.

— Les parents aussi. Un bel exemple de longévité !

Il parvint à acquiescer malgré son malaise.

— Je vais rentrer avant la nuit, décida-t-il. Veux-tu venir dîner et dormir chez moi ?

— Tu es un vrai gentil, toi ! s'exclama-t-elle, visiblement touchée. Mais ne t'inquiète pas pour moi. J'ai une course après-demain et je dois me coucher tôt. Boris passe me prendre à l'aube, on descend dans le Midi.

Elle l'annonçait d'un air ravi, et Nicolas se demanda si c'était la perspective du rallye ou la compagnie de son copilote qui la réjouissait. Depuis deux ans qu'ils faisaient équipe, elle prononçait souvent son prénom au détour d'une phrase, plus souvent que celui de Marc, en tout cas.

— Tiens, ton certificat médical, dit-il en lui tendant une feuille. Je n'avais pas oublié.

Après avoir déposé de la monnaie sur la table, il récupéra son sac de pulls et chemises.

— Tu auras tout du séducteur là-dedans, ironisa Valentine. Je parie qu'une femme s'est glissée dans ta tête, même si tu ne le sais pas encore. Quand un homme achète des fringues…

Il éclata de rire, persuadé qu'elle avait tort.

*

Justine raccompagna son client en lui promettant qu'il aurait bientôt des nouvelles. «Bientôt», en termes de justice, pouvait prendre des semaines ou des mois. Tribunaux saturés, magistrats débordés, procédures trop compliquées. Le plus difficile dans le métier d'avocat était d'avoir de la patience.

Avant de regagner son bureau, elle prit le temps d'échanger quelques mots avec la secrétaire. Elle ne travaillait dans ce cabinet que depuis peu et tenait à se faire bien voir de chacun. Tout recommencer à trente-quatre ans n'était pas au-dessus de ses forces, mais, cette fois, elle ne voulait pas se tromper. Avoir quitté Paris représentait un échec pour elle, et se retrouver à Orléans n'avait rien d'une promotion. Néanmoins, elle estimait avoir fait preuve de courage et elle se sentait en accord avec elle-même. Son mariage ayant été une série de désillusions puis de disputes, elle n'avait pas eu d'autre choix que d'y mettre un terme. Mais le divorce avait entraîné son départ du grand cabinet parisien qu'elle avait été si heureuse d'intégrer dès l'obtention de son diplôme. Être tombée amoureuse d'un des associés et l'avoir épousé sur un coup de tête s'étaient révélé une terrible erreur. D'autant plus que son ex-mari ne l'avait pas épargnée, la grillant auprès de nombreux confrères en la faisant passer pour caractérielle. Elle avait alors choisi de s'en aller loin de lui et de ses médisances. À Orléans, il existait une opportunité qu'elle s'était empressée de saisir. Durant les premiers mois, elle avait dû faire la preuve de son talent et de son acharnement au travail jusqu'à établir un climat de confiance avec les avocats qui l'employaient. Elle espérait devenir un jour prochain leur associée et dans ce but elle ne relâchait jamais son attention.

La récréation qu'elle s'était accordée en passant un moment sur le circuit Larcher l'avait éblouie, comblée. Elle raffolait des voitures et de la vitesse, mais jamais elle n'aurait imaginé conduire une Porsche de cette puissance avec autant d'aisance. Dan était un formidable professeur ! En fait, elle l'avait découvert sous un jour très différent. Si, en tant qu'époux de Mallaury, elle ne s'y était guère intéressée jusque-là, en revanche dans son rôle de pilote il l'avait totalement subjuguée. Son frère Nicolas semblait très gentil, d'accord, mais, aux yeux de Justine, il ne possédait pas la même aura. Un médecin de province, presque de campagne, amoureux de la nature et des animaux, farouchement indépendant et bien décidé à n'avoir aucune attache sentimentale : le portrait n'était pas très attrayant. Toutefois, Nicolas était un beau garçon, et célibataire de surcroît. S'il n'y avait pas eu ce moment exceptionnel avec Dan…

Bon, elle n'était pas stupide. Dan était un homme marié, un père de famille. Ce qu'elle avait éprouvé à côté de lui durant quelques minutes tenait de la fascination d'une midinette. Bien placée pour savoir qu'un couple, même solide, peut se détruire assez vite, elle n'essaierait pas de s'immiscer entre Dan et Mallaury. Mieux valait conserver son petit frisson d'extase dans un coin de sa tête, comme un joli souvenir, plutôt qu'aller chercher des ennuis. Mallaury pouvait devenir une véritable amie et l'aider à mieux s'intégrer dans cette nouvelle vie qu'elle s'était choisie. Pour réussir un parcours sans faute, elle ne devait pas commettre de faux pas. Ce qu'elle avait raté à Paris, elle le réussirait ici. Ambitieuse, elle ne gâcherait pas ses chances. Elle venait d'un milieu simple, où elle n'avait pas été malheureuse, mais depuis toujours elle désirait s'élever. Dans ce but, elle avait été une excellente élève au lycée, puis en fac de droit. Elle avait pu croire que ce serait suffisant pour réussir, malheureusement il fallait aussi une part de chance, savoir prendre les bonnes décisions au bon moment, et trouver le compagnon idéal. Nicolas Larcher ne faisait pas l'affaire, quant à Dan, il était déjà pris, et fantasmer sur un homme marié ne la conduirait nulle part.

*

Nicolas se sentait frustré. Dans la salle d'attente, il y avait encore cinq personnes, ce qui signifiait qu'il finirait trop tard pour emmener Aramis se promener en forêt. La nuit tombait vite en novembre et, hormis le dimanche, il n'aurait plus que rarement l'occasion d'arpenter les bois. La première année de son installation, il y parvenait à l'heure du déjeuner puisqu'il fermait son cabinet entre douze et quatorze heures. Mais sa clientèle n'avait cessé de croître, et à présent il faisait quasiment des journées continues, prenant à peine le temps d'avaler un sandwich au bistrot le plus proche. Comme il n'envisageait pas d'expédier ses patients, il songeait à s'associer avec un confrère. À condition de trouver un candidat! En tout cas, il avait la place nécessaire pour créer un second cabinet de consultation. Le local qu'il louait à La Ferté-Saint-Aubin comprenait quatre grandes pièces desservies par une entrée. Il avait installé son propre cabinet dans l'une d'elles, la salle d'attente dans une autre. La troisième, sorte de réserve, comportait un évier, un réfrigérateur destiné aux vaccins, ainsi que de nombreuses étagères pour les dossiers. Restait la dernière, vaste et claire, qui était vide pour le moment. Un jeune médecin pourrait être séduit par cette disposition fonctionnelle et par l'importance d'une clientèle en pleine expansion. Être deux ne présenterait que des avantages, permettant à chacun de prendre quelques loisirs. Nicolas ne voulait pas se tuer à la tâche ni se dégoûter de sa vocation. S'il adorait son métier, il souhaitait aussi profiter de la vie.

Deux heures plus tard, lorsqu'il sortit enfin, il faisait nuit noire. Après son dernier patient, il avait pris le temps de poster une petite annonce sur un site professionnel. Obtiendrait-il des réponses intéressantes ? Perdu dans ses pensées, il faillit heurter une passante qui l'apostropha :

— Alors, Nicolas, on rêve ?

Souriante, Justine lui tendit la main.

— On devait fatalement finir par se rencontrer, ajouta-t-elle. C'est une si petite ville…

— Tu trouves ? Nous sommes un peu plus de sept mille ! Population relativement jeune, un tiers de célibataires…

— Ne me refais pas le panégyrique des charmes de la Sologne. Tu as sans doute raison, la région est agréable, mais pour l'instant je suis encore un peu perdue ici. En plus, j'ai l'impression que les gens m'épient.

— Les nouveaux venus suscitent toujours la curiosité. On prend un verre ?

Il l'avait proposé spontanément, alors que cinq minutes plus tôt il était pressé de rentrer chez lui. Elle hésita puis accepta d'un hochement de tête et lui désigna le bar le plus proche, La Pomme de Pin. Une fois installés, ils commandèrent des kirs à la mûre.

— Je voulais passer voir Mallaury, expliqua-t-elle, mais elle est déjà partie. Je ne sais pas comment elle fait pour travailler toute seule, en plus elle accepte tous les cas foireux.

— Tu le penses ?

— Des problèmes de voisinage, des parcelles en litige, des recouvrements de pension alimentaire, des problèmes avec l'administration, des plaintes pour tapage, des divorces de paumés et j'en passe. Dans un cabinet de groupe, on se répartit ce genre de dossiers, Dieu merci !

Tandis qu'elle parlait, il s'était mis à l'observer avec attention. Sûre d'elle mais pas arrogante, posée, souriante, elle dégageait un charme auquel il était sensible.

— Oh, s'écria-t-elle soudain, je ne t'ai pas revu depuis mon expérience sur le circuit ! La Porsche que j'ai conduite était fantastique, évidemment, mais ce qui m'a le plus bluffée, c'est ton frère. Waouh, quel pilote génial ! Je ne comprends pas qu'il ait arrêté sa carrière.

— Il avait ses raisons.

— Bien sûr. Enfin, c'est dommage.

— Il se fait plaisir quand il veut, et au moins il ne risque plus sa vie.

— Oui, il m'a avoué que Mallaury ne l'aurait pas supporté.

Elle parut réfléchir quelques instants, sourcils froncés, puis ajouta :

— Crois-tu qu'on ait le droit de modifier le destin de quelqu'un ?

— Dans un couple, il faut que chacun soit honnête vis-à-vis de l'autre.

— Mais poser un ultimatum comme elle l'a fait, ça s'appelle du chantage, non ?

— Non. Elle a seulement affirmé ce qui, pour elle, n'était pas négociable. Dan avait le choix d'accepter ou pas. Il ne pouvait pas tout avoir à la fois.

— Pauvre Dan…

Elle affichait une expression attendrie qui sembla excessive à Nicolas.

— Ne le plains pas, il est heureux.

Avec une petite moue dubitative, elle but la dernière gorgée de son kir.

— Je vais rentrer maintenant, annonça-t-elle.

Il avait laissé passer l'occasion de l'inviter à dîner et il s'en voulut car il aurait volontiers prolongé leur tête-à-tête. Mais il était surpris de cette brusque attirance pour elle, lui si réservé avec les femmes. Sans insister, il régla les consommations et fut le premier à se lever.

4

Gabriel secoua la tête, exaspéré. Devant lui, Valentine, toute pâle, luttait pied à pied pour le convaincre.

— Je regrette, répéta-t-il, je ne marche plus. C'est un budget énorme, chérie !

— Mais j'ai trouvé des sponsors, ça nous coûte de moins en moins et…

— Et ça ne rapportera jamais rien.

— Je dois finir la saison, s'obstina-t-elle.

— Pourquoi ? Ce n'est pas un métier, tu le sais. Tous tes copains de rallyes doivent te le dire, non ?

— J'ai la voiture, papa, je ne fournis que le reste.

— Le *reste* est énorme. Les voyages, les engagements, les licences et tout le bataclan.

— Quand je me serai fait un nom…

— Un prénom ! corrigea-t-il. Larcher, c'est déjà connu. Et avoue que ça t'a servi parce que ça parle à tout le monde, navré de te le faire remarquer.

— Au début, peut-être, mais depuis j'ai obtenu de bons résultats.

— Qui ne te mènent nulle part. L'année prochaine, tu vas me demander de participer aux 24 heures du Mans ? Tu as beau être la petite dernière et la plus gâtée, je ne peux pas continuer à entretenir ton hobby.

— *Hobby ?* s'écria-t-elle, furieuse. Comment peux-tu dire une chose pareille, toi ? Tu sais bien que c'est ma passion, que…

— Arrête, Valentine. Nous ne parlons pas de la même chose. Quand on est bon en F1, comme je l'ai été, on gagne beaucoup d'argent. Ce ne sera jamais ton cas dans ta… discipline.

— Tu passes ton temps à me rabaisser !

— Moi ? Voyons, ma puce, ne t'ai-je pas soutenue jusqu'ici ? Vis-à-vis de tes frères, c'est très injuste. Je n'ai pas aidé Nicolas à s'installer. Et Dan travaille dur, il fait sa part. Toi, tu as vingt-six ans, pas de métier, et pas non plus de mariage en vue puisque tu as jugé bon de rompre avec Marc. Il y a de quoi s'inquiéter, crois-moi. Ta mère s'angoisse dès que tu participes à un rallye, et moi, je me fais un sang d'encre pour ton avenir.

Comprenant qu'elle n'obtiendrait pas gain de cause, Valentine fit un effort pour recouvrer son calme. En évoquant Albane, son père cherchait à la culpabiliser et à justifier son refus.

— Pourtant, je dois finir la saison, répéta-t-elle à mi-voix.

— Et la suivante, et une autre encore… C'est non.

Elle se reprocha de ne pas y avoir pensé jusque-là. Son père avait couvert ses dépenses, pas toujours de bonne grâce, mais elle s'était imaginé qu'il était content de la voir progresser et qu'il continuerait à la subventionner. Sa brusque décision de tout arrêter, au moment où elle en avait un besoin crucial, lui parut très injuste.

— Très bien, dit-elle d'un ton sec. Je vais demander un emprunt bancaire.

— On ne te l'accordera pas. Sur quelles garanties ? Tu n'as aucun revenu et je ne me porterai pas caution. T'endetter serait stupide, Valentine. Tu ne pourrais pas rembourser, tu le sais. Si tu crois me forcer la main, tu te trompes. Et il est grand temps que tu fasses quelque chose de ta vie. Mon rôle de père consiste à te mettre face à tes responsabilités.

Il pontifiait et n'allait sans doute pas tarder à sortir une de ces maximes qu'il affectionnait. Plutôt qu'exploser de rage, comme elle en mourait d'envie, elle se contraignit au silence. Puisqu'il la lâchait, vers qui pouvait-elle se tourner ? Pour la banque, il avait raison, elle n'obtiendrait rien. Inutile de songer à sa mère qui ne voudrait pas s'en mêler et n'avait d'ailleurs pas de fonds propres. Nicolas remboursait le crédit de son installation, quant à Dan et Mallaury, ils ne roulaient pas sur l'or.

— J'espère que tu ne m'en veux pas, ma chérie, reprit Gabriel. Comme dit le proverbe…

— Je préfère ne pas savoir ce qu'il dit ! lança-t-elle.

La panique était en train de l'envahir. N'avait-elle donc aucun moyen de s'opposer au diktat de son père ? Pourquoi lui faisait-il un coup pareil ? Pourquoi l'avoir encouragée pour soudain l'abandonner ? Ne plus courir en rallye était inenvisageable pour elle. Qu'allait-elle devenir ? Rien ne l'avait préparée à faire autre chose que se consacrer à sa passion. Peut-être s'était-elle montrée inconséquente, futile ou enfant gâtée, mais personne n'avait cherché à l'en dissuader. Les réserves de sa mère concernaient le danger, pas la dépense. Après tout, elle faisait partie d'une famille vouée à l'automobile ! Enfant, elle avait été bercée par les succès de son père ; adolescente, elle avait suivi son frère sur les circuits, et elle-même avait passé la moitié de sa vie au volant d'un kart ou d'une voiture. Mais voilà que son père sifflait sans préavis la fin de la récréation.

— Je rentre chez moi, décida-t-elle.

— Tu n'attends pas ta mère ? Elle ne devrait pas tarder à revenir et elle sera déçue de t'avoir manquée.

Gabriel faisait comme si de rien n'était, comme s'ils venaient d'avoir une conversation anodine.

— Je suis pressée ! répliqua-t-elle. Je dois appeler tous mes sponsors, expliquer la situation et voir ce qui est possible. Je n'abandonne pas la compétition, en tout cas pas maintenant.

— Réfléchis un peu, bon sang !

Elle se dirigeait déjà vers la porte, mais elle fit volte-face.

— Oh oui, je réfléchis ! Je vais même ne plus penser qu'à ça. Et pour toi qui aimes bien les proverbes, souviens-toi que les chats ne font pas des canaris. Je suis têtue car j'ai de qui tenir. Tu t'es toujours accroché à tes bagnoles, moi aussi !

La colère la submergeait, aussi préféra-t-elle sortir. Son père venait de la rabaisser au rang de gamine trop gâtée, doublée d'une écervelée. Jusqu'ici, il n'avait montré qu'une vague bienveillance, et à présent il mettait son veto. Elle s'apercevait, trop tard, que contrairement à ce qu'elle avait cru, il n'était pas dans son camp. Mais il ne défendait jamais personne, comme si les autres n'étaient que quantité négligeable et n'en valaient pas la peine. Qu'allait penser sa mère de ce retournement de situation ? À qui donnerait-elle raison ? En tout cas, le premier appel de Valentine serait pour Dan. Même s'il ne pouvait rien faire, au moins il la comprendrait.

— Non, d'abord Boris…, maugréa-t-elle en s'installant dans sa voiture.

L'idée de le décevoir lui était très désagréable. Il allait tomber des nues, comme elle. Sélectionnant son numéro, elle fut soulagée d'avoir affaire à sa boîte vocale, où elle laissa un long message. Puis elle appela la banque et demanda un rendez-vous à son conseiller. À défaut de prêt, elle espérait obtenir une autorisation de découvert.

Quand elle démarra enfin, elle ne jeta pas un seul regard vers la maison, ignorant la silhouette de son père derrière les carreaux.

*

Nicolas rappela Aramis qui revint vers lui à contrecœur.

— Il est très obéissant, fit remarquer Justine.

— Et aussi, parfois, très indépendant !

— Comme toi. D'ailleurs, pourquoi ne le laisses-tu pas aller où il veut ?

— Je tiens à garder un œil sur lui. Son instinct de chasse, s'il tombe sur une piste, pourrait l'emmener très loin, là où je n'aurais plus aucun contrôle sur lui. Imagine qu'il saute à la gorge d'un chevreuil, à condition qu'il arrive à en rattraper un, ou bien qu'il croise un sanglier. Une laie suivie de ses petits marcassins est toujours agressive.

Justine gardait la tête baissée pour regarder où elle posait les pieds. Apparemment, la marche en forêt ne l'amusait pas beaucoup. Nicolas avait essayé de l'intéresser au paysage, aux végétaux, aux animaux, mais elle était une authentique citadine et n'éprouvait pas une grande curiosité envers la nature. Pourtant, il avait réussi à la convaincre d'entreprendre cette balade. Était-ce parce qu'elle ne savait pas comment occuper son dimanche?

— Voilà la pluie, annonça-t-elle en relevant son col. On ferait mieux de rentrer.

L'automne n'était décidément pas clément, chaque jour apportait son lot d'averses, de brouillard ou de vent. Il rebroussa chemin et annonça qu'ils allaient prendre un raccourci. Justine avait pensé à mettre des bottes mais elle était tête nue, aussi Nicolas lui tendit-il sa casquette.

— Mets ça, moi, je ne crains rien!

Sans se faire prier, elle rassembla ses longs cheveux et les enferma dans la casquette.

— On court? proposa-t-elle.

— On ne tiendra pas la distance, nous sommes trop loin.

Il se contenta d'accélérer le pas et constata qu'elle suivait sans problème. Elle lui avait raconté qu'elle aimait le sport mais qu'elle avait trop de travail pour pratiquer quelque chose d'amusant. En ce moment, elle s'astreignait à aller nager deux fois par semaine à la piscine du palais des sports, à Orléans, au lieu de déjeuner.

— Depuis mon adolescence, je lutte contre le surpoids, expliqua-t-elle.

— J'ai du mal à le croire, tu as la taille idéale.

Le compliment lui avait échappé, il ne voulait pourtant pas se montrer trop flatteur.

— Je me bats avec un certain nombre de patientes qui voudraient maigrir alors qu'elles n'en ont pas besoin. Entrer dans un 36 représente le Graal ! Les critères de la mode sont ridicules. Les femmes qui s'épuisent pour perdre deux kilos quand elles sont déjà en dessous de leur poids de forme ont bien tort de se gâcher la vie. Quant aux régimes ubuesques qu'elles s'imposent ou qu'elles inventent, c'est à la fois destructeur pour la santé et contre-productif.

— Oh ! là, là, je n'aimerais pas aller te consulter !

— Pourquoi ? Si tu vas chez un médecin, c'est pour écouter la voix de la sagesse. Sinon, il y a des tas de charlatans très disponibles et prêts à te dire ce que tu veux entendre.

Justine éclata de rire, levant enfin la tête. Alors qu'ils échangeaient un regard, elle se tordit la cheville et il la rattrapa par le coude pour l'empêcher de tomber. Elle se dégagea un peu brusquement, comme si elle refusait d'être touchée, ce qui fit l'effet d'une douche froide à Nicolas. Ils rentrèrent au pas de charge, le souffle court et sans échanger un mot de plus. Une fois à l'abri, elle parut se détendre et accepta le thé qu'il s'obligea à proposer. Tandis qu'il mettait de l'eau à chauffer, elle observa en riant les contorsions d'Aramis dans son panier.

— Il veut se sécher, on dirait qu'il n'aime pas être mouillé !

— Si j'étais chasseur, j'aurais intérêt à me jeter à l'eau sans l'attendre pour aller récupérer mes canards.

— Mais tu ne chasses pas.

— Non, je fais semblant.

— Pourquoi ?

— Je me promène beaucoup en forêt, et les gens finiraient par se demander ce que j'y fais. Je ne tiens pas à passer pour un excentrique ou un satyre.

— Tu pourrais chercher des champignons.

— Toute l'année ? Personne n'y croirait. En Sologne, tu as le droit de passer ta vie dans les bois à condition d'avoir un fusil sous le bras. Sinon, c'est louche.

— Et je suppose que tout le monde épie tes faits et gestes. Tu es un notable ! Vois-tu, c'est ce que je n'aime pas en province…

— Paris te manque ?

— Oui, beaucoup.

— Pas à moi. Pendant mes études, je me suis bien amusé, je l'avoue. Hors période d'examen, je sortais souvent avec les copains. Ensuite, j'ai été amoureux fou et je trouvais alors Paris très romantique ! Pourtant, je revenais régulièrement ici. Quelque chose m'y attache solidement. Jamais je n'aurais pu envisager de passer ma vie entière dans un petit appartement. Il me fallait une maison au fond des bois.

— Mais les spectacles, les bars, les musées, l'animation de la rue ? Et surtout, l'anonymat ! Et puis, plaider au Palais de justice, sur l'île de la Cité… J'adorais ça, je me sentais la reine du monde.

Elle faillit continuer sur sa lancée mais s'arrêta net. Sans doute y avait-il des choses qu'elle ne voulait pas évoquer. Il servit le thé, ouvrit un paquet de biscuits.

— Ta maison est très chaleureuse, dit-elle pour changer de sujet. Je comprends que tu t'y plaises.

— Ne te crois pas obligée d'être polie, ironisa-t-il. Quand on s'est rencontrés chez Dan et Mallaury, tu m'as suggéré de ne pas jouer la comédie, je te rends la pareille.

— C'est gentil de ta part, mais je dis toujours ce que je pense, ou à peu près !

Elle reposa sa tasse puis jeta un coup d'œil vers une fenêtre.

— Il pleut moins fort, je vais en profiter pour filer. Sincèrement, j'ai apprécié la balade malgré tout.

Essayer de la retenir était inutile. Il l'accompagna vers la porte, la vit se pencher pour caresser Aramis au passage.

— Ton chien est génial, il me ferait aimer les bêtes, dit-elle en souriant.

Il resta sur le seuil pour la regarder partir et attendit que ses stops disparaissent au bout du chemin. Il aurait dû penser à faire un feu, peut-être mettre un peu de musique, tenter quelque chose qui lui donne envie de rester. Mais il ne souhaitait pas la draguer bêtement avec des techniques éculées. Sa présence lui avait été plus agréable encore qu'il ne l'avait imaginé. Il se plaisait en sa compagnie, il voulait mieux la connaître. Ce qui serait sans doute compliqué à en croire la manière dont elle s'était dégagée lorsqu'il lui avait pris le coude. Néanmoins, il ne renoncerait pas à essayer de lui plaire car c'était la toute première fois, depuis bien longtemps, qu'il éprouvait une telle attirance.

*

Albane eut un sourire attendri et, du dos de la main, caressa la joue de Luc. La nuit tombait déjà, elle devait rentrer chez elle. Jamais Luc ne se plaignait, il subissait la situation sans rien exiger. Dès le premier jour, elle avait posé ses conditions, qu'il avait acceptées une fois pour toutes. Avec les années, leurs sentiments n'avaient pas changé. La rareté des moments passés ensemble était peut-être l'explication d'une telle longévité. Ils savouraient chaque rencontre, vécue comme une fête au délicieux parfum d'interdit.

Dans sa jeunesse, Luc avait monté une petite entreprise de bâtiment. Longtemps, il avait travaillé lui-même sur les chantiers qu'il obtenait, puis il avait embauché un maçon, un plombier, deux apprentis. Son affaire prospérant, il était devenu un modeste patron sédentaire qui restait au bureau pour gérer la comptabilité et l'achat des fournitures. Il avait fait la connaissance d'Albane lorsqu'elle s'était définitivement installée en Sologne avec ses enfants. Elle était alors plongée dans ses projets de rénovation de la maison et avait fait appel à lui pour transformer le séjour en cette immense pièce unique dont elle rêvait. Dès le premier rendez-vous, quelque chose s'était produit entre eux, de façon magnétique. Durant des mois, ils avaient vaillamment résisté, mais Luc venait presque chaque jour sur le chantier et ils passaient des heures à parler ensemble, à se regarder, à s'apprivoiser.

Jamais Albane n'avait imaginé qu'elle pourrait craquer pour un autre homme que Gabriel. En réalité, elle ne s'était pas posé la question, trop occupée par ses enfants et sa maison. À cette époque, Gabriel participait à des Grands Prix partout dans le monde, et quand il était là, il avait la tête ailleurs. Il approuvait distraitement les travaux avant de se remettre à parler de ses exploits ou de ses échecs, d'aérodynamique et de pneumatiques, de pole position et de ravitaillement au stand. Au contraire, Luc était curieux de tout. Il s'intéressait beaucoup à l'architecture, souhaitant orienter son entreprise vers la réfection de bâtiments anciens. Autodidacte, il aimait la musique romantique et les airs d'opéra, les romans historiques, le théâtre de boulevard. Généreux, sensible, ouvert, c'était un homme réaliste, pourvu d'humour et de bon sens. Ces qualités faisaient chavirer Albane. Elle pouvait lui confier ses soucis, il l'écoutait avec attention, se montrait toujours de bon conseil. Des enfants d'Albane, il n'avait vu que des photos et les trouvait magnifiques. Galant, il remarquait toujours une robe neuve, une coiffure différente, la couleur d'un rouge à lèvres. Sur le chantier de la maison, il lui tendait la main pour franchir les gravats, s'effaçait devant les portes pour la laisser passer.

Peu à peu, toutes les réserves d'Albane avaient fondu malgré le danger. Elle prenait trop de plaisir à sa compagnie pour supporter de ne plus le voir, or les travaux s'achevaient. Le dernier jour, elle lui avait offert le verre de « l'amitié », une bouteille de champagne qu'ils avaient partagée avant de décider d'un rendez-vous à l'extérieur. Albane s'y était préparée en s'interrogeant longuement sur ses propres intentions. Elle était tombée amoureuse de Luc, de ça elle ne doutait pas, toutefois si elle acceptait l'aventure, elle refusait catégoriquement de bouleverser son existence. Les enfants étaient trop petits, Gabriel était psychologiquement trop fragile, elle ne mettrait pas sa famille en danger. Pour autant, elle n'avait pas l'intention de s'interdire d'être heureuse.

Elle se rendit d'un cœur léger à l'hôtel de la Tonnellerie, à côté de Beaugency. Luc l'y attendait sur la terrasse où ils purent déjeuner grâce à un beau soleil printanier. Le vin et le décor aidant, au moment du café Luc trouva le courage d'annoncer qu'il avait réservé une chambre « à tout hasard ». L'expression fit rire Albane. Prête à le suivre, elle avait néanmoins des conditions à poser. Ils prirent un digestif tandis qu'elle décrivait avec minutie son état d'esprit et ses résolutions. Ainsi, avant même de devenir son amant, Luc fut contraint d'accepter le marché non négociable qu'elle lui proposait. Quoi qu'il arrive entre eux par la suite, il serait toujours l'homme de l'ombre, le numéro deux. Il la désirait trop pour refuser, alors il s'inclina sans deviner qu'il se condamnait à de longues années de frustration.

Dans la chambre aux murs tapissés de toile de Jouy, ils prirent le temps de se découvrir, un peu intimidés. Albane n'avait jamais trompé Gabriel, et Luc n'avait jamais séduit une femme mariée. Rideaux tirés sur la lumière de l'après-midi, ils passèrent un moment hors du temps, savourant la découverte du corps de l'autre, de sa peau, de son parfum, de ses envies. Au lit, Luc conservait la même curiosité, la même générosité. Il oublia qu'il venait de s'engager à ne rien exiger d'Albane, hormis ce qu'elle voudrait bien lui donner. Sans mesurer les conséquences de cette promesse solennelle, il avait scellé son destin, et il commença à le regretter dès ce jour-là.

Vingt ans plus tard, rien n'avait changé. Luc était toujours fou d'Albane, qui n'avait pas quitté Gabriel. Parfois, pour se consoler, il se disait que leur merveilleux amour se serait peut-être affadi dans le quotidien. Que leurs rendez-vous secrets entretenaient la flamme. Que leurs cœurs battaient toujours aussi fort à chaque rencontre parce qu'ils se voyaient peu. Que le danger d'être surpris mettait du piment dans leurs rapports. Mais il avait beau énumérer tous ces arguments, il était malheureux. Pourtant, il ne remettait pas en question cet amour d'une vie entière qui l'avait empêché de fonder une famille, d'avoir un foyer. Pour lui, mieux valait un peu d'Albane que pas d'Albane du tout.

Il habitait à Beaugency, place de la Motte, dans une maison surplombant la Loire. Au premier étage, depuis la terrasse qui prolongeait la chambre, la vue sur le fleuve était magnifique. Il avait acheté la bâtisse en très mauvais état et l'avait patiemment rénovée lui-même. Un minuscule jardin l'agrémentait, planté de fleurs en toutes saisons. Le plus souvent, c'était là qu'Albane venait le retrouver, mais parfois ils s'offraient une brève escapade dans une auberge des environs.

Luc était membre des mêmes associations qu'elle – défense de l'environnement, aide aux personnes âgées, protection animale –, ce qui leur offrait des centres d'intérêt communs et des occasions supplémentaires de rencontres. Bien sûr, devant des tiers ils se comportaient sans familiarité, comme de simples relations, mais au moins ils étaient ensemble, et après les réunions ils pouvaient discuter à perte de vue. De retour chez elle, Albane redevenait l'épouse de Gabriel, qu'elle n'avait jamais pu intéresser à aucune cause caritative.

Cet après-midi-là, elle avait envie de s'attarder. Devoir partir alors qu'elle se sentait si bien lui semblait souvent injuste.

— Je t'appelle, dit-elle à regret.

La formule rituelle qui achevait chaque rendez-vous. Luc se leva pour la raccompagner, passant un bras protecteur autour de ses épaules.

— Tu dînes avec ton frère ? interrogea-t-elle avant de l'embrasser.

— Oui, et j'en profiterai pour finir un peu de paperasserie en retard.

L'entreprise de Luc était implantée à la sortie de la ville. Les bâtiments se composaient de deux vastes hangars abritant les outils et les fournitures, et d'un pavillon dont le rez-de-chaussée était en partie occupé par les bureaux de la société. Le reste, ainsi que l'étage, se trouvait habité par le frère de Luc. Celui-ci avait la réputation d'être un homme un peu étrange, presque marginal, sur lequel Luc veillait depuis longtemps.

— Prends soin de toi, murmura-t-il.

La regarder partir lui procurait toujours une bouffée d'angoisse. Quand la reverrait-il ? Et si son mari finissait par découvrir sa double vie ? Luc savait bien que, mise en demeure de choisir, Albane resterait avec Gabriel. Mais les dés étaient jetés depuis trop longtemps pour pouvoir changer quoi que ce soit désormais.

«De ta vie entière, tu n'auras jamais eu qu'une maîtresse!» lui disait parfois son frère avec aigreur. Lui-même semblait incapable d'avoir une vie sentimentale. Il était solitaire et assez sauvage, préférant la chasse à la compagnie des femmes qui l'effrayaient. Luc l'employait dans l'entreprise car il n'avait jamais réussi à rester plus de quelques semaines chez un autre patron. Les ouvriers l'appréciaient pour sa force physique et son endurance, d'autant plus qu'il donnait volontiers un coup de main à chacun sans se plaindre. Plus jeune que Luc, il vénérait son grand frère sans avoir conscience d'être parfois un poids pour lui. Et il n'aimait pas Albane qui, à son avis, empêchait Luc d'être heureux. Il la voyait rarement mais avait des idées bien arrêtées à son sujet. À cause d'elle, il n'avait ni neveux et nièces ni belle-sœur ni fêtes de famille, bref une existence joyeuse où il aurait su trouver sa place.

Luc constatait la rancœur de son frère sans s'en émouvoir. Il avait l'habitude de cette identification de son cadet, qui faisait siens les échecs ou les réussites de Luc.

Il s'arrêta à la pizzeria du Pont où il acheta deux pizzas royales à emporter, puis il gagna l'entreprise. Comme tous les samedis, jour de relâche dans les métiers du bâtiment, la grille était fermée. Le temps qu'il trouve ses clefs, son frère était déjà en train d'ouvrir.

— Tu m'attendais, Antoine? Tiens, prends ça, ce sera le dîner, mais j'ai encore un peu de boulot à finir avant de monter chez toi.

— Je t'avais préparé un lapin! Je l'ai tué ce matin et je l'ai farci de pistaches...

111

— Ce sera très bien, j'ai vraiment faim ce soir.

Avec un sourire satisfait, Antoine prit les cartons de pizzas et s'éclipsa. Luc alla s'installer à son bureau afin de calculer des devis en attente, sa corvée du week-end. Féru d'informatique, il savait se servir des tableaux de compte ou des graphiques. Il travailla jusqu'à ce qu'il entende son frère aller et venir au-dessus de sa tête, signe qu'il s'impatientait. Avec un soupir résigné, il éteignit l'ordinateur.

*

Valentine et Boris s'étaient retrouvés à Meung-sur-Loire pour dîner. Consternée par la décision de son père de ne plus la soutenir financièrement, Valentine avait néanmoins choisi un bon restaurant, Le Caveau du Roy, situé dans l'imposant Relais Louis XI. Elle venait d'Orléans, et Boris de Blois où il habitait, chacun ayant fait un bout de chemin.

Arrivé le premier, Boris l'accueillit avec son habituel sourire chaleureux.

— Tu as voulu venir ici en souvenir des *Trois Mousquetaires*? Le roman commence ici…

— Ah bon? Je ne m'en souvenais pas. Pour moi, Meung me rappelle surtout les bouquins de Simenon. Il cite souvent la ville, d'ailleurs Maigret est censé y prendre sa retraite!

— En somme, rien que des personnages fictifs.

— Mais nous sommes bien réels tous les deux, Boris, et nous devons trouver une solution à notre problème de financement.

— Pourquoi ton père te lâche-t-il aussi brusquement?

— Je l'ignore. En y réfléchissant, j'ai bien peur de devoir établir un parallèle avec l'attitude qu'il a eue envers Dan. D'abord, il l'a soutenu, et puis il l'a découragé.

— Ce n'est pas comparable, Dan avait eu un grave accident.

— Comme beaucoup d'autres pilotes avant lui, qui n'ont pas arrêté la course pour autant.

— Tu insinues que ton père ne veut pas vous voir réussir ?

— Pas jusque-là. Disons qu'il n'en a sûrement pas conscience, mais il aurait du mal à ne plus être la vedette incontestée de la famille.

— Pour l'instant, soyons réalistes, tu ne lui fais pas beaucoup d'ombre. Même si tu devenais championne de rallye un jour, tu…

— Voilà ! C'est le mot « championne » qu'il pourrait bien rejeter. Mieux vaut que ça n'arrive jamais.

— Tu ne te sens pas un peu injuste ? Cynique ?

Boris la considérait d'un air amusé, cependant son sourire était toujours aussi amical. Il se pencha au-dessus de la table pour lui tapoter gentiment la main.

— Arrêtons de parler de ton père, d'accord ? Puisqu'il te retire son soutien, on va trouver autre chose.

— Pas en pleine saison. Intéresser de nouveaux sponsors, même si on y parvient, ce sera pour l'année prochaine.

— Oui, mais on doit y penser maintenant. Avant tout, ma grande, il va nous falloir de beaux résultats,

113

sinon nous n'obtiendrons rien. Sortons-nous les tripes lors des dernières épreuves.

« Ma grande » était un surnom affectueux, Valentine ayant trente centimètres de moins que Boris. Il plaisantait volontiers sur sa silhouette de petit tanagra, et en retour elle le traitait de gros ours.

— Et Marc ? demanda-t-il. Avec sa supersituation, il n'a pas proposé de te dépanner ?

— Marc et moi, c'est fini.

— Non ?

Il semblait stupéfait et il la dévisagea attentivement.

— Eh bien, ça fait beaucoup de mauvaises nouvelles pour toi en peu de temps ! Tu tiens le choc ?

— J'essaye.

— Vous aviez pourtant l'air très… Enfin, je suis désolé.

— Ne le sois pas. Notre histoire ne pouvait pas durer, nous n'étions d'accord sur rien. En tout cas, pas sur notre vision de l'avenir.

Elle n'avait pas envie de parler de cette rupture, même à un ami, car Marc lui manquait. Elle s'efforçait de ne pas s'attendrir ni ressasser en vain les bons souvenirs, mais parfois une bouffée de nostalgie lui faisait monter les larmes aux yeux.

— Tu es triste ? voulut-il savoir.

— Ben… Oui.

Avec Boris, elle se montrait toujours franche et sans détours. Leur complicité, impérative lorsqu'ils étaient ensemble dans l'habitacle d'une voiture, reposait sur des échanges directs.

— Tu aimerais boire du champagne ? proposa-t-il. C'est moi qui t'invite.

— On a de la route à faire l'un et l'autre pour rentrer, rappela-t-elle. Et puis, ne t'inquiète pas pour moi, comme dirait mon père : chagrin d'amour... Il adore les proverbes et les citations, ça exaspère ma mère !

Elle eut un petit rire qui se voulait insouciant, mais Boris ne fut pas dupe.

— Valentine, je sais que tu es quelqu'un de solide, avec un bon mental. Ne te crois pas obligée d'en donner la preuve à tout bout de champ.

— Tout ça ne nous dit pas comment on arrivera à finir cette foutue saison, marmonna-t-elle, contrariée.

— Je vais estimer ce qu'il nous faut.

Il sortit de la poche de sa veste un petit carnet et un stylo. Valentine le vit rapidement aligner une série de chiffres. Il était très fort en calcul mental, une qualité indispensable pour un copilote. De même, il était méthodique et précis dans ses annotations lors de la reconnaissance d'un parcours, noircissant des cahiers à spirale qui leur servaient ensuite de livres de bord. Avec lui, Valentine se sentait en osmose et en sécurité du départ à l'arrivée. Il était la tête pensante de l'équipage, celui qui gérait à la fois les pièges de la route et le stress du pilote.

— Voilà, annonça-t-il en lui montrant la somme finale.

Comme c'était également lui qui s'occupait des engagements et de toutes les formalités, il savait mieux qu'elle ce dont ils allaient avoir besoin.

— Rien d'insurmontable, n'est-ce pas ? Au pire, je finance.

— Toi ? lâcha-t-elle, ahurie.

— Pourquoi pas ? J'y tiens autant que toi ! Et quand je pense à tout le chemin que nous avons parcouru, on ne peut pas caler maintenant. Je sais que nous sommes bons, toi et moi. Il y aura des gens pour nous suivre, je t'en fais le pari. Mais je ne lâche pas l'affaire maintenant, ce serait trop bête.

Devant l'incrédulité de Valentine, il acheva :

— Je suis accro à l'adrénaline des rallyes, ma grande. Et avec toi, c'est génial ! Quand certains prétendent que le copilote n'a qu'un rôle de sac de sable, ça me fait hurler de rire. Sans moi, tu sortirais au premier virage, et moi, sans toi, je ne prendrais pas le départ. Un équipage, c'est un plus un qui ne font qu'un. La reconnaissance des parcours me met déjà en transe, et comme je connais par cœur ta façon de conduire, je sais d'avance de quelle façon je vais te guider. Un régal ! Alors, pas question de renoncer.

Son enthousiasme, communicatif, finit par arracher un sourire à Valentine.

— Tu as de l'argent à perdre, Boris ?

— Je paye mon plaisir, je viens de te l'expliquer.

— Avec quoi ?

— J'ai… des économies, répondit-il d'un ton évasif. Et ce n'est pas un gros investissement. Les engagements ne sont pas chers.

— Et les dotations pas bien grosses !

Elle baissa la tête et se mit à jouer avec sa fourchette. Autant les arguments de son père ne l'avaient pas atteinte, autant elle se demandait enfin, face à Boris, si elle devait s'obstiner. Le rallye était certes une passion pour elle, mais combien de temps pourrait-elle l'assouvir et où cela la menait-elle ? N'était-ce pas très immature, à vingt-six ans, de n'avoir pour but que de se faire plaisir? Dans dix ans, ne regretterait-elle pas d'avoir consacré toute sa jeunesse à faire déraper une voiture et hurler un moteur? Contrairement à la F1, il n'y avait pas moyen de faire fortune dans cette discipline. Devrait-elle un jour lâcher le volant et se chercher un mari à défaut d'avoir un métier?

— Tu penses à Marc? demanda gentiment Boris.

— Non, j'étais en train de me dire que je n'ai pas d'avenir.

— Comment ça?

— Je ne serai jamais Sébastien Loeb, je n'irai pas courir aux quatre coins de la planète et je ne gagnerai pas ma vie. En plus, je ne sais rien faire d'autre!

— Le monde de l'automobile est plein d'opportunités. Tu peux devenir moniteur de pilotage, il y a un diplôme maintenant pour ça. Tu peux entrer chez un grand constructeur pour tester et présenter les nouveaux modèles. Tu peux même être cascadeur! La reconversion n'est pas un problème.

— Tu es le premier à ne pas me conseiller de vite me marier et de faire des enfants!

— Ce n'est pas une fin en soi. Tu te marieras quand tu auras trouvé l'homme de ta vie, et vous déciderez ensemble si vous voulez des enfants. Mais ça ne t'empêchera pas d'avoir un métier, d'exercer une activité qui t'épanouisse. Je ne t'imagine pas claquemurée chez toi entre les biberons et l'aspirateur. Ceux qui te poussent dans cette voie te connaissent bien mal.

Touchée par sa perspicacité et son amitié, Valentine lui adressa un sourire éblouissant.

—Je sais pourquoi j'arrive à passer tous mes week-ends enfermée dans une voiture avec toi! Tu es mon troisième frère…

Le compliment n'eut pas l'air d'émouvoir Boris qui se contenta de hocher la tête. Valentine se sentit aussitôt très égoïste car ils n'avaient parlé que d'elle et de ses problèmes depuis le début du dîner.

—Et toi, mon nabab de copilote, quoi de neuf dans ta vie?

—Pas grand-chose.

—Toujours en train de draguer les grandes blondes? Je ne t'ai jamais vu avec une petite femme, encore moins une brune!

—Vraiment? C'est le hasard.

—Avec qui sors-tu en ce moment?

—Christelle. Tu l'as aperçue le mois dernier.

—Elle sera là pour la prochaine épreuve?

—Non, je ne pense pas.

—Cœur d'artichaut, va!

Ils rirent ensemble et achevèrent leur dîner en parlant uniquement de la voiture qu'ils pilotaient. Avant chaque course, le constructeur allemand apportait de petites modifications selon les vœux de Valentine, et elle pouvait discuter de technique durant des heures. Quand ils quittèrent le restaurant, il était presque minuit et une pluie glacée les fit courir jusqu'à leurs voitures.

—Sauve-toi vite! lui cria Boris. On se voit samedi prochain!

Elle démarra sur les chapeaux de roues, selon son habitude, mais à peine sur la route elle se reprocha de ne pas avoir assez remercié Boris, et pour le repas puisqu'il avait tenu à régler l'addition, et

118

pour la solution financière qu'il avait spontanément proposée.

S'apercevant qu'elle roulait trop vite, elle se contraignit à ralentir. Dan lui répétait sur tous les tons qu'elle devait avoir une conduite responsable, ce qu'il enseignait à tous les clients du circuit.

« Je ne suis pas en train de disputer une épreuve, je rentre chez moi. Boris a été formidable, ce soir. D'ailleurs, il l'est toujours. »

Elle n'avait pas menti, elle le considérait comme un troisième frère, ou comme son meilleur ami, en plus d'être un partenaire indissociable et hors pair. Ah, son laïus sur le rôle d'un copilote ! Pour sa part, jamais elle n'aurait pu rester assise sans conduire, sans avoir le volant entre les mains. Néanmoins, la soirée se révélait très instructive par les interrogations qu'elle suscitait. Valentine devait désormais se remettre en question, et elle était déterminée à le faire. Mais d'abord finir la saison, cette saison sauvée grâce à la générosité de Boris.

*

— Une rhino-pharyngite, rien de grave, diagnostiqua Nicolas en se redressant.

Justine parut soulagée d'avoir échappé à la grippe.

— Je ne peux pas me permettre d'être malade en ce moment, j'ai d'importants dossiers en cours et je plaide deux fois cette semaine.

Elle baissa son pull, qu'il avait à peine relevé pour l'ausculter, glissant son stéthoscope en dessous.

— Tu vas me prescrire un remède miracle, j'espère ?

— Contre un rhume, il n'y a pas grand-chose à faire. Du sérum physiologique et du Doliprane.

— Rien de mieux ?

— Pas que je sache. Mais, bien sûr, je ne suis qu'un médecin de campagne !

— Ah, je t'ai vexé en disant qu'il n'y a qu'à Paris que…

— Non, je plaisantais. Rappelle-toi, j'ai fait mes études là-bas, et, depuis, je passe une matinée par semaine à l'hôpital d'Orléans pour rester dans le bain.

— Formation continue ? Alors, tu as toute ma confiance.

Elle éclata de rire avant d'ajouter :

— C'est génial que ton cabinet soit situé tout près de chez moi. Au fait, merci de m'avoir fait passer entre deux clients.

— Je sais que ton temps est précieux.

— Encore une boutade ? demanda-t-elle en sortant sa carte Vitale.

— Pas cette fois. Et range ça, je t'offre ta première visite. En échange, j'espère que tu referas une balade en forêt avec moi, j'ai encore plein de merveilles à te montrer.

Incapable de deviner s'il était sérieux ou s'il continuait à se moquer gentiment, elle esquissa une grimace.

— Quand mon rhume sera terminé, d'accord, finit-elle par accepter.

Après tout, elle ne gardait pas un si mauvais souvenir de cette promenade sous la pluie, et Nicolas était d'une agréable compagnie. Malheureusement, elle n'éprouvait toujours aucune attirance pour lui.

— Merci encore, et bon courage pour le reste de tes consultations.

Elle s'emmitoufla dans son manteau et son écharpe, mit ses gants.

— Tu seras peut-être heureux d'apprendre que, dans ta salle d'attente où je ne suis pourtant pas restée longtemps, les gens ne tarissent pas d'éloges sur leur «bon docteur»!

Il la raccompagna, déçu de la voir partir mais satisfait d'avoir su rester sur le ton de l'humour avec elle. Et surtout, de ne pas avoir eu à la relancer puisqu'elle était venue d'elle-même. Néanmoins, il était assez fin pour comprendre qu'elle ne lui accordait pas une attention particulière et qu'elle semblait décidée à le cantonner dans le rôle d'ami.

«Comme dirait papa: *patience et longueur de temps...*», songea-t-il en faisant entrer le malade suivant.

Pour une fois, il se sentait capable d'attendre. Justine lui plaisait vraiment, même s'il ignorait pourquoi. De belles jeunes femmes, il en avait désiré plusieurs, les avait séduites ou s'était laissé séduire sans jamais se sentir amoureux. Honnête, il se proclamait célibataire endurci afin de ne pas laisser espérer autre chose qu'une aventure. Méfiant, échaudé, il refusait par avance de s'impliquer, sans réaliser qu'il finirait par baisser sa garde le jour où une rencontre plus excitante que les autres viendrait chambouler ses résolutions.

Justine était jolie, sans plus, pourtant elle l'attirait irrésistiblement. Peut-être parce qu'il devinait en elle une femme de caractère, déjà blessée par la vie mais gardant la tête haute. Dix minutes plus tôt, saisi d'une gêne inhabituelle, il ne lui avait pas demandé de se déshabiller, et elle risquait d'en déduire qu'il ne prenait pas soin de ses patients. Cette soudaine timidité lui donnait envie de rire, le ramenant bien des années en arrière.

Après sa dernière consultation, alors qu'il s'apprêtait à fermer son cabinet, il eut la surprise de voir arriver sa mère.

— Ah, mon grand, j'étais sûre de te trouver encore au travail! Je suis venue jusqu'ici parce que je sais que tu n'as pas de médicaments chez toi, or me voilà en panne d'hypotenseur. Demain, c'est dimanche, mon médecin ne consulte pas, et, de toute façon, la pharmacie sera fermée.

— Tu as de la chance, dit-il en l'embrassant, je crois en avoir…

Elle le suivit jusqu'à la pièce où il stockait les échantillons offerts par les laboratoires.

— Que c'est bien rangé, ici! Tu es vraiment un homme d'ordre.

— Sinon, je ne m'y retrouve pas. Mais je vais bientôt devoir partager l'endroit avec un associé, il faudra qu'il soit organisé aussi.

— Tu as quelqu'un en vue?

— Trois candidatures possibles. Mes confrères y réfléchissent, et moi aussi.

— Hommes ou femmes?

— Que des hommes.

— Dommage. Tu aurais pu découvrir…

— N'y pense même pas! Tiens, voilà ton médicament. Si mes souvenirs sont exacts, c'est le bon dosage?

— Absolument. Veux-tu dîner à la maison ?

— Non, je sors avec des amis. Mais puisque tu es là...

Il marqua un temps d'arrêt. L'opportunité de voir sa mère seule, loin de chez elle, le poussait à parler, pourtant il hésita encore quelques instants avant de se lancer.

— Il y a un sujet que je voulais aborder avec toi depuis un moment, commença-t-il d'un ton prudent.

Sans doute devina-t-elle où il voulait en venir car elle se raidit, visage fermé.

— Tu sais que j'ai entendu des choses que je n'aurais pas dû entendre..., poursuivit-il. J'ai aussi vu, parfois. Par exemple, l'autre jour au Saint-Patrick, à Orléans.

Albane fit deux pas en arrière, comme s'il l'avait frappée.

— Attends, maman, laisse-moi t'expliquer ! C'était déjà arrivé il y a longtemps, à la gare cette fois. Bref, à travers la vitrine du Saint-Patrick, vous étiez très visibles. J'avais rendez-vous là avec Valentine, alors je l'ai guettée dehors et éloignée. Je ne sais pas de quelle façon te dire que... Enfin, si tu pouvais être plus discrète, tu t'éviterais des soucis.

Elle le dévisageait sans répondre, incrédule, en colère et effrayée.

— Je ne porte aucun jugement, s'empressa-t-il de préciser.

— Vraiment ?

— Aucun, répéta-t-il plus fermement. Chacun gère sa vie comme il veut. Ce n'est pas parce que tu es ma mère que je vais me scandaliser. Et je suppose que papa n'est pas forcément un compagnon très...

— Arrête.

La main levée, sa paume vers lui, elle semblait ériger un mur entre eux. Il garda le silence en attendant qu'elle parle, navré pour elle.

—Je… Avec le temps, j'ai oublié la prudence. Que tu aies pu être témoin de… Bon, je ne vais pas m'excuser. En effet, il s'agit de ma vie. Mais crois-moi, je suis tellement désolée! À la gare, as-tu dit? Je n'ai pas souvenir de…

—J'étais encore étudiant.

—Et tu en avais déduit quoi?

—Eh bien… L'évidence. Certaines attitudes sont très éloquentes.

—Oui, tu as raison. Tout est ma faute.

—La question n'est pas là. Fais seulement attention.

—C'est toi qui dis ça! Toi, mon fils, en train de me faire remarquer que je ne me cache pas assez bien. Au début, j'étais très vigilante, j'avais peur du moindre geste ambigu, je… Oh, je ne dois pas te raconter ça! Quel besoin aurais-tu de savoir, hein? En tout cas, je ne vais pas chercher à me justifier.

—Je ne te le demande pas.

—Tu ne demandes jamais rien, bien sûr. Depuis combien d'années es-tu au courant? Un temps fou, pourtant tu as gardé le secret. Il faut que je t'en remercie, sauf que c'est le monde à l'envers! À moi de te protéger, pas l'inverse. Nous avons toujours été complices, tous les deux, mais pas pour des choses pareilles! Ça, Nicolas, c'est glauque.

—N'en fais pas un drame. J'ai trente ans, tu te souviens?

—Aucun garçon n'a envie d'apprendre que sa mère est infidèle! L'adultère, tout le bataclan de la morale, mon Dieu…

— Je m'en fous, maman.

Voyant ses yeux pleins de larmes, il eut envie de la prendre dans ses bras pour la rassurer, mais il savait qu'elle ne le laisserait pas faire.

— Je suis coupable, voilà, je ne le nie pas. J'ai un amant. Un vieil amant! Que je ne veux pas quitter. Ma vie est arrangée comme ça. Ton père ne souffre pas, il ne se doute de rien.

Elle parlait d'une voix hachée, cependant elle réussissait encore à se maîtriser.

— Je ferai attention à tout, désormais, conclut-elle tout bas.

— Parfait.

— Ah, tu as de ces mots!

Avec un sourire amer, elle essuya sa joue d'un revers de main.

— Tu dois être dévoré de curiosité?

— Non.

Alors qu'elle se détournait, il la retint en la prenant par les épaules.

— Tu ne m'embrasses pas? Je ne suis pas devenu ton ennemi, maman.

— Je sais, je sais… Mais j'aurais voulu garder mon jardin secret, tu comprends?

Elle l'embrassa du bout des lèvres, apparemment très perturbée, puis fit volte-face et s'enfuit en hâte. Nicolas resta immobile quelques instants, se demandant s'il avait bien fait de lui parler. Au moins, elle était prévenue et elle éviterait de se mettre en danger à l'avenir. Il éteignit, traversa l'entrée. Comme il s'apprêtait à sortir, ses clefs à la main, une petite voix venue de la salle d'attente le cloua sur place.

— Nick?

Stupéfait, il se tourna vers la porte ouverte et découvrit la silhouette de Valentine dans la pénombre.

—Qu'est-ce qui t'arrive, ma puce?

—La voiture de maman était garée devant ton cabinet, j'ai voulu vous faire une surprise. Dès l'entrée, j'ai entendu des éclats de voix, et quand maman a dit qu'elle avait un… un amant, un *vieil amant*, je me suis cachée dans la salle d'attente.

Consterné, Nicolas alluma le plafonnier. Sa sœur était livide, elle se cramponnait au dossier d'une chaise.

—C'est… Enfin, c'est fou, quoi! Et tu étais au courant? Pourquoi ne m'as-tu rien dit? Et Dan, il sait?

—Non, personne. Je l'ai découvert par hasard.

—Qu'est-ce que tu vas faire, maintenant?

—Faire? Rien.

Valentine le dévisagea, puis elle secoua la tête.

—Je n'en reviens pas. Elle qui est tellement… Enfin, c'est une bonne mère, et elle avait l'air d'une bonne épouse aussi. Elle s'occupe de tout, elle adore sa maison, elle a toujours prétendu qu'être femme au foyer lui convenait, et elle a un amant?

—Une liaison, qui dure depuis longtemps.

—Et papa, dans tout ça?

—Il l'ignore, évidemment. Quant à toi, tu n'es pas censée le savoir. Elle était bouleversée, inutile d'en rajouter.

—Alors, elle va continuer? La conscience tranquille?

—C'est sa vie.

—Non, je suis concernée!

— Pas du tout. Tu n'es plus une gamine, ma puce. Tu as quitté la maison, tu mènes ta barque à ta guise, ne te mêle pas de l'histoire de nos parents.

— Ma parole, je rêve, tu cautionnes ?

— À vrai dire… Oui. Je pense que papa est un sacré égoïste et qu'il l'a beaucoup négligée. Mais j'aurais préféré garder mon opinion pour moi.

— Tu as toujours été dans son camp. Vous faisiez bande à part, elle et toi !

— Ne dis pas de bêtises. Tu es sa fille chérie, elle t'adore et tu le sais. Nous ne faisions pas *bande à part*, elle avait pitié de moi. Je m'ennuyais à mourir en vous regardant tourner sur vos petits karts, Dan et toi, alors elle m'emmenait faire autre chose.

— En réalité, tu ne prends pas la défense de papa parce qu'il t'a plus ou moins ignoré.

— Il m'ignorait parce que je n'étais pas bon public devant ses vidéos. Mais je ne lui en veux pas, il avait sa carrière, il gagnait beaucoup d'argent, il exigeait l'admiration de tous… C'est humain ! Et, que tu le croies ou non, je l'aime bien. En revanche, je ne pourrais pas supporter ce qu'il fait subir à Dan. Il le garde sous sa coupe pour se donner l'illusion d'être encore celui qui détient le pouvoir. Tu devrais prendre un peu de recul, Valentine.

— Oh, mais j'en ai pris ! Il m'a lâchée financiè-rement, sans avertissement et sans compassion. Je connais ses défauts, pourtant, là, je le plains. Il est cocu, il n'en sait rien, le ciel peut lui tomber sur la tête d'un jour à l'autre.

— Comme pour n'importe lequel d'entre nous.

Elle lâcha le dossier de la chaise et se redressa.

— Me retrouver face à maman ce soir serait trop difficile, je n'arriverai pas à être naturelle. Je voulais dîner à la maison mais j'y renonce. Tu m'invites ?

— J'ai rendez-vous avec des amis dans un restaurant qui vient d'ouvrir. Accompagne-moi, ils seront ravis de t'accueillir.

— Non, chez toi, plaida-t-elle. Entre Aramis et une belle flambée. Je ne veux voir personne d'autre. S'il te plaît, Nick…

— Quelle gamine tu fais !

Néanmoins, il prit son portable pour envoyer un SMS et se décommander. Il sentait Valentine perturbée et devinait qu'elle avait besoin de réconfort. Sa rupture avec Marc, puis les révélations sur la liaison de leur mère, ajoutées à son angoisse de l'avenir, la rendaient vulnérable.

— Je ne pourrai te faire qu'une omelette, en revanche on ouvrira une bonne bouteille. À condition que tu dormes dans ma chambre d'amis !

Protéger sa petite sœur lui semblait aussi normal que protéger sa mère. Il espérait seulement que l'accusation de Valentine n'était pas fondée et qu'il n'avait pas de contentieux refoulé avec son père. Lorsqu'il ouvrit la porte donnant sur la rue, aucune autre mauvaise surprise ne l'attendait mais il fut cerné par un vent glacial qui charriait du grésil. Le mois de décembre commençait mal, et la perspective de Noël n'y changeait rien.

5

Mallaury et Justine s'étaient retrouvées par hasard dans le grand hall, et elles quittèrent ensemble le palais de justice. Pour une fois, un pâle soleil d'hiver persistait depuis le matin, sans parvenir à faire remonter la température au-delà de quatre degrés.

En bas des marches du perron, elles se retournèrent pour regarder la façade.

— Allez, reconnais qu'il est d'une belle architecture ! insista Mallaury.

— J'aime bien ses colonnades, et le corps central.

— Évidemment, ça ne vaut pas...

— Oh, arrête de me charrier avec ça ! Oui, j'ai du mal à m'habituer à la vie de province, Paris me manque encore, mais je dois reconnaître qu'Orléans est une ville agréable. Je vais m'y faire, même si ça rabote un peu mes ambitions.

Elle sentait bien qu'elle avait tort de se plaindre. Mallaury n'ayant pas du tout les mêmes aspirations, elle ne pouvait pas comprendre ce que le renoncement coûtait à Justine.

— C'était quoi, ton cas de ce matin ? s'enquit-elle pour faire diversion.

— Un divorce houleux. Pendant la conciliation, ils se sont injuriés et ont failli en venir aux mains.

— Pour la garde des enfants ?

— Penses-tu ! Pour le partage de leurs trois sous. Un moment sordide. Mais je suis censée les mettre d'accord vu qu'ils ont pris une avocate commune par mesure d'économie.

Mallaury s'esclaffa, débordante d'entrain et de gaieté.

— Comment fais-tu pour être toujours de bonne humeur ? soupira Justine. Moi, je sors d'un imbroglio judiciaire où il y a beaucoup d'argent en jeu et où tous les coups sont permis. Mes patrons comptent sur moi pour démêler ce dossier au mieux de nos intérêts et je ne veux pas les décevoir, sinon je ne deviendrai jamais leur associée.

— Donc, tu es sous pression ? Eh bien, allons boire un verre pour te changer les idées.

— Je n'ai pas le temps, j'ai rendez-vous avec un client au Lièvre Gourmand.

— Tu vas te régaler, c'est un bon restaurant.

— Je les teste les uns après les autres, répliqua Justine avec un sourire amusé. Notre clientèle haut de gamme nous oblige à ne fréquenter que les meilleurs endroits : La Parenthèse, Eugène, Heureux comme Alexandre…

— Veinarde ! En ce qui me concerne, j'ai de la chance quand on m'offre une bière au troquet du coin.

Ce qui ne semblait pas la frustrer outre mesure. Si Justine avait pu croire, au début de leur relation, que l'attitude toujours joyeuse de Mallaury était une pose, elle devait se rendre à l'évidence, c'était naturel.

— Puisque tu n'es pas libre, je vais en profiter pour repasser à mon cabinet avant d'aller chercher les enfants à l'école. Le mercredi, ils ont plein d'activités l'après-midi et je me transforme en chauffeur de taxi !

— Est-ce que Dan les a déjà mis sur des karts ?

— Pour ne rien te cacher, je n'y tiens pas. Bien sûr, ils ont essayé, heureusement Dan n'a rien fait pour les encourager, et sur ce point nous sommes d'accord. À propos, où en es-tu de tes cours ?

— Dès que je le peux, je m'offre une séance. Je finirai complètement accro et ruinée ! La seule chose que je regrette est que Dan ne soit pas mon moniteur. Les autres sont très bien, mais quand tu es à côté de lui, tu te sens tellement en confiance…

Elle n'acheva pas sa phrase, ne voulant pas porter Dan aux nues devant Mallaury. Malgré ses bonnes résolutions, chaque fois qu'elle arrivait sur le circuit, elle avait l'espoir que Dan puisse se libérer pour lui consacrer du temps. Le plus souvent, il était occupé ailleurs et la saluait de loin. Lorsqu'il prenait le volant d'un des bolides pour une démonstration, elle allait s'asseoir dans les gradins des stands et éprouvait le même frisson que la première fois, un petit plaisir qu'elle estimait innocent. Sauf que cette attirance secrète l'empêchait de regarder d'autres hommes.

Tout en descendant vers le quai du Châtelet par les petites rues du centre, elle essaya de se raisonner. À son âge, elle n'avait plus de temps à perdre pour reconstruire sa vie. Concernant son métier, elle n'était pas inquiète, elle travaillait d'arrache-pied et faisait chaque jour la preuve de ses compétences. Mais sur un plan sentimental, elle commençait à sentir le poids de la solitude. Échaudée par son divorce, elle était bien décidée à ne plus mélanger vie professionnelle et vie privée, ce qui limitait les rencontres. Devait-elle faire confiance au hasard ? Non, elle préférait compter sur sa détermination. Elle savait exactement ce qu'elle voulait, et elle mettrait tout en œuvre pour l'obtenir.

*

Non loin de là, rue de la République, Gabriel avait acheté toute une série de DVD à la Fnac, ensuite il avait musardé devant les vitrines. La luminosité pourtant bien pâle de ce jour d'hiver lui donnant envie de se procurer des lunettes de soleil, il était entré chez un opticien. Il en avait essayé plusieurs paires, conseillé par un jeune vendeur. Les Ray Ban revenaient à la mode et lui rappelaient sa jeunesse, ce qui avait emporté sa décision. À son âge, il jouissait toujours d'une bonne vue et n'avait pas besoin de verres spéciaux. Il régla son achat puis accepta de remplir un formulaire pour obtenir une carte de fidélité.

—Gabriel Larcher…, lut le vendeur qui le regardait écrire. C'est marrant, vous portez le nom d'un coureur automobile.

Sans laisser à Gabriel le temps de répondre, il ajouta :

—Je suis un passionné de bagnoles ! Le type dont je vous parle, votre homonyme, c'était dans les années soixante-dix. Il avait remporté quelques courses mais, à cette époque-là, c'étaient Emerson Fittipaldi et Jackie Stewart les grandes vedettes.

Un autre vendeur rejoignit le premier derrière le comptoir.

— Moi, lâcha-t-il avec un sourire résigné, je ne connais que notre Alain Prost national, qui a été plusieurs fois champion du monde. Voilà une vraie star !

— D'accord, répliqua l'autre, mais ça se passait dix ans plus tard. On ne parle pas de la même génération de coureurs.

Gabriel se taisait, saisi, et les vendeurs durent s'apercevoir de son malaise car le premier retrouva un ton professionnel pour conclure :

— Enfin, bon, ça ne vous dit sûrement rien, tout le monde n'aime pas la F1. Et puis, ça commence à dater. Voilà votre facture, le reçu de carte bancaire, et la garantie de vos lunettes. Si quoi que ce soit n'allait pas, n'hésitez pas à passer.

Toujours silencieux, Gabriel se détourna.

— Monsieur ! Vos lunettes…

Quand Gabriel revint vers lui, le vendeur le dévisagea carrément. Pour échapper à son regard insistant et à la question qu'il allait peut-être poser, Gabriel lui arracha l'étui à lunettes des mains et sortit en hâte. Il se sentait humilié, frustré, en colère. Chaque mot l'avait blessé. Pour ce jeunot, il n'avait pas été une vedette ni une *vraie star*, il avait seulement remporté *quelques* courses, à une époque révolue. Le vendeur se souvenait du nom parce qu'il était passionné de F1, mais rien d'autre. Dans les anthologies de la course automobile, il n'existait donc pas de photos de Gabriel ? Évidemment, il avait beaucoup vieilli.

Vieillir et, pire encore, ne plus être dans la lumière, ne rester qu'un vague souvenir dans l'esprit de certains… Quelle déception ! Il eut l'impression d'étouffer. À l'abri de son environnement familial, dans sa belle maison isolée, il pouvait se réfugier dans le passé. Les siens le voyaient toujours comme celui qui avait réussi, celui qui s'installait dans son bolide et bouclait son casque avec désinvolture, prêt à prendre tous les risques pour franchir en tête la ligne d'arrivée. Le succès et la célébrité étaient une drogue dure, et Gabriel souffrait beaucoup du manque. Pourquoi n'avait-il rien prévu pour « l'après » ? Y avait-il seulement songé ? Il aurait pourtant dû savoir qu'une carrière de pilote est forcément brève. Avait-il cru qu'il aurait une longue retraite paisible en rentrant dans l'ombre ? Qu'Albane passerait ses journées à évoquer les jours anciens, toujours éperdue d'admiration ?

Eh bien, voilà, oui, il était vieux ! Et seul avec des souvenirs qui n'intéressaient plus grand monde. Ses enfants vivaient leurs vies d'adultes loin de lui désormais, or il n'était même pas fichu de s'enthousiasmer pour eux. Ne les avait-il donc aimés qu'à l'aune de l'intérêt que ceux-ci lui portaient ? Puisqu'il ne le soignait pas, que Nicolas soit médecin le laissait indifférent. Avec Dan, il existait toujours un vieux fond de rivalité imbécile. Quant à Valentine… Qu'est-ce qui l'avait poussé à lâcher sa fille ? Sans doute de vilaines et troubles raisons, sur lesquelles il refusait de s'attarder. Durant sa vie entière, il ne s'était d'ailleurs jamais demandé s'il était bon ou mauvais. Il lui avait suffi d'être courageux entre la grille de départ et le drapeau à damier pour se croire estimable. Mais il l'avait été, non ?

Il serrait si fort l'étui à lunettes, dans sa main, qu'il entendit soudain un craquement. S'arrêtant au milieu du trottoir, il sortit prudemment les Ray Ban dont un verre était brisé. Retourner chez l'opticien ? En aucun cas ! Il enverrait Albane d'ici quelques jours. Il lui raconterait qu'elles étaient tombées. Le regard fixé sur les débris, au fond de l'étui, il dut lutter contre l'envie ridicule de se mettre à pleurer.

*

Antoine marchait à grandes enjambées, foulant le tapis de feuilles mortes trempées par les pluies de l'automne. Parfois il s'arrêtait net, écoutait, repartait. Cette forêt était la sienne, il en connaissait la moindre crevasse et chaque arbre mort. Il savait où traquer les garennes, où surprendre les faisans aux points d'eau, où débusquer les chevreuils. Pour les sangliers, il se méfiait des fourrés marécageux où ces animaux aimaient se vautrer. Quand il était en veine de patience, il guettait les sarcelles au bord des étangs. En période de chasse, il revenait rarement bredouille. Aucune averse ni aucun vent ne le décourageaient lorsqu'il décidait de se mettre à l'affût.

Ayant identifié la plupart des chasseurs qui arpentaient régulièrement ces bois épais, il en saluait certains de loin, en évitait d'autres et s'arrangeait pour rester seul. Les fusils étaient son unique luxe. Un Verney-Caron ayant appartenu à son père, et un Baikal juxtaposé offert par son frère Luc. Quand la chasse fermait, il se munissait d'un grand bâton car il détestait rester les mains vides.

Il savait se faire discret pour ne pas alerter le gibier, il évitait les branches, les pierres, portait une veste de camouflage et ne fumait pas. Parfois, pour le simple plaisir de se sentir quasiment indétectable, il suivait de loin un promeneur, et jusqu'ici nul ne s'en était aperçu.

Ce jour-là, il se montrait particulièrement attentif à progresser sans bruit. La piste qu'il suivait n'était pas celle d'un quelconque animal mais d'un homme. Un homme et son chien. Le docteur Nicolas Larcher flanqué ou précédé de son labrador. À plusieurs reprises, Aramis s'était brusquement immobilisé, la truffe en l'air pour humer le vent. Bien meilleur chasseur que n'importe quel humain, il avait dû flairer une présence malgré toutes les précautions d'Antoine. Par chance, chaque fois il avait été distrait par un oiseau, un rongeur. Nicolas semblait se promener sans but particulier, selon son habitude. Un contemplatif, sans doute, avec ce fusil qui ne lui servait à rien et qui ne devait même pas être chargé. Celui d'Antoine l'était toujours.

Le seul nom de Larcher l'exaspérait. Quand il pensait à la vie gâchée de Luc par la faute de cette Albane de malheur, son humeur devenait sombre. Il s'était focalisé sur la famille et les avait tous pris en grippe. Le mari n'aurait-il pas dû mieux surveiller sa femme ? Impossible de croire que ce cocu n'avait rien deviné de l'adultère depuis vingt ans que ça durait ! S'il avait jeté son épouse dehors, et divorcé dans la foulée, alors Luc aurait pu se marier avec elle. Ou bien, si elle avait eu un brin de courage, elle serait partie d'elle-même. Mais rien de tout ça n'était arrivé, et Luc allait rester seul jusqu'à sa mort, se consumant d'amour entre deux rapides visites de sa maîtresse. Il ne méritait pas ça ! Il aurait pu être un excellent mari, un père formidable, avoir une vie normale s'il n'était pas resté obnubilé par cette femme-là. Longtemps, elle avait prétendu ne pas vouloir quitter ses enfants. La belle excuse ! Les marmots avaient grandi, quitté la maison, et ça n'avait rien changé. En réalité, elle n'aimait pas assez Luc, cependant elle le gardait sous le coude pour avoir de la distraction. Une vraie garce...

Antoine se sentait bouillir dès qu'il y pensait trop longtemps. Incapable d'une remise en cause, il ne se disait pas qu'il aurait pu fonder lui-même cette famille nombreuse qui était son fantasme. Depuis toujours, il s'en remettait à Luc pour les petites et les grandes choses de son existence. À Luc de construire, de décider, d'organiser, de subvenir. Mais Antoine n'avait jamais imaginé qu'ils resteraient seuls comme deux vieux garçons sans rien connaître d'autre. Et si Luc n'avait pas pu avoir une vie plus joyeuse, dont Antoine aurait bénéficié, c'était bien la faute d'Albane ! Il en revenait toujours au même point. Elle avait un mari, trois grands enfants, une belle-fille, des petits-enfants, un jour s'y ajoute-raient sans doute un gendre, une autre belle-fille, de nouveaux bébés, elle était et continuerait d'être entourée comme une reine !

Un aboiement, trop proche, l'arrêta net. Accaparé par ses pensées rageuses, il s'était rapproché de Nicolas et de son chien. Aussitôt, il se mit sous le vent, retint sa respiration. Est-ce que le cabot allait le démasquer ? À travers les branches, il le vit filer dans la direction opposée, lancé à la poursuite d'un chevreuil. Il entendit la voix de Nicolas qui rappelait Aramis, ce qui lui arracha un sourire méprisant. Le labrador ne lâcherait l'affaire qu'une fois distancé. Il ne savait pas ça, ce foutu docteur ?

Prudemment, il décida d'interrompre sa propre traque. Tant qu'il n'aurait pas un plan précis en tête, inutile de se faire repérer. Mais il était déterminé à créer quelques ennuis aux Larcher. Une manière de punir Albane qui le méritait. Il ne s'en prendrait pas directement à elle, pour ne pas chagriner son frère, néanmoins il la ferait souffrir, et ainsi Luc serait vengé.

*

Valentine, épuisée, s'était endormie dans l'avion du retour. À côté d'elle, Boris lui jetait de fréquents coups d'œil inquiets. Le rallye de Corse, dernier de la saison, avait été un échec. Contrainte à l'abandon en raison d'un problème mécanique, une panne de la bobine d'allumage, Valentine avait trépigné en descendant de voiture, allant jusqu'à donner des coups de pied dans la portière, juste sur le logo de leur sponsor. Boris avait dû l'éloigner avant de pouvoir la raisonner.

D'accord, l'année finissait mal, mais ce n'était pas leur faute ni celle des mécaniciens, juste un manque de chance qui aurait pu arriver à n'importe qui, n'importe quand. Toutefois, ce qui avait mis Valentine hors d'elle – et Boris la comprenait – était que cet incident survienne le jour où elle se surpassait au volant. Boris lui-même avait été bluffé par le culot et la maîtrise de la jeune femme. Des prises de risque magistralement contrôlées, des trajectoires précises, des réflexes affûtés, un mental de gagnant : rien n'avait manqué à Valentine hormis cette fichue étincelle vers les bougies qui empêchait le moteur de fonctionner. Pire encore, la panne s'était produite aux trois quarts de la course. Pour leur équipage, le rallye de Balagne était terminé, ils n'avaient plus qu'à quitter L'Île-Rousse. Ils avaient regagné l'aéroport de Calvi, silencieux et déçus l'un comme l'autre.

Une hôtesse annonça que la descente venait de s'amorcer vers Paris. Valentine se réveilla en se frottant les yeux, bâilla puis réclama un chewing-gum à Boris.

— J'ai vraiment dormi ? Jamais je n'aurais cru ça possible, vu mon état de nerfs… Désolée, je me suis sûrement montrée odieuse, non ?

— À peine. Et ne t'en fais pas, je ne me vexe pas. D'ailleurs, je partage ta déception, donc je peux comprendre.

— Tout allait si bien !

— Oui, le chrono était excellent, tu as vraiment piloté comme un chef.

— Et toi, tu as copiloté comme un dieu, j'aurais pu conduire les yeux fermés.

Boris eut un petit sourire résigné et il donna une tape affectueuse sur le genou de Valentine.

— Maintenant, ma grande, il faut tourner la page. La saison est finie, et c'est bientôt Noël.

— Ça ne me réjouit pas plus que ça. Enfin, pas comme d'habitude.

— Toujours le spleen de Marc ?

— Plutôt des trucs de famille… Oh, à toi je peux bien le dire, figure-toi que ma mère a un amant !

Après une seconde de réflexion, Boris éclata d'un rire carrément gai cette fois.

— Non? À son âge?

— Rassure-moi, répliqua-t-elle d'un ton pincé, tu ne fais pas partie des gens qui croient qu'on cesse d'avoir une vie amoureuse et sexuelle après quarante ans? Son âge importe peu, d'autant plus qu'il s'agit manifestement d'une liaison ancienne. Mais mon père ignore tout, elle lui ment depuis bien longtemps!

— C'est leur affaire, Valentine.

— Tiens, tu raisonnes comme mon frère Nicolas! Pour vous, les hommes, tromper n'est pas grave, hein? Moi, je trouve ça très moche.

— Admettons. Pourtant, ta mère est restée avec ton père. Elle ne l'a pas quitté, elle ne vous a pas imposé une séparation. Tu as vingt-six ans et tu l'ignorais, donc elle a été très discrète. Et puis, mieux vaut ne pas juger trop vite les autres, on ne sait pas de quoi on est capable soi-même... Attache ta ceinture, on va atterrir.

Le brusque changement de propos prit Valentine au dépourvu. Boris ne semblant pas disposé à compatir pour cette histoire d'adultère, elle n'insista pas. D'ailleurs, durant tout le week-end, elle n'avait pas pensé à sa mère, obnubilée par la course. C'était chaque fois la même chose, quand elle était au volant, rien d'autre ne comptait. Et ensuite, lorsque la décharge d'adrénaline s'estompait, ses soucis la rattrapaient.

— Je suis contente que l'année se termine, dit-elle à mi-voix. Un peu de repos ne nous fera pas de mal.

— En ce qui me concerne, pas de vacances en vue!

Boris avait monté quelques années plus tôt une agence immobilière spécialisée dans les locaux commerciaux et industriels. Blois étant en pleine expansion, son affaire marchait bien, mais il avait conscience de ne pas être suffisamment présent. Les rallyes lui prenaient beaucoup de temps, qu'il rattrapait en ne partant jamais en vacances. Valentine s'en voulut de l'avoir sollicité aussi souvent cette année. Non seulement il lui consacrait la plupart de ses week-ends, mais en plus il avait dépensé de l'argent pour ça.

— Tu pourrais t'en passer ? demanda-t-elle d'un ton délibérément désinvolte.

— De quoi ? Des rallyes ? Bien sûr que oui.

Stupéfaite par sa réponse, elle se tourna vers lui pour le scruter. Elle aurait voulu le questionner davantage afin qu'il s'explique, mais ses oreilles s'étaient mises à craquer douloureusement, aussi mâchonna-t-elle son chewing-gum avec application. Elle sentit le train d'atterrissage toucher la piste en douceur, puis la puissance des réacteurs s'inversa pour freiner l'appareil.

À Orly, ils récupérèrent la voiture de Boris et prirent la route pour Orléans. Valentine, sur le siège passager, le regarda conduire durant quelques minutes, puis elle revint au sujet qui l'avait interpellée dans l'avion.

— Alors, ça te serait égal d'arrêter la compétition ?

— Disons que je n'en fais pas ma priorité.

— Je te croyais plus passionné.

— J'adore les sensations de la course, mais je pourrais m'en priver sans trop de regrets.

— Pourtant, tu es parfois le plus acharné de nous deux ! C'est toi qui décides des engagements, tu nous as inscrits dans des trucs de fous à un rythme d'enfer, tu…

— Valentine, dit-il posément, ce qui m'intéresse le plus dans tout ça, c'est être avec toi. Si tu faisais du parachutisme, je pense que je m'y mettrais.

Sidérée, elle resta silencieuse un long moment. Était-ce une *déclaration* ? De la part de Boris, son ami, son troisième frère ainsi qu'elle aimait le surnommer ? Non, pas lui ! Jamais il n'avait eu de geste équivoque ou de propos ambigu, il ne pouvait pas changer du tout au tout. D'ailleurs, il collectionnait les jolies filles, toujours des grandes blondes, ils en avaient souvent plaisanté comme deux bons copains. Pilote et copilote, pas de machisme, pas de séduction, ils formaient juste un équipage.

Elle lui jeta un coup d'œil et constata qu'il concentrait son attention sur la route.

— Tu me fais marcher, déclara-t-elle enfin.

Déçue qu'il n'éclate pas de rire pour mettre fin au malaise, elle chercha quelque chose à dire.

— Pas de ça entre nous, mon vieux, finit-elle par marmonner, de plus en plus contrariée.

— Pourquoi ? On a signé un engagement dans ce sens ?

— Eh bien… Oh, laisse tomber !

Elle se sentait en colère sans en comprendre la raison. Après tout, que Boris soit amoureux d'elle n'avait rien de blessant. Sauf qu'il remettait en question ce qu'elle avait pris pour une amitié virile. Et que cet aveu allait sournoisement modifier leurs rapports dans l'avenir. Jamais elle ne s'était montrée coquette avec lui, elle lui avait confié ses peines de cœur, ses soucis familiaux ou ses ennuis d'argent sans arrière-pensée. À présent, allait-elle devoir faire attention, surveiller ses réactions?

— Tu nous compliques la vie, soupira-t-elle. Tu aurais dû garder ça pour toi.

Il accusa le coup en serrant les dents avant de lâcher, à voix basse:

— Désolé que ça te déplaise.

Ils roulaient sur l'A 10 en direction d'Orléans, et quelques flocons de neige s'étaient mis à tourbillonner devant le pare-brise. Le ciel, très sombre, n'annonçait rien de bon.

— Veux-tu qu'on s'arrête et que je prenne le volant? proposa spontanément Valentine.

Sa question déclencha enfin le rire de Boris.

— Ah, tu es trop gentille, mais je crois que je vais y arriver, même si le temps se gâte!

Se tournant vers elle une seconde, il lui adressa un clin d'œil.

— Je ne suis pas bon qu'à lire les cartes, je sais conduire aussi.

Embarrassée, Valentine hocha la tête. Boris l'avait souvent ramenée chez elle lorsqu'ils revenaient d'un rallye et qu'elle était fatiguée. Elle se sentait en confiance avec lui, allant même parfois jusqu'à s'endormir.

— Tu te vexes vite, soupira-t-elle.

— Moi? Je te rappelle qu'il t'arrive de m'injurier, y compris quand tu commets une erreur de pilotage alors que je t'ai tout signalé à temps. Dans ces cas-là, crois-moi, j'ai envie de baisser le volume sonore de mon casque! Non, ma grande, je ne suis pas susceptible. Si je l'étais, tout à l'heure je t'aurais abandonnée sur une aire de repos.

Il plaisantait, détendu, et Valentine supposa que l'incident était clos. Une demi-heure plus tard, ils arrivèrent à Orléans sous une véritable tempête de neige. En bas de son immeuble, elle lui demanda s'il comptait poursuivre jusqu'à Blois.

— Oui, je dois vraiment rentrer, je travaille très tôt demain matin.

— Alors, sois prudent.

Il descendit pour récupérer le sac de voyage de Valentine dans le coffre et faillit s'étaler sur le trottoir.

— C'est en train de geler, s'exclama-t-il, regarde où tu mets les pieds !

La prenant par les épaules, il l'embrassa affectueusement, comme d'habitude.

— Boris ?

Elle le retint par le poignet, hésitant à formuler sa demande.

— Promets-moi qu'on n'en parlera plus. D'accord ?

— Impossible, répliqua-t-il. Je ne promets que ce que je peux tenir.

Il remonta en voiture, agita la main dans sa direction et démarra.

*

Avec jubilation, Nicolas s'était découvert l'état d'esprit d'un conquérant. Après tant d'années à se sentir méfiant et désabusé, se retrouver confiant et enthousiaste le réjouissait énormément. Il avait l'impression de rajeunir, de redevenir l'étudiant plein d'entrain qu'il avait été à Paris lorsqu'il était

144

amoureux. Plaire à Justine était désormais son but. Pour y parvenir, il était prêt à se donner beaucoup de mal, ayant décidé que cette femme ferait son bonheur, même si elle ne le savait pas encore.

— Pour une fois, plaida-t-il, je réclame de l'aide.

— Mais bien sûr ! s'exclama Mallaury, ravie.

L'aveu que venait de faire son beau-frère lui offrait le beau rôle. Jamais elle ne s'était lassée de lui présenter toutes ses copines, les unes après les autres, s'obstinant malgré les protestations de Nicolas, et voilà qu'il lui donnait raison, qu'il semblait presque reconnaissant.

— Je ne veux pas insister auprès d'elle comme un gros balourd, pourtant je dois provoquer des occasions, sinon je n'arriverai à rien. Ou alors, il me faudra dix ans !

— On va essayer d'arranger ton affaire, ironisa Dan. Tu as perdu assez de temps comme ça.

— La question n'est pas d'en perdre ou d'en gagner mais de trouver la bonne.

— Et qu'est-ce qui te fait croire que Justine le serait ? demanda Valentine.

Ils avaient tiré des sièges pour se regrouper tous les quatre devant la cheminée de Nicolas, et Aramis était couché de tout son long à leurs pieds.

— Justine est jolie, intelligente, drôle, elle...

— Ah, d'accord ! s'esclaffa Mallaury. On comprend très bien ce que tu cherches à nous dire.

Dan se pencha pour donner une bourrade dans l'épaule de son frère.

— Amoureux, hein ? Enfin ! J'en avais assez de te voir travailler douze heures par jour puis rentrer seul dans ta tanière.

Il se tourna vers sa sœur et sa femme pour demander :

— Une idée, les filles ? Qu'est-ce qui vous séduirait, vous ?

— Des fleurs, un restaurant romantique, une boîte de nuit, énuméra Valentine.

— Non, c'est banal, objecta Mallaury. D'ailleurs, Justine a connu tout ça, en mieux, à Paris.

— Une soirée au théâtre ? Un concert au Zénith d'Orléans ? Un ballet ?

— Toujours rien d'original, estima Nicolas.

— Écris-lui des poèmes, fais-lui envoyer des corbeilles de fruits.

— Arrêtez vos suggestions idiotes. Je voudrais seulement passer un peu de temps avec elle, mais je lui ai déjà fait le coup de la grande balade à travers les bois.

— Au moins, ça reflète ta personnalité et tes goûts. D'ailleurs, en ce moment, la forêt est féerique avec toute cette neige.

— Un vrai décor de carte postale, approuva Dan.

— Je sais ! s'exclama Mallaury. Dimanche prochain, nous serons le vingt, on devrait organiser un déjeuner ici, au coin du feu. Un truc simple et chaleureux, avec les enfants. Je vais inviter Justine à se joindre à nous et, à la fin du repas, on décidera d'une promenade digestive avec bataille de boules de neige ! Si la journée se passe bien, tu pourrais en profiter pour avoir des apartés avec elle, et même l'inviter au réveillon chez les parents, je crois qu'elle est seule le soir de Noël.

Conquis par la proposition, Nicolas adressa un grand sourire à sa belle-sœur.

— Ça me va ! Tu crois qu'elle acceptera ?

— Comme dirait Gabriel : qui ne tente rien...

Ils se mirent à rire mais Valentine protesta.

— Pourquoi vous moquez-vous de papa ? Il aime bien les proverbes, c'est son droit.

Mallaury parut étonnée d'entendre Valentine prendre la défense de son père alors qu'elle était toujours la première à plaisanter de sa manie. Seul Nicolas comprit pourquoi. Sa sœur n'avait toujours pas digéré la révélation concernant l'infidélité de leur mère. Il espéra qu'elle n'en avait pas parlé à Dan et qu'elle saurait garder le secret ainsi qu'il l'avait fait durant des années. À quoi bon accabler Albane ? De quel droit la juger ? Quant à considérer leur père comme une victime, Nicolas ne pouvait s'y résoudre. La clef de voûte de la famille demeurait leur mère, même si elle avait trouvé des compensations ailleurs. L'égocentrisme de Gabriel l'avait lassée, au moins autant que ses absences, néanmoins elle avait continué de le choyer et de lui rendre la vie agréable. Valentine aurait-elle préféré que leur mère quitte leur père, divorce ? Et Dan, s'il apprenait la vérité, quelle serait sa réaction ? Malgré l'exaspération qu'il éprouvait parfois, surtout concernant la gestion du circuit, Dan conservait sans doute beaucoup d'admiration pour Gabriel. Sa ferveur de petit garçon, qui l'avait poussé à vouloir suivre les traces de son père, n'avait pas tout à fait disparu.

— Nous avons notre plan de bataille, déclara Mallaury, il n'y a plus qu'à le mettre en œuvre !

Elle se leva et enfila sa doudoune, ses gants, son bonnet.

— Pas de dégel annoncé pour les jours à venir, il devrait même y avoir d'autres chutes de neige cette semaine.

Se penchant vers Aramis, elle lui caressa l'oreille, imitée par Dan puis Valentine car chacun disait toujours au revoir au chien. À les regarder faire, Nicolas éprouva une bouffée de tendresse pour eux. Quels que soient ses désirs d'indépendance, sa famille comptait énormément pour lui, et, une fois de plus, le choix qu'il avait fait de revenir en Sologne pour s'y installer lui parut évident.

*

Albane se sentait terriblement coupable. L'explication qu'elle avait eue avec Nicolas, dans son cabinet, lui laissait un goût amer. Elle avait fait de lui son complice, pour une mère c'était intolérable. Apprendre qu'il l'avait *protégée* en éloignant Valentine du bar où elle se trouvait avec Luc avait été un électrochoc. Devenait-elle inconsciente ? Comment avait-elle pu oublier toute prudence ? Valentine habitait Orléans, une rencontre imprévue était évidemment possible !

Nicolas ne lui adressait aucun reproche, il semblait comprendre la situation, néanmoins Albane continuait à s'en vouloir. Après leur conversation, elle avait été bouleversée. La vue brouillée par les larmes, tandis qu'elle s'éloignait du cabinet, elle avait même cru reconnaître la voiture de Valentine dans son rétroviseur ! Son imagination lui jouait des tours, à moins que…

Non, elle ne voulait pas y penser, Valentine n'avait pas pu se trouver là à cet instant précis. Pour l'heure, elle se demandait si elle ne devrait pas cesser de voir Luc, au moins durant quelque temps. Mais comment pourrait-elle s'en passer alors qu'il lui offrait ses seuls bons moments ? Grâce à lui, elle supportait une existence plutôt morne aux côtés de Gabriel. Elle n'avait pas voulu le quitter, persuadée d'agir dans l'intérêt de sa famille, et voilà qu'elle se remettait en question. Ne s'était-elle pas, au contraire, montrée très égoïste en ménageant à la fois son confort conjugal et ses escapades avec son amant ? Pourtant, elle s'était souvent mise à pleurer en pensant à Luc ! Tiraillée entre deux hommes, elle aurait dû choisir depuis longtemps, prendre une décision radicale au lieu de mener une double vie qu'elle avait crue secrète. Cent fois, Luc lui avait réclamé une existence au grand jour, malheureux et frustré d'être définitivement tenu à l'écart, mais elle n'avait jamais cédé, s'en tenant à sa proclamation du premier jour de leur liaison.

Ah, l'hôtel de la Tonnellerie, la chambre tapissée de toile de Jouy… Chaque instant de ce merveilleux après-midi était gravé dans sa mémoire. Elle se souvenait d'avoir été terrorisée à l'idée de tromper son mari, mais irrésistiblement attirée par cet homme qui lui ouvrait les bras. Et ensuite, la tendresse de Luc, sa façon de la couver d'un regard ébloui, sa constance au fil du temps… Devait-elle mettre un terme à tout cela ? Au nom de quoi ? Gabriel ne souffrait pas, pour lui rien n'avait changé. Oui, mais s'il découvrait les mensonges de sa femme ? Il serait évidemment humilié, furieux, angoissé… Et quoi d'autre ? De quelle manière aimait-il encore Albane ? Quand avait-il cessé de la désirer pour ne plus voir en elle que la mère de ses enfants, celle qui tenait sa maison, une bonne compagne pour ses vieux jours ? Auprès de lui, elle se sentait utile mais transparente. Avec Luc, au contraire, elle existait en tant que femme, elle était courtisée, vénérée.

— Qu'est-ce qu'on mange, ce soir ? demanda Gabriel en la tirant brutalement de ses mornes pensées.

Il faisait tourner le tabouret de bar sur lequel il était assis. La pendule indiquait dix-neuf heures, et Albane, qui n'avait encore rien prévu pour le dîner, étouffa un soupir.

— J'ai des côtelettes de chevreuil.

— Parfait ! Avec une galette de pommes de terre ?

— Gabriel, sois raisonnable. Je vais plutôt mettre des haricots verts à cuire. D'ici quelques jours, entre Noël et le jour de l'an, on aura toutes les occasions de trop manger.

Il acquiesça, pas vraiment convaincu, et en profita pour lui proposer un apéritif pendant qu'elle cuisinait. Elle accepta un verre de vouvray pétillant, espérant que ça l'aiderait à chasser ses idées noires.

— Es-tu très occupée demain et après-demain ?

— Non, pourquoi ?

— On ne sait jamais, avec toutes tes réunions ! Je me disais qu'on pourrait aller acheter un sapin de Noël et le décorer.

— Toi et moi ?

— Oui, pour faire une surprise aux enfants.

— Les petits ?

— Les petits et nos grands.

Pour une fois, il émettait le souhait de participer à la préparation des fêtes. S'ennuyait-il à ce point ?

Peut-être devrait-elle faire l'effort de l'intéresser à ses activités. Même s'il n'appréciait ni le bridge ni le secours aux animaux en détresse, elle appartenait à suffisamment d'associations pour lui proposer autre chose. Certes, il avait refusé jusque-là, mais elle pouvait insister encore et l'aider à surmonter son inertie. S'il acceptait de la suivre de temps à autre, elle aurait moins de liberté pour voir Luc mais, après tout, ce ne serait pas forcément une mauvaise chose. Avec un nouveau soupir, elle mit l'eau à bouillir pour les haricots.

*

Valentine tournait en rond dans son duplex. Comme elle passait peu de temps chez elle, jamais elle n'avait pris soin du décor qui l'entourait. Mais chaque fois qu'elle revenait de chez Nicolas, elle éprouvait une sorte de vague à l'âme. Son frère, pourtant célibataire comme elle, avait su rendre sa petite maison très chaleureuse, alors que de son côté elle n'avait pas fait le moindre effort. Marc ne lui avait-il pas dit un jour, en se réveillant, qu'il avait l'impression d'être à l'hôtel tant sa chambre paraissait anonyme ? Même chez Dan, malgré les meubles fonctionnels choisis par Mallaury, l'ambiance était plus conviviale.

Mais Valentine n'était que locataire, et elle ne projetait pas son avenir dans ces murs. Pour acheter un bien immobilier, encore faudrait-il qu'elle se mette à travailler ! Entre son père qui ne voulait plus la soutenir financièrement, et la déclaration incongrue de Boris, de nombreuses questions se posaient désormais. Devait-elle envisager d'abandonner la compétition ? Mais pour faire quoi ? Boris avait bien suggéré quelques pistes, auxquelles elle n'avait guère prêté attention. D'abord, elle ne possédait pas le moindre diplôme. Pourquoi ses parents ne l'avaient-ils pas poussée à entreprendre des études ? Sans doute sa mère avait-elle été trop occupée par son *vieil amant* pour s'en soucier !

La sonnerie du téléphone interrompit ses états d'âme. Elle espéra qu'il s'agissait de n'importe lequel de ses amis car elle avait soudain très envie de sortir pour se distraire. Déçue, elle reconnut le numéro de Boris qui s'affichait.

— Comment vas-tu, ma grande ?

— Je n'ai pas un moral d'acier, soupira-t-elle en se laissant tomber sur le canapé blanc.

— Toi ? Tu es malade ?

— Pas que je sache. Mais ce temps me donne le cafard.

— Toute cette belle neige ? C'est magnifique, surtout en période de Noël !

— Pourquoi habites-tu si loin ? Si tu vivais à Orléans, on aurait pu dîner ensemble.

— Tu as plein d'autres amis avec qui passer la soirée.

La phrase manquait de chaleur et Valentine marqua une pause avant de s'enquérir :

— Bon, de quoi voulais-tu me parler ?

— D'abord, prendre de tes nouvelles. Et puis… J'ai l'impression de t'avoir un peu agacée, l'autre jour, et je n'ai pas envie qu'on reste sur un malentendu.

Embarrassée, Valentine prit son temps pour répondre.

— Disons que j'ai été surprise par tes mots. Tu avais l'air de me draguer, non?

— C'était moins bête que ça, du moins je l'espère. Néanmoins, tu n'as pas apprécié.

Il laissa passer un silence sans que Valentine ajoute quoi que ce soit.

— Donc, reprit-il, puisque la saison est finie, le mieux serait peut-être de prendre un peu de distance.

— À savoir?

— Ne te braque pas. Il faut que je m'enlève de l'idée que quelque chose pourrait avoir lieu entre nous. Je me suis trompé en supposant le contraire. Te l'avouer était maladroit… ou vaniteux. Je vais avoir beaucoup de travail cet hiver, j'ai été trop souvent absent et il faut que je rattrape mon retard. Au printemps, je prendrai enfin une ou deux semaines de vacances. Alors, je crois que d'ici là, on a besoin de respirer l'un et l'autre.

— Si tu le dis…

— Valentine! Ne fais pas ta mauvaise tête. Ça me coûte plus qu'à toi.

— Si je comprends bien, je perds un ami?

— Non, pas du tout. Je t'ai déjà présenté mes excuses pour avoir cru que…

— Mais pourquoi ce changement, Boris?

— Parce que Marc n'est plus dans ta vie.

De nouveau, il y eut un long silence. Valentine ne savait pas exactement ce qu'elle éprouvait, hormis une grande déception à la perspective de ne plus voir Boris.

— Très bien, finit-elle par maugréer. Fais comme tu veux. Prends un grand bol d'air puisque tu as besoin de respirer!

Elle coupa la communication sans lui laisser le temps de répliquer. Exaspérée, elle jeta son téléphone sur le canapé et se remit à marcher d'un mur à l'autre. Pourquoi Boris la lâchait-il ? Parce qu'elle n'avait pas répondu à ses avances ? Ah, les hommes !

— Qu'il aille donc draguer ses blondasses et qu'il me fiche la paix, je me passerai très bien de lui.

Mais c'était faux. Boris faisait partie de sa vie, ce qu'ils avaient vécu ensemble tissait un lien très fort qui serait difficile à rompre.

Elle gagna la cuisine, se servit deux doigts de whisky qu'elle but cul sec en faisant la grimace. Puis elle retourna dans le séjour, ramassa son portable et vérifia sa messagerie qui était vide. Morose, elle leva les yeux vers le grand pan de mur, face à elle, et contempla le poster qu'elle y avait accroché deux ans auparavant. Le cliché avait été pris par un photographe professionnel pendant un rallye. La voiture, avec son gros numéro peint sur la portière, sortait en dérapant d'un virage en épingle à cheveux. À travers le pare-brise, on distinguait nettement les visages de Valentine et de Boris sous leurs casques. Elle regardait droit devant elle, les yeux rivés sur la route, il baissait un peu la tête, sans doute vers son cahier à spirale pour annoncer la prochaine difficulté du parcours. L'image était très suggestive, elle donnait une impression de vitesse par un léger flou du paysage et par le nuage de poussière dans le sillage des roues. Valentine se souvenait parfaitement de cette course difficile, dont elle s'était bien sortie grâce à Boris. Marc l'attendait à l'arrivée, il l'avait félicitée avec fougue, très admiratif.

Elle se laissa aller entre les coussins moelleux du canapé et ferma les yeux. Cette période de sa vie lui semblait déjà lointaine, presque révolue. « Grandis un peu ! » disaient Nicolas et Dan. Ils avaient raison. L'idée l'effleura d'aller se resservir du whisky mais elle n'aimait pas les alcools forts. D'ailleurs, elle avait mieux à faire que se saouler, elle allait plutôt réfléchir à la manière de remettre sa vie en ordre.

6

Assis sur un établi, Luc observait la manière dont son frère rangeait méthodiquement les outils. À défaut d'intelligence, Antoine possédait un certain sens de l'organisation. D'ailleurs, il aimait les objets et en prenait soin. Pas seulement ses précieux fusils mais aussi les ustensiles de cuisine, et toute une collection de pièces détachées dont nul n'aurait pu dire à quoi elles servaient.

— C'est terminé chez les Carpentier, annonça-t-il. Tu pourras aller voir demain matin et te faire payer.

Tout ce qui concernait les finances était l'affaire de Luc, Antoine ne s'en mêlait jamais.

— Y compris les finitions ?

— Oh, ça…

Bon ouvrier, Antoine s'échinait volontiers sur le gros œuvre mais oubliait souvent les détails.

— Vous avez enlevé tous les gravats, plié les bâches, remis les caches autour des interrupteurs ?

— Je crois que les gars s'en sont chargés.

En tant que frère du patron, Antoine se considérait comme un employé à part, et même lorsqu'il faisait plus que sa part de travail, il ne se mélangeait pas aux autres. Luc n'insista pas, il avait la tête ailleurs. De toute façon, il irait tout vérifier lui-même avant de fixer un rendez-vous à son client pour la visite de fin de chantier.

Il reprit sa position, les coudes sur les genoux, le menton dans ses mains, incapable de penser à autre chose qu'à sa conversation avec Albane. Elle suggérait de le voir *moins souvent*. Moins souvent, alors qu'il se languissait d'elle à longueur de temps ? Qu'avait-il donc fait ? S'était-elle lassée de lui ? Au bout de tant d'années, peut-être… Mais jamais il ne pourrait supporter qu'elle s'éloigne et disparaisse de sa vie, il en deviendrait fou. Il savait bien qu'il aurait dû se détacher d'elle, ou, mieux encore, ne pas s'y attacher. En acceptant les conditions posées dès le début de leur liaison, il avait tressé la corde pour se pendre, et aujourd'hui le nœud se resserrait autour de son cou.

— Tu n'as pas l'air gai ! lui lança Antoine du fond de l'atelier.

Que lui répondre ? Son frère n'aimait pas Albane, et dès qu'il sentait Luc malheureux, son animosité se ravivait.

— C'est encore cette femme, je parie…, maugréa Antoine.

— Appelle-la donc par son prénom.

— Ça ne changera pas l'opinion que j'ai d'elle.

La discussion était ancienne et n'avait jamais débouché sur rien. Néanmoins, Luc n'avait personne d'autre à qui se confier. L'étrangeté de la situation dans laquelle il s'était enlisé avec Albane avait peu à peu fait le vide autour de lui. Il était rarement disponible, dans l'attente d'un hypothétique coup de téléphone, restait mystérieux quant à sa vie privée et ne répondait pas aux questions de ses amis. Peu à peu, ils avaient fui.

— Tu fais vraiment la gueule, ajouta Antoine en s'approchant. Un truc grave est arrivé ?

— Albane voudrait qu'on se voie moins, finit par avouer Luc à contrecœur.

— Moins que quoi ? s'esclaffa Antoine. Elle ne fait qu'entrer et sortir ! Parfois, tu as droit à l'aumône d'un déjeuner, ou alors tu la suis comme un petit chien dans des réunions à la noix !

Luc le considéra avec agacement. Son frère était bizarre mais pas idiot, et il venait de lui servir une vérité désagréable.

— Explique-moi pourquoi elle te fait cuire à petit feu et pourquoi tu le supportes ? Elle n'est même pas jeune, avec un joli petit cul qui pourrait te rendre zinzin. Elle ne lâchera jamais sa belle maison et son confort de bourgeoise, je te l'ai toujours dit ! D'ailleurs, maintenant, à quoi ça servirait, hein ? Tu as paumé toute ta vie à l'attendre, et on restera comme deux vieux croûtons, toi et moi…

Sa virulence inquiéta Luc. Son frère avait parfois des instants de colère ou d'égarement qui trahissaient sans doute un léger déséquilibre. Mais leurs parents ne s'en étaient pas préoccupés durant son enfance, se bornant à considérer qu'il avait mauvais caractère et qu'il n'était « pas très malin ». Luc se sentait vaguement coupable quand il y songeait. N'aurait-il pas dû le traîner chez un psychologue ? Bien entendu, Antoine ne voulait rien savoir, il aurait fallu l'y emmener de force et Luc avait renoncé. D'autant plus qu'Antoine ne créait pas de scandales, qu'il aimait son travail sur les chantiers, et qu'il n'était pas méchant. En tout cas pas avec son frère, à qui il s'en remettait pour toutes les choses de la vie. La disparition précoce de leurs parents l'avait fait se tourner tout naturellement vers son aîné, et à aucun moment il n'avait souhaité prendre un peu d'indépendance.

— Elle aura été ton mauvais ange, Luc. Elle t'a bousillé sans états d'âme…

— Assez, maintenant ! On a épuisé le sujet.

Antoine haussa les épaules, toujours furieux. Luc s'en voulut de l'avoir pris pour confident et, pour se changer les idées, il lui proposa d'aller dîner dans leur restaurant chinois favori. Même s'il en avait l'habitude, rester seul ce soir lui semblait trop déprimant. À tout prendre, il préférait écouter les histoires de chantier ou les anecdotes de chasse d'Antoine plutôt que continuer à penser à Albane et se demander avec angoisse combien de temps elle allait le tenir à l'écart.

*

Contrairement aux espérances de Nicolas, le soleil n'était pas au rendez-vous. Ce dimanche-là, un ciel gris fer annonçait même une nouvelle chute de neige qui, à en croire les prévisions météo, ne se produirait que dans la soirée.

Vu l'état des routes, Dan et Mallaury étaient passés prendre Justine chez elle. Mallaury s'était installée à l'arrière avec ses enfants, laissant le siège passager à Justine qui, une fois de plus, avait pu admirer les talents de pilote de Dan et lui avait posé mille questions sur la façon de conduire en cas de verglas.

Valentine, pour sa part, était arrivée d'Orléans de très bonne humeur après toute une série de dérapages qu'elle avait parfaitement contrôlés.

—J'étais seule sur la départementale, je n'ai pris aucun risque mais je me suis régalée !

—Passe donc voir le mécanicien du circuit, lui suggéra Dan, il te montera des pneus neige. Il l'a fait pour Nicolas, c'est vraiment indispensable en ce moment.

Une grande flambée ronflait dans la cheminée, et Nicolas avait préparé un gigot d'agneau qui répandait une odeur alléchante en cuisant.

—N'embêtez pas Aramis, recommanda Mallaury à ses enfants.

Ils étaient assis sur le tapis, de part et d'autre du chien qui les léchait tour à tour.

—On s'est équipés pour la balade, annonça Dan en désignant les doudounes et les écharpes entassées sur un fauteuil. Mais avant ça, je t'avertis, on va dévorer !

—J'ai prévu large, répliqua Nicolas en souriant.

—Vous faites souvent ce genre de grande virée dominicale ? voulut savoir Justine.

—Pas du tout, répondit Dan étourdiment.

Il faillit ajouter qu'il n'aimait pas marcher en forêt mais il fut sauvé par l'intervention de Valentine.

—Si, bien sûr, ça nous arrive. Nicolas nous y oblige parce qu'il nous trouve trop sédentaires, toujours assis dans une voiture ou à un bureau. Alors, on y va pour lui faire plaisir, et, finalement, ça ravit tout le monde.

Dan hocha la tête avec conviction, comprenant qu'il avait fait une gaffe. Pour Justine, cette journée devait paraître normale, pareille à beaucoup d'autres dimanches en famille.

— C'est Nick l'amoureux de la nature, ajouta-t-il. Il fait découvrir de belles choses aux béotiens que nous sommes. À quoi bon habiter en Sologne si on reste enfermé ? Le chant des oiseaux me fait oublier les bruits du circuit !

— Eh bien, j'espère que ça me fera oublier le bruit du tribunal…, répondit Justine en regardant gentiment Nicolas.

Depuis son arrivée, elle l'observait, amusée de le retrouver dans ce rôle de maître de maison qu'il semblait prendre très à cœur. Hôte attentif, oncle affectueux, bon cuisinier, adoré par son chien, et marcheur infatigable qui entraînait sa famille derrière lui. Toutes ces qualités réunies chez un jeune médecin séduisant ! Si seulement il avait pu avoir l'aura de Dan derrière un volant… Elle s'en voulait d'être attirée par un homme inaccessible qui l'empêchait de s'intéresser à un charmant célibataire. Qu'est-ce qui manquait donc à Nicolas pour la faire craquer ? Trop provincial dans l'âme, pas assez sûr de lui ? Mais elle avait eu son compte d'hommes arrogants avec son mari et ses anciens confrères parisiens, elle voulait passer à autre chose. Ses ambitions de jeune avocate l'avaient emmenée dans une mauvaise direction, elle ne commettrait plus la même erreur. Si elle avait pu croire que travailler quinze heures par jour, étoffer son carnet de relations et gagner beaucoup d'argent pour le dépenser dans un grand train de vie constituaient le but suprême, elle avait déchanté depuis.

Lorsqu'ils s'assirent à table, elle prit la décision de passer une bonne journée, sans réticences et sans bouder son plaisir. L'ambiance était joyeuse, amicale, et la perspective de la promenade qui suivrait le repas n'avait finalement rien de déplaisant.

*

Antoine observa le ciel plombé un moment avant de conclure qu'il ne neigerait pas dans l'immédiat. Il prit son fusil, celui dédié au gros gibier, dans l'espoir de débusquer un sanglier. Après avoir rempli ses poches de munitions, il choisit d'emporter aussi les petites jumelles que son frère lui avait offertes pour son anniversaire. Légères mais puissantes, elles seraient une aide précieuse par ce temps sombre.

Les sangliers devaient chercher leur nourriture sous la couche de neige, fouissant avec leurs groins qui laissaient des empreintes faciles à identifier. S'il parvenait à en tuer un, il pourrait occuper toute sa soirée à le dépecer puis à le désosser. Il possédait les outils nécessaires pour le faire, mais c'était une longue opération qu'un boucher lui avait enseignée quelques années auparavant. Ensuite, il n'aurait plus qu'à congeler soigneusement les bons morceaux, hormis un filet qu'il mettrait à mariner dans de l'huile d'olive et du citron. Ce serait un mets de choix pour le réveillon, surtout s'il l'accompagnait d'une sauce poivrade qu'il savait bien préparer avec du vin blanc. Luc adorait ce plat, pourvu qu'il puisse lui en faire la surprise !

Égayé par cette perspective, il empocha son carnet de prélèvement, document indispensable pour la chasse au sanglier en cas de contrôle, puis sauta dans sa vieille voiture et prit la direction de sa forêt favorite. La chasse était toujours pour lui un moment d'excitation et de plaisir. Traquer les animaux demandait de la patience, de la ténacité, de l'organisation, ainsi qu'une parfaite connaissance du terrain. Antoine respectait les règles, il braconnait peu en dehors des périodes autorisées, ne tuait qu'à coup sûr et de préférence un mâle adulte, évitant les femelles et leurs petits. Il n'était pas très sensible, n'éprouvait pas de sympathie particulière pour les animaux qu'il considérait comme une nourriture, mais l'équilibre fragile de la nature était pour lui une évidence.

Parvenu à destination, il laissa sa voiture sur un chemin forestier, décrocha les gants qui pendaient à sa ceinture et les enfila. Avant de pénétrer dans le sous-bois, il resta un moment à l'écoute, humant le vent et scrutant le ciel.

*

Dans la poudreuse d'une clairière, les enfants avaient commencé à se lancer des boules de neige, bientôt imités par les adultes qui s'en étaient donné à cœur joie. Langue pendante, Aramis aboyait pour participer au jeu, tout excité par les éclats de rire.

—On fait beaucoup de bruit, non? demanda Valentine.

Elle avait les joues rouges et le souffle court, mais elle s'était bien amusée jusque-là.

—Les chasseurs seront furieux si on les dérange, admit Nicolas. Surtout ceux qui cherchent leur menu de Noël ! Lièvre à la royale, gigue de chevreuil… Mais la forêt appartient à tout le monde, y compris aux promeneurs.

Justine s'appuya d'une main sur son épaule pour retirer l'une de ses bottes pleine de neige et la secouer. Ce contact le fit tressaillir et il en profita pour la prendre par la taille afin qu'elle garde son équilibre.

— Pas trop fatiguée ?

— Non, je trouve cette promenade formidable. Une vraie récréation !

Une fois rechaussée, elle le lâcha.

— Où va-t-on, maintenant ? On continue ?

— On peut pousser jusqu'à un petit étang qui se trouve plus au nord et qui doit être gelé. Mais pas question de marcher dessus. Dan, tu feras attention aux enfants. Si on va jusque-là, je connais un autre chemin pour rentrer, on ne sera pas obligé de revenir sur nos pas.

Ils se remirent en route, moins bruyamment cette fois. Sous le couvert des arbres pourtant dénudés, il faisait plus sombre que dans la clairière mais la neige était moins épaisse, rendant la marche plus facile. À plusieurs reprises, Justine posa des questions à Nicolas au sujet des animaux, de leur façon de se nourrir en plein hiver. Au fur et à mesure de leur progression, les fourrés étaient plus nombreux, plus denses, ils avaient la sensation de pénétrer dans une forêt laissée à l'état naturel. Sur le sentier, des branches cassées par le gel, des feuilles mortes raidies et craquantes, des cailloux glissants commencèrent à gêner leur progression. Les enfants montrant les premiers signes de fatigue, Dan en prit un sur

165

ses épaules, et Nicolas l'autre, ce qui provoqua de nouveaux cris de joie.

*

Antoine fronça les sourcils, alerté par ces bruits incongrus qui troublaient le silence de la forêt. Des promeneurs, par ce temps ? Et lui qui se croyait seul ! Il suivait les traces d'un sanglier depuis près d'une heure et s'en était enfin rapproché. Ces gêneurs allaient-ils lui faire rater sa traque ? Contrarié, il prit ses jumelles pour scruter les environs. Au bout de quelques minutes, il discerna le groupe qui semblait se diriger vers l'étang. Lui-même recula et se mit à l'abri d'un tronc pour être hors de vue. Il observa longtemps les silhouettes repérables grâce aux couleurs voyantes de leurs vêtements. Pas des chasseurs, donc, qui auraient plutôt porté des tenues de camouflage et n'auraient jamais fait tout ce raffut. Sur le point de se résigner à attendre leur passage, il distingua le chien. Tiens, un labrador noir… S'agissait-il d'Aramis, le cabot du docteur Larcher ? Ainsi, ce serait toute la petite famille Larcher, là, en train de lui pourrir sa chasse au sanglier ?

Une bouffée de colère lui donna chaud. *Ces gens* étaient *tous* responsables du malheur de Luc. Albane d'abord, bien sûr, mais elle ne se trouvait pas avec eux. En revanche, si elle n'avait pas quitté son foutu mari, c'était bien à cause de Nicolas, Dan et Valentine. Trois prénoms si souvent mentionnés par Luc ! Les enfants, les chers enfants, tant d'années à les plaindre, les pauvres petits qui ne pouvaient pas être privés de leur mère ! Alors, elle était restée avec eux, piétinant le cœur de Luc. Et ensuite, lorsqu'ils avaient été grands et étaient partis de chez elle? Pareil! De toute façon, à ce moment-là, elle était trop vieille pour avoir des enfants avec Luc, ça n'aurait servi à rien, et comme Antoine la détestait, il ne l'aurait tolérée que par amour pour son frère, sans qu'une famille soit créée pour autant. Cette femme avait gâché leurs vies, les avait privés de tout par égoïsme.

Antoine ne remettait pas réellement Luc en cause, il s'énervait parfois contre lui tout en sachant que l'unique responsable était Albane. *Madame Larcher*, *le docteur Larcher*... Ceux qui les faisaient se sentir minables, Luc et lui, petits entrepreneurs en bâtiment de rien du tout. La fille à son papa s'offrait des rallyes, Dan possédait un circuit pour bagnoles de riches, et Nicolas, sacro-saint toubib, emmerdait tous les chasseurs avec son clébard!

Il serra ses doigts sur la crosse du fusil. Et s'il leur donnait une leçon? Il pouvait tirer en l'air pour les effrayer, mais Nicolas avait l'habitude d'entendre des coups de feu, ça n'impressionnerait guère cet abruti qui se croyait tout permis en forêt, y compris déplacer le gibier à cause de son chien qui partait sur n'importe quelle piste et faisait fuir chevreuils et faisans. Eh bien, tiens, le chien...

L'idée fit son chemin. Aramis constituait une belle cible, qu'il ne raterait pas. Bon, il y avait des gamins avec eux, et il devrait faire attention. Il aimait bien les enfants, ceux-là auraient pu être les neveux qu'il avait rêvé d'avoir. Mais comme tous les chiens, le labrador allait devant, il s'éloignait et revenait. Si Antoine attendait l'instant propice, il effectuerait son tir sans danger. Abattre une bête, domestique ou autre, ne lui posait aucun problème moral. Et si par malheur il était repéré, il pourrait toujours dire qu'il l'avait confondu avec un autre animal. La chasse était ouverte et ce chien sans laisse *vagabondait*.

Satisfait de son plan ingénieux, il leva lentement son fusil. Non, il était trop loin, il devait réduire un peu la distance pour ne prendre aucun risque. Toutefois, si le groupe se dirigeait vers l'étang, comme probable, il allait s'éloigner davantage. Après tout, Luc était sûr de lui et de ses qualités de tireur entraîné.

« Je le tente… », songea-t-il en appuyant la crosse dans le creux de son épaule.

*

Reposés, les enfants s'étaient remis à gambader. Valentine et Mallaury marchaient devant en bavardant, Nicolas derrière elles, tandis que Dan et Justine fermaient la marche, lancés dans une discussion sur les voitures. Aramis poursuivait ses allées et venues, occupé à flairer toutes les odeurs du sentier.

— Regardez l'oiseau qui dort ! s'écria soudain le petit garçon, aussitôt rejoint par sa sœur.

Nicolas s'approcha pour jeter un coup d'œil et écarta ses neveux.

— C'est une grive musicienne. Elle ne dort pas, elle a eu trop froid.

— Musicienne ? répéta la petite fille en ouvrant de grands yeux.

—Parce qu'elle a un très beau chant. Ne la touchez pas, laissez-la.

—On ne peut pas la réchauffer ? Et si je la mettais dans ma poche ?

Aramis se faufila entre eux, renifla le plumage et s'en écarta.

—Elle est morte, dit Dan en posant sa main sur l'épaule de son fils. Tout le monde vit et meurt, les animaux comme les humains. Peut-être était-elle très vieille, très fatiguée… Venez, ne restez pas là.

Silencieux, les enfants s'écartèrent tandis que Dan et Nicolas échangeaient un coup d'œil navré.

—Je suppose qu'ils doivent apprendre, soupira Nicolas.

—Ce ne sont plus des bébés, on ne peut pas leur raconter n'importe quoi.

Loin devant, Aramis venait de s'immobiliser dans la position de l'arrêt, queue à l'horizontale et oreilles en alerte, parfaitement immobile, ayant sans doute senti un gibier à proximité. Deux secondes plus tard, un coup de feu éclata, suivi d'un cri déchirant qui n'avait rien à voir avec le hurlement d'un chien. Aramis, qui venait de s'élancer, s'arrêta net. Derrière lui, Valentine était étendue sur le chemin. Nicolas et Dan se précipitèrent vers elle, fous d'inquiétude.

—Ne bouge surtout pas ! lui intima Nicolas en s'agenouillant.

Mallaury avait attrapé la main de sa fille, et Justine celle du petit garçon. Elles les firent s'asseoir puis s'accroupirent à côté d'eux en essayant de les rassurer.

—Vous êtes cinglés ! hurla Dan en direction des arbres. Vous tirez sur des gens !

Son regard affolé scrutait les environs sans discerner aucune silhouette.

—Où as-tu mal? demanda Nicolas à sa sœur.

—Là, ma jambe…

Juste au-dessus du genou, le projectile avait déchiqueté le velours de son pantalon déjà imbibé de sang.

—Quelqu'un a un couteau? Il faut que je découpe le tissu!

Dan fouilla ses poches en proférant toute une série de jurons.

—J'ai un canif, ça ira?

—On fera avec… Et un mouchoir?

Justine vint lui en apporter un avant de retourner près des enfants.

—Il est où, le dingue? s'époumona Dan, les mains en porte-voix.

—Viens m'aider, lui enjoignit Nicolas.

À eux deux, ils parvinrent à déchirer le jean et une large plaie apparut. Nicolas l'essuya pour mieux voir les bords, constatant qu'elle saignait beaucoup. Il ne s'agissait pas d'une volée de plombs mais d'une balle. Était-elle dans la plaie? Il n'avait rien pour sonder et ne voulait pas provoquer une hémorragie.

—Comment te sens-tu, ma puce?

—J'ai froid… et ça fait mal!

Valentine était livide, sa respiration semblait saccadée.

—D'accord. Aie confiance en moi, ce ne sera pas trop grave si tu te tiens tranquille. Mais tu te souviens, nous sommes dans une forêt, tu vas devoir être patiente. Je ne te quitte pas.

Il s'en voulait terriblement de les avoir entraînés si loin. En réalité, la situation n'était pas brillante. Les secours allaient mettre du temps à les trouver et ne pourraient peut-être même pas s'aventurer jusqu'ici étant donné l'étroitesse du sentier. Quant aux premiers soins que Nicolas aurait pu pratiquer, il n'avait hélas pas le moindre matériel pour le faire. De nouveau, il épongea la plaie, réclama un autre mouchoir mais personne n'en avait.

— N'importe quel linge fera l'affaire!

Mallaury vint lui apporter son foulard et il s'en servit comme d'un tampon pour faire un point de compression.

— Dan, dit-il d'un ton calme, tu vois où on est?

— À peu près, mais j'aurais du mal à l'expliquer.

— Appelle le SAMU d'Orléans et passe-moi le régulateur.

Son frère s'exécuta avant de lui tendre le téléphone qu'il prit de sa main libre. Il parlementa quelques minutes en utilisant des termes médicaux que les autres ne comprirent qu'à moitié.

— C'est bon, tu peux couper. On va faire le point. D'abord, je dois éviter que Valentine ait froid.

— On va lui passer nos doudounes! s'exclama Justine.

— Vous en avez besoin, répondit-il avec un geste vers le ciel.

Ils prirent alors conscience des flocons qui commençaient à tomber à travers les branches dénudées des arbres.

— Dan, il faut que vous rameniez les enfants à la maison. Une fois là-bas, prends ta voiture et file au carrefour du Branloup, c'est à cet endroit que l'ambulance du SAMU va t'attendre. Ensuite, je vous guiderai par téléphone et j'essaierai de vous faire aller le plus loin possible. Vous finirez à pied avec le brancard.

— On ne pourrait pas la porter nous-mêmes ?

— Je ne veux pas la bouger pour ne pas aggraver les choses. Là, j'ai un bon point de compression, je le maintiens. Tu vas d'ailleurs soulever ses pieds pour les mettre un peu en hauteur. Trouve quelque chose à glisser en dessous. Et après ça, filez le plus vite possible.

— Je m'en charge, trancha Justine. Partez tout de suite, moi, je reste !

D'un geste décidé, Dan enleva son blouson fourré.

— J'ai deux pulls et on va marcher très vite, au besoin en portant les enfants, je n'aurai pas froid.

Nicolas acquiesça, et Dan recouvrit sa sœur avec précaution.

— Tiens le coup, la puce…

Effrayé par sa pâleur, il chercha le regard de Nicolas qui murmura :

— Ça ira, Dan. Mais grouille-toi et ne te perds pas !

Il savait que son frère et Mallaury aimaient courir de temps en temps. Ils étaient en forme tous les deux et feraient le maximum, même s'ils étaient retardés par les petits. Mais impossible de laisser des enfants immobiles dans ce froid, d'autant plus qu'ils étaient choqués et pleuraient. Il entendit Mallaury leur parler d'une voix apaisante et ferme tandis qu'ils se hâtaient sur le sentier. Justine en avait profité pour ramasser des pierres et des branches.

172

— On va soulever tes chevilles très doucement, dit-il à Valentine avec un sourire encourageant. Ton fémur ne paraît pas cassé, mais si ça te fait mal, on arrête. D'accord?

Levant les yeux vers Justine, il eut une grimace d'excuse.

— Je ne vais pas pouvoir t'aider.

Justine s'agenouilla, prit délicatement l'un des pieds de Valentine et glissa une pierre dessous. Elle fit pareil pour l'autre avec des branches.

— C'est bon, déclara Nicolas.

Il restait calme, attentif à garder le contrôle de la situation. À plusieurs reprises, il prit le pouls de sa sœur en demandant à Justine de regarder la trotteuse de sa montre.

— Pas trop froid, ma puce?

— Pas chaud…

— Le contraire m'étonnerait!

— Qu'est-ce que j'ai exactement?

— Tu as une veine qui saigne beaucoup. Heureusement, pas une artère. Dans un moment, un caillot devrait se former.

Valentine soupira, ferma les yeux.

— Non, continue à me parler. Raconte-moi une histoire. Tiens, ton dernier rallye, avec cette panne de bobine.

— Je déteste abandonner… J'étais vraiment frustrée. Et je n'ai pas non plus apprécié le retour en avion.

— Pourquoi?

— Boris m'a fait une déclaration.

— Ton copilote? Je croyais que vous étiez de bons amis!

— Moi aussi, je le croyais.

— Évidemment, ça ne facilitera pas vos rapports lors de vos prochaines courses.

— Je ne sais pas s'il y en aura.

— Tu dis des bêtises.

— Non, je m'interroge depuis quelque temps. Et pas uniquement à cause de Boris.

— Tu n'es pas sensible à son charme ?

— Tu trouves qu'il en a ?

— Pour une femme, je suppose. Mais je ne le connais presque pas.

Nicolas commençait à avoir une crampe dans le bras, qu'il décida d'ignorer.

— Merci d'être restée, dit-il à Justine.

— Comme si on allait vous laisser seuls tous les deux au fond des bois ! répliqua-t-elle.

Le jour baissait et la neige tombait plus dru à présent. Nicolas pensa soudain au tireur. Avaient-ils affaire à un malade qui les avait pris pour cible ou était-ce un accident ? Dans ce dernier cas, le chasseur n'aurait-il pas dû accourir ? Était-ce un lâche, avait-il eu peur des conséquences ? L'autre hypothèse, celle d'un cinglé, était plus angoissante car ils étaient absolument sans défense tous les trois.

— Quelqu'un a dû confondre Aramis avec un animal, déclara-t-il.

— Pas quelqu'un de bien ! pesta Justine.

Ensemble, ils tournèrent la tête vers le chien qui était couché non loin d'eux. Nicolas eut un pincement au cœur en songeant qu'il aurait pu être tué. Quel genre de gibier de cette taille était donc tout noir ? Un sanglier ?

—Je suis consterné, soupira-t-il. C'est moi qui vous ai…

—Ferme-la, marmonna Valentine. Tu ne nous as pas mis un couteau sous la gorge pour nous obliger à te suivre en forêt. Le branque qui a tiré ne pouvait pas ignorer notre présence, nous n'étions pas discrets !

—Les chasseurs sont dangereux, renchérit Justine.

—Pas tous, heureusement. Tu devrais bouger un peu, Justine, tu vas avoir froid.

Elle acquiesça et entama une série de mouvements, puis se mit à courir sur place. Au bout de quelques minutes, elle revint vers Valentine, s'accroupit et entreprit de lui frictionner les bras, sous le blouson de Dan.

—Depuis combien de temps sont-ils partis ? demanda Valentine d'une voix pâteuse.

—Un bon moment, la rassura Nicolas. Le SAMU ne devrait plus tarder.

Il échangea un regard avec Justine, esquissa une grimace. La seule chose utile qu'il avait dans ses poches était une petite torche, dont ils allaient peut-être finir par avoir besoin.

*

Antoine avait couru à toute allure, délaissant les sentiers pour couper à travers les fourrés.

—J'ai fait une connerie, j'ai fait une connerie…, répétait-il en haletant, à bout de souffle.

Alors que son doigt effleurait la détente, le chien parfaitement dans sa visée, il s'était concentré sur lui et n'avait pas vu que la femme était trop près. Le coup était parti presque tout seul, à l'instant précis où cette sale bête avait bondi en avant. Et puis aussitôt, ce cri humain, le pire cauchemar d'un chasseur. Il l'avait touchée ! Comment était-ce possible ? Elle avait dû avancer aussi, cette idiote. Imaginer qu'il aurait pu blesser l'un des enfants le rendait malade. Jamais il n'avait voulu ça. Buter le cabot, oui, parce qu'il savait que Nicolas Larcher y tenait et que ça lui aurait donné une bonne leçon tout en débarrassant la forêt d'un gêneur. Mais pas *quelqu'un*.

Un douloureux point de côté l'obligea à cesser de courir. Où était-il à présent ? Il avait fui vers le nord, en direction de sa voiture, et ne devait plus en être loin. Les gendarmes allaient-ils se pointer ? Un accident de chasse provoquait toujours des tas d'histoires. Dans quel état se trouvait la femme ? Était-elle gravement blessée ou… Non, il ne voulait pas envisager le pire. Quant à aller se dénoncer : pas question ! Personne ne l'avait vu, il en avait la certitude. Il s'était tenu à bonne distance, et soigneusement dissimulé. Il ne serait pas inquiété. À condition qu'il se taise, qu'il n'en parle à personne, c'est-à-dire pas à Luc. Sauf qu'il n'avait jamais rien pu lui cacher.

— Bon Dieu, j'ai vraiment fait une connerie…, grogna-t-il entre ses dents.

Son fusil lui semblait lourd. Autour de son cou, les jumelles se balançaient et lui frappaient la poitrine au rythme de sa marche forcée. Et si quelqu'un l'apercevait ? Il se força à adopter un pas normal, constata que le crépuscule arrivait. Évidemment, il ne rapportait rien de sa chasse, ce qui était inhabituel pour lui. Mais demain ou après-demain, il pourrait encore tenter sa chance. Sa chance ! Il en avait sacrément manqué aujourd'hui. C'était sa faute, d'accord, jamais il n'aurait dû viser le chien alors qu'il y avait des gens alentour. Un geste criminel, même s'il n'avait voulu tuer qu'un animal.

Il aperçut enfin sa voiture et en éprouva un intense soulagement. Dans quelques minutes, il serait sur la route, rentrerait chez lui. Surtout, il ne faudrait pas conduire trop vite ! Allait-il croiser des gyrophares, entendre des sirènes ? Si la femme était sérieusement touchée, les secours n'allaient plus tarder. Il aurait donné n'importe quoi pour savoir dans quel état elle était. Mais comment pouvait-il espérer que ce ne soit *pas trop grave* alors qu'il avait tiré avec une balle pour gros gibier ?

La sueur avait mouillé son tee-shirt de laine, sous ses autres vêtements, et il fut parcouru de frissons. Ouvrant la portière à la volée, il démonta rapidement son fusil, le jeta sur la banquette arrière. En cas de contrôle, il serait en règle. Ses mains tremblaient et il s'y reprit à trois fois pour glisser la clef dans le contact. Le bruit du moteur lui parut assourdissant après le silence des bois. À cette saison, et quand la nuit tombait, il n'y avait plus de chants d'oiseaux. Depuis une demi-heure, il n'avait entendu que sa propre respiration, le bruit des branches cassées sur son passage et le crissement de la neige sous ses bottes.

Il longea le chemin forestier en roulant au pas, puis s'engagea prudemment sur la route. Aucune lumière d'un autre véhicule à l'horizon, mais la visibilité était mauvaise à cause de la neige qui tombait à gros flocons. Il mit ses phares et reprit son obsédante litanie.

— J'ai fait une connerie, bon Dieu, j'ai fait une connerie...

7

Albane reposa doucement la main de Valentine. Endormie, sa fille lui parut encore plus vulnérable. Avait-elle maigri durant ses quelques jours d'hospitalisation ? Choyée à l'hôpital d'Orléans, grâce à Nicolas et à tous ses amis médecins, elle ne conserverait aucune séquelle de sa blessure, hormis une cicatrice. La cuisse avait été déchirée par la balle qui, sectionnant les muscles, n'avait fait qu'effleurer le fémur. Une transfusion avait été nécessaire, ainsi qu'une série de points de suture, mais tout le monde était d'accord pour dire que Valentine avait eu de la chance dans son malheur. Choquée, elle avait droit à un suivi psychologique dont elle semblait vouloir se passer. Elle affirmait que la présence constante et rassurante de Nicolas à ses côtés lui avait évité un réel traumatisme.

Néanmoins, quelqu'un avait tiré sur elle. Ou peut-être pas directement sur elle, mais en tout cas dans sa direction. Nicolas s'adressait mille reproches, il disait que sa sœur aurait pu être tuée sous ses yeux et qu'il ne se serait jamais pardonné de l'avoir entraînée en forêt. Mais devait-on s'interdire les balades dans les bois durant les six mois d'ouverture de la chasse ? Chaque année, il y avait des accidents, des morts. La Sologne n'était pas la pire des régions, les chasseurs étant le plus souvent responsables et prudents, mais l'abondance du gibier dans ces immenses forêts tentait forcément quelques têtes brûlées.

Par respect pour sa sœur, Nicolas n'évoquait pas la possibilité qu'Aramis ait pu être abattu, ce qui lui aurait fendu le cœur. Mais c'était forcément lui qui avait été pris pour cible, confondu avec un autre animal. Gabriel prétendait que, sans le chien, il n'y aurait pas eu méprise, et donc pas d'accident. « Tu l'aurais laissé chez toi, rien ne serait arrivé ! Pourquoi faut-il que tu le traînes partout ? » avait-il lancé avec hargne. Ce genre de propos n'arrangeait pas les rapports entre le père et le fils. Dan avait dû prendre la défense de son frère, faisant remarquer qu'Aramis se trouvait avec eux au moment du coup de feu, et qu'en conséquence le dingue avait tiré en direction d'un groupe de gens. Cinq adultes et deux enfants qui faisaient du bruit !

Albane soupira et observa avec attendrissement le visage apaisé de Valentine. Sa fille minimisait les choses pour déculpabiliser son frère. Elle avait avoué que l'idée de cette promenade dominicale leur était venue, *à tous*, dans le but d'entraîner Justine avec eux. Pour Albane, Dan et Mallaury avaient été imprudents d'emmener les enfants, mais, là encore, quelle injustice de devoir priver les petits d'une belle balade dans la neige juste avant Noël ! De quel droit les chasseurs s'appropriaient-ils tout le territoire ? Fallait-il ne marcher qu'au bord des routes, avec les voitures et les camions ?

En quittant l'hôpital, Valentine s'était mis en tête de rentrer chez elle, cependant Albane l'avait convaincue de venir plutôt se reposer chez ses parents. Sa chambre, avec ses vieilles peluches et quelques souvenirs d'adolescence, n'avait pas changé. Albane était allée acheter une petite télévision ainsi qu'un lecteur de DVD, avait ajouté une belle couverture en mohair sur le lit. Nicolas passait tous les soirs, il apportait des romans policiers à sa sœur, lui tenait un peu compagnie et en profitait pour surveiller la cicatrisation.

— Maman ? murmura Valentine d'une voix pâteuse. J'ai dormi longtemps ?

— À peine une heure.

— Et tu es restée là ?

— Ça me repose.

— Mais tu as toujours mille choses à faire.

— Rien d'aussi agréable que veiller sur toi.

— Je ne suis pas malade ! protesta Valentine.

Elle se redressa, bougea ses jambes avec précaution.

— Quand je pense qu'il faudra des semaines…, lâcha-t-elle d'un ton dégoûté.

Les hématomes consécutifs à la déchirure musculaire s'estompaient, mais la douleur persistait au moindre mouvement. Plusieurs semaines de repos seraient nécessaires, avant la rééducation.

— J'ai discuté avec un kiné, à l'hôpital, et je vais avoir droit à plein de séances. Mais j'aurais pu avoir une fracture, ou même bien pire, alors je me fais une raison.

Albane sourit, peu convaincue par la pseudo-sagesse de sa fille.

— En tout cas, ne brûle pas les étapes.

— Sûrement pas. Je veux retrouver une parfaite mobilité, des muscles bien reconstitués, et ma démarche habituelle. D'ailleurs, il n'y a pas grand-chose à faire en janvier…

Elle se tut quelques instants, l'air songeur, avant de conclure :

— Je vais mettre à profit ce repos forcé pour établir des contacts avec divers constructeurs automobiles.

— Ne pense pas aux rallyes pour l'instant ! protesta Albane.

— Ce n'est pas le but. Je compte entreprendre des démarches pour trouver une situation stable.

Médusée, Albane la dévisagea.

— Quel genre de situation ?

— Un vrai travail, maman. Mon expérience de la compétition me servira de CV. Je possède au moins ça ! Je sais comment on peut améliorer une voiture. Sa résistance, son adhérence, ses performances… Je me vois très bien tester des prototypes, discuter avec les ingénieurs.

Albane hocha la tête, ne sachant comment accueillir ce qu'elle considérait comme une très bonne nouvelle. Que sa fille échappe au danger des courses était tout ce qu'elle souhaitait depuis longtemps. Après avoir tremblé pour Gabriel, puis Dan, elle avait dû subir l'angoisse de chaque course de Valentine. Même si les risques étaient moindres en rallye, il se produisait néanmoins quelques accidents graves. Allait-elle enfin être libérée de ces fichues bagnoles qui avaient rythmé son existence depuis tant d'années ?

— Ce serait merveilleux, ma chérie…

— En me laissant tomber, papa m'a fait comprendre qu'il est temps pour moi de grandir ! ajouta Valentine avec une pointe d'amertume. D'ailleurs, tout le monde me le répète. Et Boris m'a laissé entendre qu'il pourrait se passer des rallyes sans problème. Alors, je ne vais pas m'obstiner, hein ?

Elle s'agita un peu, esquissa une grimace, puis elle tendit la main vers les béquilles posées à côté du lit.

— Tu veux te lever ? s'inquiéta Albane.

— Il faut que j'aille aux toilettes. Non, ne m'aide pas, je vais y arriver.

Le visage crispé par l'effort, elle traversa lentement la chambre. Albane se contenta de la suivre des yeux jusqu'à ce qu'elle sorte.

*

Antoine avait réussi à se taire. Ils avaient mangé du chevreuil à Noël, une gigue sortie du congélateur, et ils n'avaient pas attendu minuit pour aller se coucher, chacun de son côté. Luc paraissait toujours aussi déprimé car il était sans nouvelles d'Albane. Or ce manque d'information crucifiait Antoine. Il aurait absolument voulu savoir qui était la femme touchée par sa balle et de quelles blessures elle souffrait. Le pire n'était pas arrivé, sans quoi les journaux en auraient fait leurs gros titres, la radio en aurait parlé. Il avait dû attendre le surlendemain pour enfin trouver dans les pages intérieures de son quotidien l'article consacré à un « accident de chasse ». Les gendarmes se disaient inquiets que le tireur ne se soit pas fait connaître. Une plainte contre X avait été déposée par la victime, Valentine Larcher, dont les jours n'étaient pas en danger. En lisant, Antoine avait éprouvé un immense soulagement. La fille n'était que blessée, mais sa mère avait sans doute éprouvé une grande angoisse : bien fait pour elle. Quant aux gendarmes, qui « poursuivaient leur enquête », ils ne risquaient pas de dénicher le moindre indice ! Pas de témoin non plus puisque personne ne l'avait vu, il en était certain. Somme toute, l'affaire n'était pas si dramatique. Néanmoins, Antoine se sentait mal. Sa dignité de chasseur avait pris un rude coup. Il se découvrait assez dément pour prendre le risque de blesser quelqu'un, et assez maladroit pour rater sa cible. Or les imprudents et les mauvais tireurs avaient toujours eu droit à son mépris. Voilà qu'il en faisait partie, lui !

Chaque fois qu'il se retrouvait face à Luc, il mourait d'envie de tout lui avouer. Mais la crainte de voir son frère entrer dans une colère folle le retenait. Quand cette garce d'Albane se déciderait à appeler Luc, elle raconterait évidemment le drame avec des trémolos, évoquerait un « monstre » qui aurait pu tuer sa fifille chérie. Comment se confier dans ces conditions ? Antoine pouvait supporter beaucoup de choses dans la vie, sauf voir son frère lui tourner le dos. La perspective d'être rejeté par le seul être qui comptait pour lui le mettait en transe.

Une nuit, il fit un cauchemar dont il ne parvint pas à se souvenir en se réveillant. Trempé de sueur, il fut alors assailli par une horrible question : avait-il ramassé la douille de sa balle ? Il se revoyait fuyant à travers les fourrés pour ne pas emprunter de sentiers mais, avant, il ne se rappelait rien. La détonation, le cri de la fille… ensuite un trou noir jusqu'à sa voiture. Et si les gendarmes retrouvaient la douille ? Pourraient-ils remonter jusqu'au propriétaire du fusil ? Il n'en avait aucune idée, c'était trop compliqué pour lui. Mais si la possibilité existait, ne devait-il pas, malgré tout, mettre Luc au courant ?

Incapable de prendre une décision, il était de plus en plus mal dans sa peau, et Luc commençait à le regarder bizarrement.

*

À sa grande surprise, Nicolas découvrit Justine devant sa porte alors qu'il s'apprêtait à fermer son cabinet.

— Qu'est-ce que tu fais là ? Tu n'es pas malade, j'espère ?

— Non, je te rends une petite visite amicale, en voisine.

— Ah… Tant mieux ! Eh bien, allons discuter dans mon bureau.

— Plutôt boire un verre si tu as fini.

— À La Pomme de Pin ?

— Ou ailleurs, pour changer.

Il esquissa un sourire et ne rata pas la perche qu'elle lui tendait peut-être.

— Il y a L'Eau à la bouche, avenue de Lowendal. C'est un restaurant mais je connais le patron, il acceptera de nous servir à boire. D'ailleurs, on pourrait y dîner aussi. Sauf si tu as d'autres projets ?

— Aucun ! On y mange bien ?

— Cuisine brasserie. Ça va de la tartine gourmande au ris de veau aux morilles.

— Parfait! Je connais bon nombre de restaurants à Orléans, mais pas ici… Je ne me vois pas aller seule au restaurant.

— Par timidité?

Elle éclata d'un rire gai, comme s'il avait proféré une énormité.

— Non. Plutôt parce que je suis bavarde et que je ne veux pas d'une chaise vide pour vis-à-vis.

Il verrouilla la porte d'un simple tour de clef, qu'il faillit oublier dans la serrure.

— Tu n'as jamais été cambriolé? Les cabinets médicaux sont souvent visés pour les médicaments.

— La Ferté-Saint-Aubin est tranquille.

— Je sais, je sais, ici tout est formidable!

— Tu ne t'y plais toujours pas?

— En fait, je m'habitue. Au début, je pensais m'ennuyer, avoir peur du silence, détester les provinciaux et étouffer dans un petit logement.

— Alors, pourquoi être venue?

— Une sorte de pari avec moi-même. Je n'avais pas le choix, je devais prendre une décision radicale.

Nicolas mourait d'envie de lui poser des questions plus personnelles, mais il s'en abstint jusqu'au restaurant. Une fois bien installés à une table près de la cheminée, ils commandèrent d'abord un kir à la pêche.

— Il fait toujours un froid de loup, constata Justine.

— En janvier, c'est normal, mais l'hiver est venu tôt cette année. Tu verras, au printemps, la nature… Bon, j'arrête. Parle-moi plutôt de ta décision radicale. Tu n'étais pas heureuse à Paris?

— Oh, si ! La vie là-bas était exactement ce dont j'avais rêvé quand j'étais gamine, et aussi plus tard, en fac de droit. Avocate ! Une sacrée promotion qui allait m'ouvrir toutes les portes, j'en étais persuadée. Le jour où j'ai eu mon diplôme, mes parents ont été éblouis. Pour une fille comme moi…

— C'est quoi, une fille comme toi ?

— D'abord, une fille unique qui s'est beaucoup ennuyée. Mon père était chauffeur routier et ma mère employée de mairie à mi-temps. Des gens simples, gentils, qui n'avaient pas d'autre but que d'arriver à la retraite. Je voyais mon avenir autrement. Nous habitions Arras et je voulais à tout prix m'en échapper. J'ai fait mes études à Lille, ensuite j'ai cherché et obtenu des stages à Paris. Même dans une chambre de huit mètres carrés, la vie était belle ! Et puis j'ai eu un vrai coup de chance, une place dans un gros cabinet où j'ai beaucoup appris et où j'ai rencontré mon mari. J'ai vraiment cru que j'avais trouvé.

— Quoi ?

— Le bonheur, pardi !

— Et puis ?

— Je suis tombée de haut. De très haut, et je me suis fait mal. Mon mari était arrogant, méprisant, il ne me laissait jamais oublier d'où je venais. Il était également persuadé que je n'avais pas de carrière propre à faire puisque j'avais l'honneur d'être son épouse, et il me confiait le débroussaillage de ses dossiers pour mieux briller une fois que j'avais tout aplani. En fait, on s'est mariés trop vite, on ne se connaissait pas. Il a vu en moi une gentillette petite provinciale qui resterait toujours en admiration devant lui et qu'il pourrait façonner à sa guise. Une sorte de grouillot. Peut-être aussi la mère de ses enfants parce que j'étais physiquement à son goût. Mais je commençais à déchanter, je n'ai pas pris le risque. Quand j'ai parlé de divorce, il est devenu méchant.

—À savoir ?

—J'ai été licenciée pour une faute professionnelle qu'il a bricolée de toutes pièces, et il m'a aussi jetée hors de son appartement.

—Joli personnage…

—Comme tu dis. Dans sa colère, il m'a prédit que je ne trouverais de place nulle part et que je n'avais qu'à repartir à Arras ou au diable. Il n'admettait pas d'avoir été quitté, son orgueil était à vif. En guise de recommandation, si un confrère l'avait appelé, il m'aurait descendue en flammes. Pour moi, c'était retour à la case départ, chambre de bonne garantie et chômage au long cours. La seule offre que j'ai dénichée émanait d'un cabinet miteux dans une banlieue sinistre. Alors, j'ai remballé mes ambitions et je me suis tournée vers la province. Il y avait plusieurs possibilités, dont une assez séduisante à Orléans. Mon nouveau boss a été compréhensif, je lui ai raconté mon histoire et il m'a crue sur parole. Comme je venais de Paris où j'avais traité de gros dossiers compliqués, il m'a offert une chance. Depuis, j'ai fait mes preuves et nous sommes satisfaits l'un de l'autre.

—Donc, tu vas mieux, tu vas bien ?

—Pas encore. Tu sais ce que ça fait de renoncer à ses rêves ?

—Tout à l'heure, tu les as appelés des ambitions.

—On peut aussi parler d'espoirs qui ne se sont pas concrétisés.

—Pourquoi ? Un bon avocat défend le droit n'importe où, non ? La capitale n'a pas le monopole des cas intéressants, j'imagine. Ou alors, tu voulais devenir avocate d'affaires ?

Pour la première fois depuis qu'elle avait commencé ses confidences, Justine eut un sourire amusé.

—Tu es marrant, Nicolas… Si heureux de ton sort !

—Crois-tu ? D'un point de vue professionnel, absolument. Mais ma vie privée n'a pas suivi.

—Tu as pourtant l'air béat.

—C'est une faute de goût ?

Sans doute surprise par la sécheresse de la réponse, elle le dévisagea.

—Je t'ai froissé ?

—Presque. Je n'ai pas envie d'être pris pour un benêt.

Il regrettait de s'être vexé, mais il aurait voulu qu'elle le regarde autrement que comme un brave type content de lui. On vint leur servir les plats qu'ils avaient choisis, et Nicolas commanda une bouteille de vin. La flambée de la cheminée était réconfortante, et le décor chaleureux avec ses murs rouges entre les poutres. Il devait profiter de l'occasion au lieu de se montrer susceptible. Il chercha quelque chose de gentil à lui dire mais elle le devança.

—Pourquoi n'es-tu pas marié ? demanda-t-elle.

—La seule fois où j'ai demandé une fille en mariage, elle m'a quitté huit jours après. En fait, elle est partie avec un de nos amis. Nous étions un petit

189

groupe d'étudiants acharnés à préparer l'internat, on travaillait souvent ensemble.

—C'est ta proposition qui lui a fait peur?

—Je ne pense pas. Nous sortions ensemble depuis des mois, mais elle avait aussi une liaison avec ce garçon. Je l'ai su plus tard. D'ailleurs, elle l'a épousé très vite. Je suppose qu'elle hésitait, qu'elle comparait… Elle a choisi.

—Et tu ne t'en es pas remis?

—Difficilement. J'ai failli planter mes examens.

—Mais depuis, tu as oublié?

—Pas vraiment. Pour tout te dire, j'étais littéralement fou d'elle, j'ai mis longtemps à accepter. Et puis, ça n'aide pas à croire en l'amour ni en l'amitié.

—Tu as été doublement trahi, hein? Mieux vaut en prendre son parti, il n'y a pas que des gens sincères.

Son sourire était devenu amer et son regard se perdit dans le vague.

—En plus, reprit-elle au bout d'un moment, on fait souvent les mauvais choix. On n'est pas attiré par la bonne personne.

Elle posa enfin les yeux sur lui, parut hésiter.

—Tu penses à quelqu'un en particulier? l'encouragea-t-il.

—La plupart du temps, les hommes qui me plaisent ne sont pas faits pour moi. Trop vieux, trop jeunes, déjà mariés…

Avec une mimique résignée, elle ajouta:

—S'il était célibataire, quelqu'un comme Dan me plairait bien.

Nicolas en resta saisi. Dan? *Encore* Dan? Durant leur jeunesse, parce qu'il était l'aîné de deux ans,

190

Dan avait eu des petites copines bien avant Nicolas. Par la suite, lorsqu'il avait commencé à courir en F3, les filles ne regardaient que lui. Un pilote les subjuguait évidemment bien davantage qu'un étudiant. À cette époque-là, Dan collectionnait les conquêtes, il ne s'était calmé que lorsqu'il avait rencontré Mallaury. Nicolas, moins cavaleur, mettait du sentiment dans ses relations. Il reconnaissait volontiers, en riant, qu'il n'avait pas le même « tableau de chasse » que son grand frère. La comparaison ne le gênait pas, il adorait Dan. Mais entendre ce soir, dans la bouche de cette jeune femme devant laquelle il craquait, qu'elle trouvait Dan plus à son goût le blessait carrément.

— On peut y aller, si tu veux, dit-il en désignant leurs assiettes vides.

Déjà debout, il ne lui laissa pas le temps de protester. Il s'arrêta au comptoir pour régler l'addition, puis lui ouvrit la porte sur la nuit glacée.

— Je te raccompagne jusqu'à ta porte et je récupérerai ma voiture.

Il devina qu'elle se sentait embarrassée, aussi lorsqu'elle lui prit familièrement le bras, il n'interpréta pas son geste comme une avance. En quelques minutes de marche rapide, ils se retrouvèrent devant chez elle.

— Tu ne m'as pas donné de nouvelles de ta sœur. Elle va mieux ?

— Elle a hâte de pouvoir marcher.

— Je suis allée la voir à l'hôpital, mais chez tes parents, je n'ose pas.

— Pourquoi ?

— Le soir de Noël, ta mère n'était pas très…

— Ça n'a rien à voir avec toi. Elle était totalement perturbée à cause de Valentine. Savoir sa fille seule dans une chambre d'hôpital, avec un plateau-repas en guise de réveillon, la déprimait. N'hésite pas à passer, elle te fera un bon accueil et ma sœur sera contente, je crois qu'elle s'ennuie. Bonne nuit, Justine.

Il s'éloigna sans avoir cherché à l'embrasser, même pas sur la joue. Un peu dépitée, elle le suivit des yeux avant d'entrer chez elle. Pourquoi ne lui avait-elle pas dit qu'elle l'avait trouvé formidable le jour de l'accident ? Qu'il l'avait bluffée par son sang-froid et son professionnalisme ? Qu'elle avait été sensible au fait qu'il l'appelle, le lendemain, pour l'informer de l'état de Valentine et pour l'inviter à partager leur réveillon. Que ce soir, si elle s'était confiée spontanément, c'était parce qu'il savait mettre les gens en confiance. Jamais elle n'aurait dû évoquer Dan, une phrase maladroite et incongrue.

En entendant un moteur démarrer dans la rue voisine, elle prit conscience du silence qui l'entourait. Cette petite ville paisible s'endormait tôt les soirs d'hiver, pourtant, contre toute attente, elle commençait à s'y plaire. Tout à l'heure, elle n'avait pas su l'avouer simplement, peut-être pour que Nicolas ne triomphe pas. Qu'attendait-elle donc de lui ? Et pourquoi était-elle allée le chercher, ce soir ? Pas uniquement pour avoir de la compagnie, car elle ne redoutait plus la solitude, mais pour une raison trouble qu'elle allait devoir analyser.

*

192

Albane patienta jusqu'à ce que Gabriel soit endormi. Ensuite, elle quitta la chambre sur la pointe des pieds, ferma la porte sans bruit.

Un vrai fiasco! Par extraordinaire, Gabriel s'était montré affectueux ce soir, puis entreprenant, et bien sûr elle ne l'avait pas repoussé, néanmoins il n'était arrivé à rien. Depuis combien de temps ne faisaient-ils plus que de chastes câlins? Et à qui la faute, cette absence de désir? L'âge, l'habitude? Évidemment non. Elle était bien placée pour le savoir. Mais quelle ironie du sort! Au moment où elle décidait de ne plus voir son amant, son mari était défaillant...

Elle descendit, alluma, contempla cette immense pièce à vivre que toute la famille appréciait tant. Bien des années auparavant, elle arpentait ici un véritable chantier, en compagnie d'un entrepreneur qui la faisait rire avec ses plaisanteries sans méchanceté, et qui la prenait doucement par le bras pour lui éviter de trébucher sur les gravats. Il avait si bien compris ce qu'elle souhaitait comme décor, et si bien travaillé! Il l'avait séduite, aussi, et elle se demandait encore comment et pourquoi. Qu'était-elle allée chercher dans ses bras, elle qui n'aurait jamais imaginé tromper Gabriel?

Elle traversa tout le séjour et s'allongea sur le vieux canapé au cuir râpé, face à la cheminée. Il y avait encore des braises, mais elle resserra autour d'elle sa robe de chambre en polaire, attrapa un plaid qui traînait sur le dossier pour couvrir ses jambes. Elle aimait cette maison, elle aimait sa famille, et elle aimait Luc tout autant. Le silence et l'absence qu'elle lui imposait devaient le rendre très malheureux. Dormait-il déjà? En tâtonnant, elle vérifia qu'elle avait bien son téléphone dans sa poche. Il ne la quittait pas car, vingt fois par jour, elle avait envie d'appeler Luc pour le rassurer et pour entendre sa voix. Un timbre chaleureux, toujours plein de tendresse. Avait-elle pris la bonne décision en s'éloignant de lui?

« Nicolas... Pourquoi m'as-tu parlé? » La discussion avec son fils avait brutalement mis en lumière l'absurdité de sa situation. Elle prenait des risques, se cachait, mentait. Elle avait cru se préserver, or elle s'était mise en danger. Le regard indulgent de son fils lui faisait honte. Pourquoi ne pas tout arrêter? *Prendre ses distances* n'était qu'un lâche compromis.

Levant les yeux vers le plafond, elle imagina Gabriel endormi. Quels sentiments éprouvait-elle encore pour lui? La tendresse avait-elle remplacé la passion des débuts? À cinquante-six ans, Albane devait-elle se résigner à n'avoir plus jamais le cœur battant? Elle deviendrait alors peu à peu une vieille dame résignée et indifférente. Était-ce le sort qui l'attendait si elle vivait encore dix, vingt, trente ans? Oh, non, pas trente, Seigneur!

Comme souvent lors de ses insomnies, elle essaya d'imaginer ce qu'aurait pu être son départ. *Gabriel, je m'en vais. Gabriel, je te quitte, je divorce.* Totalement inconcevable... Pas davantage aujourd'hui qu'hier. Si elle n'avait pas été là, à sa place de mère de famille, Valentine ne serait pas venue passer sa convalescence à la maison. Encore moins à Beaugency, chez le nouveau mari de sa mère! Plus de fêtes de famille, plus de complicité avec ses enfants qui l'auraient considérée comme responsable du chaos. Gabriel se serait retrouvé seul, errant ici sans personne pour s'occuper de lui. Dan et Valentine ne lui auraient plus confié leurs enfants. Aramis se serait heurté à une porte close.

Elle voulut rire devant ce tableau cauchemardesque qu'elle projetait, mais n'eut qu'un hoquet qui lui mit les larmes aux yeux. Pourtant, elle ne voulait pas pleurer sur elle-même, et elle n'avait pas un caractère à se résigner. Elle s'était enfermée dans un piège, à elle de forcer la sortie.

— Tu n'arrivais pas à dormir?

La voix de Gabriel la fit sursauter. Machinalement, elle posa la main sur sa poche où se trouvait le téléphone.

— Est-ce qu'on a de l'aspirine? poursuivit-il en bâillant. Je ne me sens vraiment pas bien.

Il avait davantage l'air penaud que malade. Cherchait-il à excuser sa petite défaillance? Sachant qu'il ne trouverait pas tout seul, elle quitta le canapé, alla prendre un verre et y fit fondre un comprimé effervescent.

— Tu sais…, commença-t-il en se juchant sur l'un des hauts tabourets, je me disais que je devrais peut-être parler à Valentine. Quand elle sera tout à fait remise, si elle a envie de poursuivre la compétition…

— Ah, non! Laisse-la tranquille, elle est sur le point de passer à autre chose.

— Quoi donc?

— Un projet d'avenir plus sérieux.

Il secoua la tête d'un air amusé.

— Toi, tout ce qui concerne les voitures…

— Exactement.

— Mais je n'ai pas été chic avec elle. J'y pense depuis qu'elle est ici, et je m'en veux. En se rabattant sur les rallyes, elle a voulu suivre mon exemple, briller au volant pour m'épater bien qu'elle soit une fille, quoi de plus normal ?

Il n'avait pas pu s'empêcher de prendre un petit air flatté qui mit Albane hors d'elle.

— Ton exemple ! explosa-t-elle. Nous aurions été de meilleurs parents en la poussant à faire des études et à trouver sa voie. Tu as entraîné nos enfants dans ton foutu monde de bagnoles sans aucun profit pour eux. Dan a failli mourir, et Valentine se retrouve les mains vides, à vingt-six ans.

— Pas les mains vides. Tu es injuste. Elle a obtenu des résultats.

Il tapait de son index sur le comptoir, scandant ses propos, et ce petit geste augmenta la fureur d'Albane.

— Ça ne lui sert à rien, Gabriel.

— Bon, je vois que tu es de mauvaise humeur. Tu t'es beaucoup inquiétée pour elle, d'accord. Mais ne t'en prends pas à moi, ce n'est pas ma faute si elle s'est fait tirer dessus.

— N'en rends pas Nicolas responsable.

— Pourtant... À propos, qui était cette fille qu'il nous a imposée à Noël ?

— Une amie de Mallaury.

— Plutôt belle plante. C'est Mallaury qui la lui a présentée ? Eh bien, espérons que ça marchera, pour une fois !

Quittant son tabouret, il fit le tour du comptoir pour aller déposer un baiser sur le front d'Albane.

— Essaie de dormir, ne pense plus à tout ça.

Elle le laissa partir, n'ayant aucune envie de poursuivre la discussion. Gabriel avait l'habitude de se reposer sur elle pour toutes les histoires de famille, de maison, et bien d'autres choses encore, jusqu'à l'endroit où on rangeait les médicaments, à savoir hors de portée de leurs petits-enfants. En comparaison Luc, qui avait toujours vécu seul – et pour cause! – semblait parfaitement autonome. Elle songea à la petite terrasse sur la Loire où il lui servait parfois un verre en n'oubliant jamais les olives farcies au piment dont elle raffolait, ou bien un thé noir avec des madeleines au citron qu'il achetait pour elle à la pâtisserie Caque.

De nouveau, elle tâta le téléphone, à travers sa poche, en se demandant combien de temps elle allait pouvoir résister.

*

En se tournant vers son client, qui était pâle, Dan ne put réprimer un sourire.

— Vous vouliez des sensations fortes, n'est-ce pas?

— Ah, oui, mais… Là! Vous n'espérez pas que je fasse la même chose?

— Bien sûr que non. Je voulais seulement vous montrer qu'on peut maîtriser sa trajectoire quelles que soient les conditions. Votre voiture est un outil, vous devez commencer par le connaître pour bien l'utiliser. Les cours théoriques assomment tout le monde, c'est dommage car ils sont indispensables. Je vous laisse prendre les commandes?

Comme il pleuvait à torrents, ils contournèrent le capot en courant pour changer de place.

— Réglez le siège à votre convenance. Vous devez être à l'aise, relâché, les bras à moitié pliés. Et je ne veux pas voir vos mains se balader sur le volant, elles restent fixes. Vous ferez attention à la flaque du virage aveugle.

En bouclant sa ceinture, il se reprocha d'avoir pris un tel plaisir à rouler aussi vite. Mais il n'avait pas souvent l'occasion de conduire une voiture comme celle-là. Les rugissements caractéristiques du moteur l'avaient enthousiasmé, lui rappelant soudain tout ce qu'il avait aimé en pilotant des bolides, et dont il ne se lasserait jamais. Ici, sur le circuit privatisé par son client, il n'avait pas été soumis à la rage des dépassements en force, à la dangereuse rivalité des concurrents prêts à tout, au contraire il avait profité pleinement d'une piste libre pour y évoluer au mieux. Il venait de s'offrir un joli moment avec cette Maserati Ghibli, un V6 biturbo 3 litres. La direction assistée hydraulique offrait une sensibilité maximale, le système sophistiqué de suspension une tenue parfaite, et le moteur était ultrasouple. Il énuméra à voix haute toutes ces qualités pour mettre en confiance son client. Celui-ci, justement parce qu'il était inquiet, faisait partie des conducteurs perfectibles, et ce serait intéressant d'accompagner ses progrès. Dan était de plus en plus sensible à l'aspect pédagogique de son métier, il aimait transmettre ce qui avait été sa passion.

Vingt minutes plus tard, de retour aux stands, il trouva Justine qui attendait, en compagnie d'un moniteur, que la piste se libère pour prendre son cours. Il la salua de loin, esquissa un sourire de commande et se réfugia au premier, dans son bureau. Nicolas lui avait rapporté la confidence insensée de la jeune femme à son sujet. Qu'elle le trouve à son goût n'était somme toute que flatteur, mais qu'elle aille le dire à Nicolas ! N'importe qui pouvait voir que son frère était tombé sous le charme de Justine et qu'il cherchait à la séduire. Était-ce une stratégie pour le déstabiliser, piquer son orgueil, l'amener à se déclarer ? Qu'attendait-elle de lui exactement ? S'il ne l'attirait pas, pourquoi était-elle allée le chercher pour dîner avec lui ?

Dan était navré, il ne comprenait pas l'attitude ambiguë de Justine. À ses yeux, Nicolas avait tout pour plaire. Il fallait juste qu'il se montre moins sauvage, moins *homme des bois*, mais ce n'était sans doute pas un problème, à en croire les jeunes femmes qui regrettaient amèrement de n'avoir eu avec lui qu'une aventure sans lendemain. Certaines amies de Mallaury se lamentaient encore en disant à Dan : « Ah, ton frère… » Et voilà que la comparaison s'établissait dans l'autre sens, au détriment de Nicolas alors qu'il était enfin amoureux. La vie était décidément bien mal faite ! Quant à la prétendue attirance de Justine pour Dan, il devinait qu'elle reposait sur son aura d'ancien pilote. Cette fille était-elle sensible à tout ce qui brillait ? Paris, les grosses affaires à plaider, la compétition automobile… Si tel était le cas, elle n'était pas destinée à Nicolas, et c'était bien dommage.

Il s'approcha de la baie vitrée pour jeter un coup d'œil au circuit. La Renault roulait vite sur la ligne droite des stands. Justine était bonne élève, elle aimait ça et elle écoutait son moniteur. Pour elle, qui recommençait sa vie à zéro, ces cours représentaient une grosse dépense, mais elle devait avoir besoin de se raccrocher à une quelconque passion. Que celle-ci concerne les voitures n'était pas une chance pour Nicolas.

Les voitures ! Dan fit volte-face et contempla son bureau. La paperasserie, les fiches des clients, la comptabilité, les autorisations et les contrôles, les assurances... Il n'avait pas rêvé de tout ça, néanmoins c'était devenu son métier et il en vivait. Il ne se mettait plus en danger mais réussissait à s'offrir parfois un vrai plaisir, comme tout à l'heure avec la Ghibli.

Une brève sonnerie annonça un appel intérieur, en provenance du hangar des karts.

— Dan ? Votre père est là avec vos enfants.

Interloqué, il resta un instant sans réaction puis remercia le moniteur de l'avoir prévenu. Tout en dévalant l'escalier, il se demanda pourquoi son père jugeait bon de traîner les enfants ici. Néanmoins, lorsqu'il les rejoignit, il afficha un grand sourire.

— Eh bien, les bouts de chou, on se promène avec grand-père ?

— Mallaury est passée les déposer à la maison, mais ils s'embêtaient, expliqua Gabriel. Albane n'est pas là, alors je me suis dit qu'un petit tour de kart les distrairait.

Le sourire de Dan se figea. Il avait oublié que Mallaury préparait aujourd'hui leur anniversaire de mariage, une soirée qu'elle voulait toujours très romantique, rien que pour eux deux. Elle avait donc conduit les enfants chez ses beaux-parents malgré l'absence d'Albane.

— Tu aurais dû les mettre devant un dessin animé avec des tartines, protesta-t-il. Il fait trop froid, ils n'ont pas de gants…

— Mais ça les amuse, voyons !

— Oui, sauf que Mallaury n'y tient pas trop. Et moi non plus.

Gabriel se redressa et toisa Dan.

— Qu'est-ce que tu veux dire ? Vous ne prétendez pas interdire *ma* piste de kart à *mes* petits-enfants ? Tu as perdu la mémoire ou quoi ? Valentine et toi, vous étiez comme des fous, vous adoriez ça !

Le moniteur du karting et le mécanicien étaient trop proches, ils pouvaient tout entendre. Dan s'écarta de quelques pas, entraînant son père, avant de répliquer à mi-voix :

— Mallaury a peur. Tu t'en souviens ? C'est pour elle que j'ai tout arrêté. Si l'un de nos enfants se passionnait pour la vitesse, elle m'en voudrait beaucoup. Nous leur imaginons une autre vie.

— À t'en croire, j'ai fait le dernier métier du monde ! ricana Gabriel. N'empêche que j'ai bien réussi et que ça a servi à tout le monde, n'est-ce pas ?

— Absolument, répondit froidement Dan. Et nous sommes bien d'accord, c'est *ta* piste de kart, *ton* circuit, *ton* affaire. Tu veux t'en occuper tout seul ? Par ailleurs, ce sont *mes* enfants, et je ne les pousserai pas dans cette voie-là. C'est non négociable, papa.

— Tout ça pour un petit tour de piste ! grommela Gabriel. Je me demande bien pourquoi tu en fais un tabou… Maintenant, va leur expliquer que je les ramène à la maison et qu'on est venus pour rien.

201

Dan hésita, ne voulant pas décevoir ses enfants ni céder à son père. Il fut sauvé par le moniteur qui l'appelait.

—On a un engin en panne, ça bouscule un peu les réservations, expliqua-t-il.

Comme tous les mercredis, il y avait déjà une douzaine de gamins qui attendaient impatiemment leur tour. Dan alla discuter avec le mécanicien puis rejoignit ses enfants.

—Il y a trop de monde, mes chéris. Grand-père aurait dû me prévenir. Vous ferez ça une autre fois, d'accord ?

Il fut soulagé de constater que son fils ne semblait pas trop désappointé, mais sa fille était au bord des larmes et il la prit dans ses bras.

—Tu en avais très envie ?

—Non, renifla-t-elle en se serrant contre lui. Ça fait trop de bruit, ça va trop vite…

Il croisa le regard de Gabriel qui haussa les épaules.

—Eh bien, claironna-t-il, que dirait ta tante Valentine ! Quand elle avait ton âge, elle adorait ça, c'était une gamine formidable, courageuse, volontaire…

Le regard aigu de Dan l'empêcha heureusement de poursuivre. Il avait toujours été mauvais pédagogue et ne s'arrangeait pas avec l'âge.

—Allez, on rentre, se décida-t-il à annoncer d'une voix plus douce. Il y aura un bon goûter.

—Albane sera là ? voulut savoir la petite fille.

Les enfants appelaient leur grand-mère par son prénom, à sa demande expresse.

—Oui, elle n'en avait pas pour longtemps, affirma Gabriel.

Dan espéra qu'en effet sa mère serait là, et qu'ainsi ses enfants passeraient une bonne soirée pendant qu'il fêterait avec Mallaury toutes ces années d'amour qui les liaient étroitement.

Il les raccompagna jusqu'à la voiture et les regarda partir. Ses rapports avec son père devenaient de plus en plus conflictuels, mais à qui la faute ? Lorsqu'il avait accepté avec enthousiasme le projet du circuit, il avait cru que tout serait facile entre eux, qu'ils partageraient forcément la même vision des choses et travailleraient la main dans la main. Il n'en était rien, Dan était seul à gérer sans être libre de ses choix pour autant. Héberger les clients le temps d'un week-end ou d'un stage, en leur offrant le confort et la restauration sur place, était un beau projet qui n'avait pas pu se concrétiser parce que Gabriel s'y opposait, sans raison valable. Il prétextait être trop vieux pour s'endetter et refusait que Dan le fasse, car alors il aurait fallu l'associer au lieu de l'employer. Était-ce une preuve d'égoïsme ou de sagesse ? Dan lui laissait le bénéfice du doute, mais pas Nicolas, qui l'accablait.

Un rayon de soleil, inattendu dans cette journée maussade, lui fit lever la tête. Il resta un moment à observer le ciel tout en prêtant attention aux bruits en provenance du circuit. La Renault tournait toujours, Justine devait se régaler.

*

— Bon, Mallaury est comme moi, elle ne veut pas !
— Tu aurais préféré les emmener faire un tour à poney ? persifla Valentine.

— Peut-être. En tout cas, je trouve ça très léger de la part de ton père.

— Pourquoi n'aurait-il pas le droit de faire partager à ses petits-enfants le goût de la…

— Vitesse ? Celui du risque ? Qu'ont-ils à y gagner ? Qu'est-ce que vous y avez gagné, Dan et toi ?

— Beaucoup de plaisir, maman. Des sensations inouïes.

— Et moi, des crises d'angoisse. Mais n'en parlons plus, je ne veux pas me disputer avec toi. Tu es là pour être dorlotée !

Valentine avait installé le vélo d'appartement dans le séjour, près de la petite table de bridge, et elle s'efforçait de pédaler d'un mouvement régulier pendant qu'Albane préparait des beignets.

— J'ai fini dans quatre minutes, annonça Valentine.

— Parfait, je mets l'eau à chauffer pour le thé. Tu n'as pas trop mal ?

— C'est supportable. Je m'astreins à suivre le programme du kiné à la lettre.

Elle termina son exercice, descendit prudemment et boitilla jusqu'au comptoir.

— Boris m'a appelée, tout à l'heure, annonça-t-elle. Il a appris mon accident par des amis communs et…

— Par des amis ? se récria Albane, stupéfaite. Il n'avait pas été le premier à savoir ? Tu ne lui as rien dit ?

— Non. Nous ne nous sommes pas parlé depuis un moment parce qu'il souhaitait prendre ses distances.

L'expression arracha une grimace à Albane. Des *distances* avec les gens qu'on aime ! Quelle horrible expression, et, au fond, quel mensonge! Pour sa part, se priver de Luc ne faisait que la ronger quotidiennement, sans rien arranger. En le décidant, elle avait cru se protéger. Boris cherchait-il à se protéger de Valentine?

— Il doit être amoureux de toi, soupira-t-elle.

— Il le prétend, mais je trouve ça insensé.

— Pourquoi?

— Nous sommes de vieux copains, maman. Des complices. Une équipe sportive. Je ne le voyais pas comme un homme mais comme mon copilote. Ma boussole! À la rigueur, hors de la voiture, comme un grand frère. Et j'étais persuadée qu'il éprouvait la même chose que moi, de l'affection et du respect, rien d'autre.

Albane éclata de rire, puis elle considéra sa fille avec tendresse.

— Ma chérie, un homme et une femme, jeunes et libres, ne peuvent pas cohabiter longtemps en ignorant le pouvoir de séduction de l'autre.

Valentine esquissa une petite moue dubitative.

— Je n'ai rien ressenti de tel.

— En es-tu bien sûre?

Albane plongea six boules de pâte dans la friture tandis que sa fille restait sans répondre. Les rares fois où elle avait rencontré Boris, Albane l'avait trouvé très intéressant, beaucoup moins imbu de lui-même que Marc, souriant et disponible, très protecteur avec Valentine qui ne semblait pas en prendre ombrage.

— Donc, il t'a appelée.

— Il voudrait venir…

— Et?

— Je ne sais pas. Pour l'instant, je ne veux voir personne.

— Ne fais pas l'enfant sous prétexte que tu es à la maison. Tu peux recevoir ici tous tes amis.

Avec l'écumoire, elle sortit les beignets qu'elle déposa sur un papier absorbant avant de les saupoudrer de sucre, puis elle remit une fournée dans l'huile chaude.

— J'ai ressorti mes bouquins d'allemand, annonça Valentine en désignant deux livres posés au bout du comptoir.

— Tu t'ennuies à ce point?

— Pas du tout. Au contraire, je discute avec un constructeur automobile et je tiens à tout comprendre.

— Audi?

— Exact. Finalement, tu arrives à retenir deux ou trois trucs concernant les voitures! Bref, il y a un lieu de production à Ingolstadt, en Bavière. Mais aussi une usine en Belgique, une en Espagne…

— Tu voudrais travailler pour eux?

— Ils ont l'air intéressés parce qu'ils ont besoin de pilotes pour tester les prototypes, discuter avec les ingénieurs, présenter les modèles. Comme ils me connaissent déjà, et que moi je connais bien leurs voitures, ils pourraient m'engager. L'idée vient de Boris, je dois lui rendre cette justice.

— Mais tu partirais à l'étranger?

— Peut-être. Pas forcément. À ce stade, je n'en sais rien.

Albane poussa l'assiette de beignets vers sa fille qu'elle dévisagea. L'idée qu'elle puisse quitter la

France pour une durée indéterminée l'attristait, mais pas question de le montrer.

—Si tu obtiens ce poste, prends-le, dit-elle doucement.

L'avenir de Valentine était plus important pour elle que son propre chagrin. Mais si elle s'obstinait à tenir Luc à l'écart, qui donc la consolerait de l'absence de sa fille ? Pas Gabriel, à qui personne ne manquait jamais !

—J'entends la voiture de papa, annonça Valentine. Ne lui en parle pas pour l'instant, je voudrais lui faire la surprise. Je suis sûre qu'il sera épaté si ça se concrétise.

Elle en était encore là, à vouloir donner des preuves de sa valeur à son père ? Albane n'eut pas le temps de protester, les enfants venaient d'ouvrir la porte de la cuisine à la volée, avec des mines affamées.

8

Par un réflexe stupide, Antoine s'était reculé d'un bond pour se dissimuler derrière le rideau. En bas, dans la cour de l'entreprise, apercevoir la voiture des gendarmes l'avait terrorisé. Deux hommes en uniforme en étaient descendus tandis que Luc allait à leur rencontre. Et depuis dix minutes, ils parlaient tous les trois avec des gestes en direction des bâtiments. Vers lui ?

Le souffle court, il s'éloigna de la fenêtre. Comment était-ce possible ? Y avait-il eu un témoin, ce jour-là, dans la forêt ? Non, il se souvenait du temps exécrable, de la neige, de la mauvaise visibilité qui lui avait d'ailleurs fait rater son coup. Personne n'avait pu le voir, encore moins le reconnaître. Mais lorsqu'il avait fui, paniqué par son tir malheureux, escaladant les talus et s'enfonçant dans les fourrés gelés, il n'avait plus fait attention à rien. Et puis, cette douille à laquelle il pensait dix fois par jour… Sauf que les bois étaient remplis de douilles ! D'ailleurs, il n'avait tué personne, bon sang, on n'allait pas le mettre en prison pour un accident. Hélas, il ne l'avait pas déclaré à la gendarmerie, ne s'était pas non plus précipité vers la personne touchée par sa balle. En conséquence, il était coupable. Et si on l'accusait de tentative d'homicide? Avec préméditation, car il ne ferait pas croire qu'il était sourd et n'avait pas entendu le petit groupe. Son acte était *délibéré*!

Il revint vers le rideau, risqua un nouveau coup d'œil. Les gendarmes parlaient toujours, Luc hochait la tête. Il étouffa un gémissement de pure terreur. Son frère ne pourrait jamais lui pardonner, il en avait l'horrible certitude. Il se précipita dans sa chambre, faillit arracher de ses gonds la porte du placard en l'ouvrant. Ses fusils étaient posés au fond, nettoyés et graissés. Par terre, à côté, des boîtes de balles et de cartouches, surmontées d'une pochette où étaient rangés son permis de chasse, son carnet de prélèvement, tout ce qui faisait de lui un chasseur sérieux et en règle. Mais pourquoi discutait-il durant des heures avec l'armurier afin d'obtenir telle ou telle marque de munitions? Il exigeait toujours les meilleures, les plus performantes, et donc les plus rares. Combien étaient-ils à s'en servir? Foutue douille qui pouvait le trahir!

Il prit une grande respiration, essaya de se calmer. Voyons, la fille avait porté plainte contre X, déclenchant une enquête de routine. Peut-être les gendarmes interrogeaient-ils tous les chasseurs de la région, en particulier ceux répertoriés comme tirant du gros gibier. Si on lui posait des questions, il ne pourrait pas prétendre être resté chez lui ce jour-là, car quelqu'un avait pu apercevoir sa voiture. Mais rien ne l'empêchait d'affirmer qu'il avait pris le plus léger de ses fusils, avec une boîte de cartouches et pas de balles, pour tirer un lièvre par exemple. Est-ce qu'il avait entendu une détonation? Ben, oui, quoi d'étonnant, on était en pleine période de chasse ! Et des cris ? Non, pas de cri, il devait être trop loin de l'accident. Voilà, cette version semblait sans défaut, il s'y tiendrait quoi qu'il advienne.

Il commençait à se sentir moins mal lorsqu'il réalisa que, s'il lui était possible de mentir avec aplomb face aux gendarmes, en revanche son frère saurait immédiatement qu'il cachait quelque chose. Luc le connaissait par cœur, rien à faire contre ça. Pourquoi ne lui avait-il pas tout raconté le jour même ? Faute avouée est à moitié pardonnée, non ? Alors que maintenant…

Une nouvelle bouffée de panique le submergea. Il gagna la cuisine, s'appliquant à rester loin des fenêtres pour qu'on ne le surprenne pas à épier, et il se servit un demi-verre de cognac qu'il but cul sec.

*

Luc n'en revenait pas de la mise en garde des gendarmes. Il n'était pas naïf au point de ne pas se protéger, il fermait toujours à clef les bâtiments contenant des outils et des fournitures, mais apparemment ce n'était pas suffisant.

— Vous n'imaginez pas tout ce qu'ils peuvent dérober, répéta le commandant. Tout, et n'importe quoi !

« Ils » n'étaient pas encore identifiés bien que sévissant dans la région depuis plusieurs mois. Des bandes organisées ? Des gens du voyage ?

— Les entreprises comme la vôtre sont une bonne cible en raison des divers matériaux que vous stockez comme des tuyaux de cuivre pour la plomberie. Si vous êtes cambriolé, ils emmèneront aussi les sacs de ciment, les câbles électriques, les pompes, les outils et j'en passe. Quant à votre serrure, elle ne les arrêtera pas, croyez-moi. Mettez plutôt une bonne alarme, ou deux molosses de garde. Et encore, on a vu des chiens empoisonnés chez un fermier. Parce que les exploitations agricoles n'y échappent pas non plus. On vole même les récoltes sur pied et jusqu'à du bétail. Sans parler des traverses de chemin de fer…

Luc secoua la tête, effaré de ce qu'il entendait. Il tombait des nues, lui qui s'était toujours cru en sécurité dans une région paisible.

— Votre frère habite sur place, n'est-ce pas ?

— Oui, au-dessus des bureaux.

— Nous savons qu'il est chasseur, on le voit pour le renouvellement des permis de détention d'armes. Dites-lui bien de ne surtout pas chercher à faire justice lui-même. Si des gens s'introduisent ici, qu'il appelle immédiatement la gendarmerie. On ne veut pas d'accident, vous comprenez ?

— Bien sûr.

— Bon, vous êtes assuré, je suppose ?

— Une assurance professionnelle, évidemment. Mais pas pour le moindre robinet ou la dernière des clefs à molette ! De toute façon, les assureurs sont mauvais payeurs…

— Bref, protégez-vous, soyez vigilants. Et ne répondez pas à la violence par la violence, ce serait l'escalade.

Le brigadier esquissa un petit salut, fit signe à son collègue, et ils remontèrent dans leur voiture. Luc les regarda partir, puis il alla fermer la grille de la cour. Ils avaient raison, il était peu et mal protégé. Mais il ne pouvait pas transformer son entreprise en Fort Knox! Alors, quoi? Se laisser dépouiller? Même si un cambriolage réveillait Antoine, même si celui-ci appelait aussitôt les gendarmes, combien de temps mettraient-ils à arriver? Imaginer qu'on puisse s'en prendre à son outil de travail le mettait en colère, et ce ne serait rien à côté d'Antoine qui était beaucoup trop impulsif. Au pire, un vol valait mieux qu'un accident, il allait le mettre en garde.

Préoccupé, il gagna la maison, monta à l'étage. À peine fit-il un pas dans le séjour qu'Antoine se précipita vers lui.

— Attends, Luc, attends!

— Attendre quoi? Les gendarmes viennent de m'apprendre un truc dément.

— Est-ce qu'ils ont des preuves?

L'air terrifié de son frère parut étrange à Luc qui répondit d'un ton calme:

— Pas encore, mais ils cherchent activement.

— Ils n'y arriveront pas!

— Ce serait pourtant mieux pour tout le monde.

— Pas pour nous! Tu ne vas pas me laisser tomber, hein?

— Toi? Pourquoi toi? Qu'est-ce que tu as fait? Ne me dis pas que tu es mêlé à cette affaire…

— Je vais tout t'expliquer, ce n'est pas ce que tu crois.

— Antoine!

Luc s'écarta un peu, scruta son frère qui semblait aux abois. Qui fréquentait-il donc? Sortait-il la nuit pour aller prêter main-forte à des casseurs? Son comportement était parfois déroutant, mais là c'était tout bonnement impensable.

213

— J'ai eu tort, d'accord, admit Antoine en baissant la tête.

— Mon Dieu, je rêve… Eh bien, tu t'es fourré dans un sacré merdier ! Tu deviens cinglé ou quoi ?

— Mais normalement, il ne s'agissait que d'un chien !

— Un *quoi* ?

— Un clebs à la con, dont je voulais me servir pour donner une leçon. Te venger. Te **ven-ger**. Tu comprends ? Je te voyais tellement malheureux que ça me faisait bouillir !

Éberlué, Luc considéra son frère sans rien comprendre. Très agité, celui-ci bafouillait, se tordait les mains, un peu de sueur perlait sur ses tempes.

— Je n'ai jamais fait de mal à personne, tu le sais ! Là, ce n'est pas ma faute, je ne la visais pas elle, tu penses bien, je voulais le cabot, et cet abruti a détalé au moment où j'appuyais sur la détente alors que je l'avais parfaitement en joue. Le petit docteur Larcher, ça l'aurait bien chagriné que son chien crève là, et il le mérite parce qu'il emmerde les chasseurs depuis des lustres.

Antoine reprit son souffle et s'accrocha au bras de Luc comme s'il craignait de le voir partir.

— Qu'est-ce qu'ils t'ont dit, les gendarmes ? On ne peut rien prouver contre moi, rien ! Il neigeait, personne ne m'a vu, fais-moi confiance. J'étais sur la piste d'un sanglier, et j'étais tout seul jusqu'à l'arrivée de la petite famille. Ils faisaient un de ces boucans ! Ces gens-là ont l'air bienheureux, crois-moi, pas comme toi qui te morfonds à cause d'eux !

— Ferme-la, bordel ! tonna Luc.

Il dégagea brutalement son bras puis toisa son frère des pieds à la tête. La réalité était bien pire que tout ce qu'il avait pu imaginer un peu plus tôt.

— Antoine, tu n'as pas pu faire *ça* ?

— Ce n'était qu'un clebs...

— Tu as blessé une femme, tu lui as tiré dessus ! Tu aurais pu commettre un crime !

Luc se prit la tête entre les mains et lâcha une bordée de jurons. Son frère, son propre frère était responsable de l'accident, il n'en revenait pas. Albane le lui avait raconté, par téléphone puisqu'ils ne se voyaient plus depuis quelques semaines et qu'elle l'appelait rarement, mais ce jour-là elle avait eu besoin de parler, elle s'était même mise à pleurer. Luc la connaissait si bien qu'il avait mesuré sa peur rétrospective et son chagrin de voir sa fille à l'hôpital. Il aurait tant aimé pouvoir la consoler, la prendre dans ses bras, lui chuchoter les mots capables de l'apaiser. Depuis, il n'avait eu de ses nouvelles qu'une seule fois. Tout ce qu'il savait était que Valentine avait porté plainte contre X.

Il se redressa, laissa pendre ses bras le long de son corps. Il se sentait vidé. Antoine pourrait-il être inquiété ? En une fraction de seconde, il envisagea ce qui risquait d'arriver : son frère en prison, et lui fâché avec Albane pour la vie.

— Mon Dieu..., souffla-t-il.

Antoine le scrutait avec un évident désespoir. Jusqu'ici, Luc avait toujours tout arrangé pour lui. Son travail, et donc son salaire, son logement, et même ses loisirs car il l'avait encouragé à chasser, persuadé qu'il lui fallait un centre d'intérêt et que les grandes marches en forêt seraient bénéfiques ! Beau résultat… À présent, que faire, comment s'y prendre pour sortir d'un tel guêpier ? Plus terrible encore : que dire à Albane ? Se taire ? Mentir ? Il l'aimait bien trop pour ça ! Oui, mais… dénoncer son frère ? L'expédier derrière les barreaux, lui qui supportait si mal d'être enfermé ? Il vivrait l'accusation de Luc comme la pire des trahisons, il se sentirait abandonné, privé de son dernier rempart et serait alors capable de n'importe quel geste désespéré.

— J'avoue que ça m'a mis en colère de les voir, articula Antoine d'une voix étranglée.

— Tu les as toujours détestés, Albane la première.

— Parce qu'elle te fait du mal !

— Mais non, mon pauvre, tu ne comprends pas…

Il y eut un long silence, puis Antoine finit par demander :

— Alors, les gendarmes ?

— Ils n'étaient pas là pour ça.

La phrase fit pâlir son frère qui parut suffoquer. Il recula, se laissa tomber sur une chaise.

— Pas pour ça ? répéta-t-il, incrédule.

— Non. Mais ils ont bien fait de venir. Au moins, me voilà au courant de ce que tu me cachais, comme un lâche que tu es.

— Et qu'est-ce que tu vas faire, maintenant ?

Luc hésita, puis il alla s'asseoir lui aussi. Plantant son regard dans celui de son frère, il murmura :

— Sincèrement, Antoine, je n'en ai aucune idée.

*

Nicolas ébouriffa les cheveux de Valentine d'un geste affectueux.

— Tu as bien travaillé, tes muscles sont en train de se reconstituer. Mais vas-y doucement, hein ? Et n'oublie pas tes vitamines.

— La E, la C et tout le reste ! répliqua-t-elle en souriant. Crois-moi, je veux pouvoir remarcher normalement.

— Je sais.

La voir boitiller ou grimacer le ramenait toujours à son sentiment de culpabilité. Elle dut le deviner car elle lui lança, d'un ton de défi :

— Ne me ressers pas ton *mea culpa* !

Il se redressa, rangea son stéthoscope et son tensiomètre, referma sa vieille sacoche au cuir fatigué.

— On aurait dû penser à ça comme cadeau de Noël, fit-elle remarquer.

— Tu plaisantes ? Ce cartable usé est mon porte-bonheur, je l'avais déjà quand je révisais mes examens.

Valentine occupant l'une des bergères, et Aramis l'autre, il s'installa sur le canapé.

— Où en es-tu avec Justine ?

— Euh… Nulle part, avoua-t-il. Je ne suis pas son genre.

— Comment peux-tu dire ça ?

— C'est elle qui le dit, alors je la crois.

— Ridicule ! Tu sais bien que les femmes n'expriment pas toujours ce qu'elles pensent.

— Justine, si. Elle est assez directe.

— Mais elle te plaît toujours ?

— Hélas, oui.

— Eh bien, ne te laisse pas décourager.

— Jusqu'à devenir le balourd indésirable ?

— Et après ? Tu auras essayé, tu n'auras pas de regret. Parce qu'il faut que je te raconte quelque chose… Quand j'étais couchée dans la neige, avec ton poing sur ma cuisse et une affreuse envie de vomir, j'ai tout de même remarqué les regards que Justine posait sur toi. Il n'y avait pas que de l'admiration.

— Oh, arrête !

— Je suis persuadée que tu l'as bluffée. Tu étais calme, efficace, rassurant. Quand je me suis plainte d'avoir froid, tu as même répliqué en riant que le froid était excellent sur ma jambe ! Te voir rire a suffi à me persuader que mon cas n'était pas si grave, que je n'allais pas mourir là.

— Encore heureux ! Mais ce sont des réflexes professionnels normaux, il n'y a rien d'admirable là-dedans. J'essayais seulement d'oublier que tu es ma sœur, ma petite puce…

— Tu crois qu'on le retrouvera ?

— Le cinglé qui nous a tiré dessus ? Il y a peu de chances. En revanche, j'espère qu'il y pense tous les jours et qu'il en fait des cauchemars.

Un carillon inattendu les interrompit, déclenchant les aboiements d'Aramis. Aucun de leurs proches n'aurait utilisé la sonnette, il s'agissait donc d'un visiteur étranger. Nicolas alla ouvrir et se retrouva face à Boris à moitié dissimulé par un énorme bouquet de fleurs.

— Je passais, annonça-t-il sans rire.

— Bien sûr, ironisa Nicolas, c'est très touristique par ici ! Entre donc…

Depuis sa bergère, Valentine lui lança :

— Tu ne devais pas venir !

— On se sera mal compris, répondit-il tranquillement.

Il vint lui déposer le bouquet sur les genoux et la détailla des pieds à la tête.

— Bon, ils ne t'ont pas amputée, ça fait plaisir.

— Et toi, tu ne t'es pas ruiné, dit-elle en désignant les fleurs.

— Au contraire, à cette saison, on me les a vendues au prix du caviar.

Elle finit par lui sourire avant de lui tendre sa joue.

— Je suppose qu'il est interdit de voir la cicatrice ?

— Évidemment.

— C'est tellement affreux ?

— Non, intervint Nicolas. Le chirurgien a fait du très beau travail.

— Quel malheur que ce soit la jambe droite, plaisanta Boris. Valentine aura le pied encore plus lourd sur l'accélérateur !

— Pour l'instant, j'accélère mes pourparlers avec les Allemands. Quant aux rallyes... On en reparlera beaucoup plus tard.

— Tant mieux ! Je ne serai pas très disponible non plus.

Nicolas leur jeta un regard surpris. Jusqu'ici, ces deux-là avaient mis la compétition au-dessus de tout, ils en étaient même devenus assommants à ne discuter que de ça.

— Assieds-toi, proposa Valentine. Non, va sur le canapé, Aramis ne te cédera pas sa bergère. On te garde à dîner ?

— Si ça ne dérange pas tes parents.

— Maman sera ravie, elle adore avoir des invités.

— Papa aussi, railla Nicolas.

Ayant affaire à un connaisseur en la personne de Boris, Gabriel se montrerait sans doute bavard et prêt à raconter quelques souvenirs de ses plus belles courses.

— Et toi, Nick, tu restes ?

Quand elle utilisait son diminutif, c'est qu'elle avait besoin de lui. Peut-être ne souhaitait-elle pas passer ce début de soirée en tête à tête avec Boris. Dommage, ils allaient bien ensemble. Et leur amitié de longue date pouvait évoluer vers un sentiment amoureux. Valentine avait toujours parlé de lui en termes élogieux, insistant – trop, peut-être – sur le fait qu'ils n'étaient toutefois que de bons copains. Pourtant, à cet instant, elle semblait distante, et lui un peu embarrassé. Nicolas eut un petit sourire résigné en songeant qu'ils avaient dû offrir le même spectacle, Justine et lui, lorsqu'ils avaient dîné ensemble. Un mauvais souvenir, sur lequel il refusait de s'attarder, mais qui l'amenait à une conclusion désolante : était-il donc si difficile de trouver la bonne personne ?

Il se leva pour préparer une flambée, prit au passage le bouquet de fleurs qu'il arrangea dans un vase avant de le poser sur le comptoir.

— Elles sont très jolies, ces pivoines ! lança-t-il. N'écoute pas Valentine, elle n'y connaît strictement rien en végétaux.

Boris lui adressa un sourire reconnaissant, puis il se mit à poser des questions au sujet du constructeur allemand chez lequel Valentine allait sans doute être engagée.

*

Justine avait savouré les compliments des confrères qui l'employaient. Dernière arrivée dans cet important cabinet d'avocats, elle traçait sa route sans commettre de faux pas. Bien entendu, elle héritait de dossiers compliqués, véritables gageures qui la motivaient. Et la reconnaissance de ses pairs était aussi importante pour elle que son salaire. Moins de deux ans après son installation à Orléans, elle pouvait recommencer à envisager l'avenir sous un jour plus serein.

Pour fêter l'excellente journée qu'elle venait de passer, en gagnant un procès qui semblait perdu d'avance, elle décida de s'offrir un peu de shopping. Du côté de la rue Jeanne-d'Arc et de la rue Royale, elle musarda un moment sans se laisser tenter par les vitrines. Les collections de printemps étaient déjà installées, mais le mois de février restait trop froid et pluvieux pour avoir envie d'une robe légère. Elle acheta néanmoins un beau sac de cuir gold, puis finit par entrer dans une parfumerie de la rue Sanglier. En testant diverses eaux de toilette sur des bâtonnets de carton, elle fut frappée par une senteur qui lui rappela immédiatement Nicolas. Elle respira l'effluve de lavande et de vanille avec un certain plaisir, puis s'adressa à la vendeuse pour savoir quel parfum pour homme ressemblait à celui-ci.

—Sans doute *Pour un homme*, de Caron. Un classique ! Mais qui possède un peu plus d'ambre et de cèdre, peut-être…

Justine la remercia et sortit de la boutique, très perplexe. Pourquoi avait-elle été troublée ? Depuis leur première rencontre, elle savait que Nicolas n'était pas un homme pour elle. Il ne l'attirait pas, d'ailleurs il représentait ce qu'elle rejetait en bloc : la province, une vie toute tracée, une maison au fond des bois. Il semblait presque trop gentil, même s'il n'était pas dénué de charme. Mais la gentillesse était-elle un handicap ? Justine avait souffert d'être mariée à un homme arrogant, ambitieux, égoïste, qui l'avait éblouie parce qu'elle s'était sentie toute petite devant lui. Elle n'en était plus là !

Toujours perdue dans des pensées chaotiques, elle alla récupérer sa voiture garée près du cabinet. Rentrer à La Ferté-Saint-Aubin ne la déprimait plus, depuis quelques mois elle aimait bien se retrouver chez elle. Nicolas ne l'avait pas rappelée depuis ce fichu dîner où elle avait eu la sottise d'évoquer Dan. Elle ne voulait pas le relancer, ce serait ridicule de sa part. D'autant plus que le *gentil* Nicolas pouvait se montrer glacial. Elle l'avait constaté en le croisant la veille par hasard. À son joyeux salut, et alors qu'elle allait à sa rencontre, il ne lui avait adressé qu'un petit signe de la main et s'était engouffré dans son cabinet. Dépitée, elle ne l'avait évidemment pas poursuivi. Aujourd'hui, elle se demandait s'il avait répété ses paroles stupides à Mallaury, qui serait en droit de mal réagir. Quel gâchis ! Tout ça pour une réflexion spontanée… mais tout à fait déplacée. La cuirasse qu'elle s'était forgée après son divorce pour se préserver la rendait parfois agressive et lui faisait lancer d'inutiles provocations. Un atout dans son métier, mais qui compliquait ses rapports avec les hommes.

En arrivant à La Ferté-Saint-Aubin, elle passa lentement devant le cabinet de Nicolas. Les fenêtres étaient allumées, on apercevait des silhouettes dans la salle d'attente. Elle éprouva une pointe de regret, et aussi d'agacement. Qu'est-ce qui lui prenait de l'épier ainsi ? Devenait-elle une girouette, elle si déterminée ? Elle accéléra et se dirigea vers le cabinet de Mallaury au lieu de rentrer chez elle. Autant connaître tout de suite l'état d'esprit de son amie et savoir si elle l'avait perdue.

*

Deux jours plus tard, Albane se sentit sur le point de craquer tant la tentation d'appeler Luc devenait insupportable. Il lui manquait trop, elle n'en pouvait plus et finissait par douter du bien-fondé de cet éloignement. Mais ce fut lui qui téléphona ce matin-là, rompant sa promesse de la laisser en paix. Au lieu d'être chaleureuse, sa voix était tendue, angoissée, et il lui demanda avec une solennité inhabituelle de venir le voir car il avait à lui parler de choses graves.

Graves ? Il n'aurait pas utilisé ce mot sans une bonne raison, et sûrement pas pour obtenir sa compassion. Elle ne doutait pas qu'il soit malheureux, cependant il n'était pas homme à faire un quelconque chantage aux sentiments. Il lui proposa de se retrouver à Beaugency, à l'Ogham's Irish Pub si elle ne souhaitait pas aller chez lui. Une attention touchante qui la fit sourire. Comme si elle ne voulait plus jamais mettre les pieds dans cette petite maison sur la Loire où elle avait connu de si bons moments ! Néanmoins, elle profita d'une réunion de l'association de défense des animaux dont elle était un membre actif pour accepter de se rendre ensuite au pub.

En entrant, elle vit tout de suite Luc dans la première salle où il l'attendait. Son visage aux traits tirés s'éclaira dès qu'il la découvrit, pourtant il avait très mauvaise mine. Fidèles à leur attitude dans un lieu public, ils s'embrassèrent chastement sur les joues, en bons amis.

— Tu prends une Golden Gold ? proposa-t-il.

L'établissement offrait un choix impressionnant de bières. La préférence d'Albane allait à une blonde écossaise tandis que Luc optait toujours pour l'Orval, une belge plus poivrée. Avec les verres embués, il rapporta également sur leur table des toasts au cheddar. Du côté du billard, des joueurs s'apostrophaient, tandis que d'autres clients se levaient pour aller se mesurer aux fléchettes. L'ambiance animée permettait paradoxalement une relative tranquillité car personne ne s'intéressait à eux.

— Tu es très belle, constata-t-il en levant son verre.

Il semblait si triste en le disant qu'elle en fut bouleversée. Était-il prêt à renoncer à elle ? Elle ne le souhaitait plus, elle n'en avait plus le courage.

— Écoute, Luc…, commença-t-elle.

— Non ! Toi, écoute-moi sans m'interrompre. Je ne suis pas certain d'y arriver, c'est très dur.

Soudain, elle s'affola. Entre *prendre ses distances* et rompre définitivement, il y avait un pas qu'elle ne voulait pas franchir. Luc ne pouvait pas disparaître de sa vie après l'avoir embellie durant tant d'années !

— Avant tout, comment va ta fille ?

La question lui parut sans rapport avec leur histoire, néanmoins elle y répondit presque distraitement.

— Bien, grâce au ciel. Elle suit son programme de rééducation, et je suis heureuse de l'avoir à la maison pour un moment. Seule chez elle, elle se serait ennuyée, elle aurait dépéri.

— Elle ne gardera pas de séquelles ?

— Les médecins disent que non. Mais elle a eu très peur ! D'ailleurs, elle va peut-être renoncer aux rallyes.

— Pourquoi ? s'exclama-t-il. À cause de l'accident ?

— Je ne sais pas si c'est lié. A-t-elle découvert qu'elle n'est pas invulnérable ? L'appréhension de ne plus être aussi performante y est sans doute aussi pour quelque chose.

— Quel désastre…

— Oh, je ne me plains pas ! Je détestais la savoir prisonnière de la vitesse, des records.

— Mais c'était sa passion, non ?

— Elle l'a cru.

Il se tut quelques instants, les yeux dans le vague, puis il vida sa bière à grandes gorgées, ce qui ne lui ressemblait pas.

— Tu voulais me parler, Luc, dit-elle doucement. Et pas de Valentine, j'imagine ?

— Eh bien… si.

Sa main tremblait lorsqu'il reposa son verre. Levant la tête, il plongea son regard dans celui d'Albane.

— Je connais le tireur, débita-t-il d'une traite. Le fou qui aurait pu la tuer. Et tout ça est arrivé à cause de nous. De moi. C'est mon frère Antoine.

Albane resta pétrifiée. Le regard de Luc ne cillait pas, il assumait son incroyable aveu.

— Antoine…, répéta-t-elle enfin. Je ne comprends pas.

Elle avait vu à plusieurs reprises, mais toujours brièvement, ce frère un peu étrange sur lequel Luc veillait. Il ne s'était guère confié à son sujet mais elle avait deviné qu'il portait le poids d'une responsabilité, ce qui avait provoqué son admiration. Luc était un homme fiable, un homme de parole. Elle savait qu'Antoine travaillait dans l'entreprise, y vivait, et aussi qu'il était un très bon… chasseur.

— Mais pourquoi ? Qu'est-ce qui s'est passé ?

— Mon frère est plutôt exclusif. Il aurait voulu que je me marie, que je fonde une famille où il aurait eu une place. À travers moi, il a toujours vécu par procuration parce qu'il a peur de la vie réelle, peur des femmes. Toi, il ne t'aime pas, sans doute parce que je t'aime trop. Si tu étais venue vivre avec moi, peut-être aurait-il changé d'avis. Il s'est focalisé sur toi, et par extension sur tes enfants. Je n'y ai pas pris garde, j'ai eu tort.

Luc marqua une pause, le visage ravagé par l'effort qu'il faisait pour tout avouer.

— Comme il ne se plaît qu'en forêt, il a souvent aperçu Nicolas et son chien. Ce jour-là, parce que Noël approchait et que ça le rend toujours morose, il s'était mis en tête de tuer un sanglier. Et il a vu de loin ta famille en balade, toute joyeuse… Ne me demande pas comment l'idée monstrueuse lui est venue, mais il a pensé que s'il tuait le chien, vous seriez tous très tristes. Une vengeance délirante. Alors, il a mis en joue Aramis. C'est son nom, hein,

Aramis ? Celui que tu accueilles chez toi tous les jours… Mais le chien a bougé, ta fille aussi. Voilà. Quand il l'a entendue crier, il a réalisé qu'il avait raté son tir et il a été pris de panique. Pendant plusieurs jours, il ne m'a rien dit. Je voyais bien qu'il n'était pas dans son état normal, hélas je ne pouvais pas deviner ce qu'il cachait, et de toute façon ça n'aurait plus rien changé. Il a fallu que les gendarmes viennent chez moi pour qu'il m'avoue tout.

— Les gendarmes ?

— Ils étaient là pour autre chose.

— Mais… Ils le recherchent ?

— Le tireur ? Sans doute.

Albane baissa les yeux vers sa bière qu'elle n'avait pas touchée. La révélation de Luc la laissait abasourdie, hagarde. Entre sa vie de famille et sa part d'existence secrète avec Luc, elle avait érigé un mur qu'elle pensait infranchissable. Or il venait d'être détruit en un instant. Le frère de Luc et sa propre fille se trouvaient réunis par un accident qui aurait pu être fatal. Mais était-ce vraiment un accident ? Antoine avait-il dit toute la vérité à Luc ? Et s'il avait visé délibérément Valentine pour mieux l'atteindre, elle, cette femme qui d'après lui faisait le malheur de son frère ?

Relevant la tête, elle vit que Luc la regardait avec une angoisse palpable. Pensait-il à la même chose ? Non, sans doute ne pouvait-il pas soupçonner son frère d'être un assassin en puissance. Elle ouvrit la bouche, la referma, frappée par une évidence qu'elle venait seulement de réaliser. Sa fille avait failli mourir parce qu'elle, Albane, avait un amant.

Sans cette liaison, pas de Luc, pas d'Antoine, et donc pas d'accident, volontaire ou non.

— Mon Dieu, murmura-t-elle, qu'avons-nous fait...

— Pas toi.

— Mais si!

— Écoute, il ne voulait s'en prendre qu'au chien.

— Qu'en sais-tu? Et déjà, ça, c'est trop! Tuer une pauvre bête pour faire pleurer son maître, tu peux justifier l'acte? Le minimiser jusqu'à en faire un truc insignifiant?

— C'est mon frère, Albane.

— Et moi, c'est ma fille!

Quelques consommateurs leur jetèrent un coup d'œil parce que Albane avait crié. Pour se donner une contenance, elle but une gorgée de sa bière tiède qui l'écœura.

— Je ne cherche pas à l'excuser, reprit Luc à voix basse. Mais je dois le protéger. Et à toi, je devais la vérité. Je ne saurais pas te mentir, même si je le voulais. Alors, pour vraiment *tout* te dire, il y a cette plainte enregistrée à la gendarmerie, et... Si jamais Antoine s'épanchait dans un bar, un soir où il a trop bu par exemple... Ou bien si, toi, tu expliques à ta fille que...

— Oh, tu me vois lui raconter ça? «C'est le frère dégénéré de l'amant de ta mère qui t'a tirée comme un lapin, ma chérie, n'en faisons pas toute une histoire!»

Elle avait parlé entre ses dents pour ne pas attirer de nouveau l'attention des clients du pub, mais son ton tranchant était sans appel. Luc s'était raidi en entendant le mot *dégénéré*, et elle aurait pu le regretter si elle n'avait pas été aussi en colère.

— Tu voudrais qu'elle retire sa plainte, je suppose ? Et qu'on n'en parle plus, comme si ce n'était pas arrivé.

— À elle, ça n'apporte rien, et pour moi ça représente une épée de Damoclès sur la tête de mon frère. J'aimerais le pousser à se dénoncer parce que ce serait moral qu'il prenne ses responsabilités, mais s'il le fait, et tant que cette plainte existe, il y aura une action en justice, des dommages et intérêts, on lui retirera son permis de chasse. Il restera enfermé chez lui et il deviendra fou pour le compte. Moi, je n'aurai plus une minute de repos. Alors, si tu acceptais de convaincre Valentine, je suis évidemment prêt à lui payer directement tous les dommages occasionnés.

Albane resta d'abord silencieuse, puis elle articula lentement :

— Est-ce que tu es en train de me proposer de l'argent ? Nous en sommes là ? Bien, tu me connais suffisamment pour savoir que, maintenant, je n'ai qu'une alternative, te jeter cette bière à la tête ou m'en aller. C'est ce que je fais.

Elle se leva, saisit son manteau qu'elle ne prit pas le temps d'enfiler et se dirigea vers la sortie la tête haute. Son cœur battait à grands coups désordonnés, lui donnant l'impression de suffoquer. La demi-heure qu'elle venait de vivre dans ce pub se révélait la pire de toute son existence. Une sorte de châtiment divin était tombé sur ses épaules, la punissant de sa liaison adultère. Non, elle n'avait pas d'autre choix que tout arrêter, et oublier Luc si elle le pouvait. Sauf qu'elle ne le pourrait pas.

Sans se retourner, elle quitta le pub et gagna sa voiture d'un pas d'automate.

*

—C'est moins pénible que ce que je craignais, mais moins facile que ce que j'espérais, constata Valentine.

Dan avait choisi l'heure du déjeuner, où le circuit était libre, pour proposer à sa sœur de faire quelques tours de piste à bord de la Renault. Elle reprenait le volant pour la première fois et ne se semblait pas très à l'aise.

—J'ai la jambe raide, je ne retrouve pas mes automatismes.

—Un peu de patience !

—On me répète ça tous les jours.

—Ça ne fait que six semaines. Nicolas est persuadé que tout redeviendra exactement comme avant.

Il l'observa du coin de l'œil, notant ses hésitations.

—Pourquoi te traînes-tu ? Cette voiture peut beaucoup mieux faire et tu le sais. Vas-y, fonce !

Piquée dans son orgueil, elle accéléra brutalement. Au bout de quelques instants, elle ébaucha un sourire.

—Oui, l'encouragea-t-il, fais-toi plaisir…

Pour sa part, après son accident en course, il avait mis longtemps à retrouver de l'assurance. Mais le contexte était différent, il était en train de conduire quand sa voiture était sortie de piste. Durant des mois, il avait revu les mêmes images : le bolide incontrôlable qui s'envole, le paysage qui

230

se renverse, le choc final d'une violence inouïe, et immédiatement l'onde de douleur qui l'avait écrasé avant le trou noir. Par la suite, il avait cru qu'il ne pourrait jamais plus aimer la vitesse. Gabriel ne l'avait pas poussé à reprendre la compétition, bien au contraire, et Mallaury s'y était mise aussi, alors il avait tout abandonné faute de quelqu'un pour le soutenir. Il avait décidé de ne rien regretter et ne se posait pas la question, en revanche il estimait légitime de laisser le choix à sa sœur en lui rendant confiance en elle. De plus, même si elle lâchait les rallyes, elle aurait besoin de toutes ses compétences de pilote pour tester les voitures de son constructeur allemand.

— Eh bien, ça ne va pas si mal, on dirait ! s'exclama-t-il après une sortie de virage à la limite de l'adhérence.

Toujours souriante, Valentine ralentit et décida de regagner les stands. En s'arrêtant, elle se tourna vers Dan.

— Tu es un super, super grand frère… Franchement, j'avais une boule dans le ventre au premier tour quand j'ai vu que ce n'était pas comme d'habitude. Et puis, c'est revenu ! J'ai mal à la cuisse mais je m'en fiche.

Elle sortit de la voiture, fit quelques pas prudents tandis qu'il la rejoignait.

— Tu viens ici quand tu veux, ma puce. Évite le kart pour l'instant, tu serais trop secouée par les vibrations, en revanche la Renault est à ta disposition.

Dans le hall des stands, deux clients étaient arrivés et bavardaient avec leur moniteur devant la machine à café. Dan les salua de loin avant d'entraîner Valentine vers le parking tout en murmurant :

— Tu vois, ces deux-là sont des fidèles, ils passent le week-end dans le coin et se plaignent chaque fois de ne pas pouvoir dormir ou au moins manger sur place. L'été, ils apportent leur pique-nique, mais l'hiver ils cherchent les petites auberges du coin, or il y en a très peu. Je regrette vraiment de ne pas pouvoir réaliser mon projet d'hébergement...

— Papa ne veut toujours pas en entendre parler ?

— Non, et c'est bien dommage. Pourtant, j'avais tout fait chiffrer, le dossier était solide et j'avais même trouvé la banque prête à nous suivre !

— Le circuit est rentable sans ça ?

— Pour l'instant, oui. Malheureusement, nous avons de plus en plus de concurrents.

— Veux-tu qu'on essaie de revenir à la charge, Nick et moi ?

— Tu sais bien que papa est têtu comme une mule.

— Moi aussi.

Dan éclata de rire car il connaissait l'obstination de sa petite sœur.

— Venant de nous, ajouta-t-elle, il se braquera moins. Toi, pour avoir failli monter sur son territoire, il te considère encore avec méfiance.

— C'était il y a bien longtemps.

— Peut-être, mais avec la création de cette affaire, vous êtes restés d'une certaine manière en rivalité. Il est persuadé que le circuit fonctionne parce qu'il porte son nom.

— Ça représente un atout indiscutable.

— D'accord. Néanmoins, c'est toi qui fais tourner la boutique. Si tu dis qu'elle tournerait encore mieux en entreprenant telle ou telle chose, il doit te croire. De toute façon, vous ne pouvez pas vous contenter de ronronner. Il faut améliorer, créer un intérêt supplémentaire, innover. C'est ce que dit Boris et il possède le sens des affaires à en croire les résultats de sa boîte.

— Ah oui, Boris…, ironisa Dan. Où en êtes-vous?

— Nulle part, cette blague! Tout le monde me pose la question, c'est exaspérant. Je te jure qu'il n'est qu'un ami. Un ami, rien d'autre.

— Vraiment?

Pour ne pas la braquer, il préféra ne pas insister ni lui faire remarquer que Boris était devenu sa principale référence. Elle le citait volontiers, et depuis qu'il était venu la voir alors qu'il n'était pas censé le faire, elle semblait d'humeur nettement plus joyeuse.

— Je te ramène à la maison, mais la prochaine fois tu pourras venir toute seule. Je t'avais prédit que conduire ne serait pas un problème.

Toutefois il avait pris en secret l'avis de Nicolas afin de ne pas brusquer la convalescence de sa sœur.

— Finalement, j'irai peut-être en Allemagne plus tôt que prévu, annonça-t-elle d'un ton décidé.

— Ne précipite rien. Ton futur employeur doit te trouver en pleine forme!

Il l'avait dit sur un ton de plaisanterie mais elle s'arrêta et lui fit face.

— Crois-tu que j'ai raison?

— De vouloir travailler? Certainement.

— Et de lâcher les rallyes?

—Eh bien… Je suppose que tu ne te sens pas un véritable avenir là-dedans.

—Ce n'est pas ma blessure qui m'a le plus démotivée. Avant ça, Boris m'avait dit que la compétition n'est pas essentielle pour lui, or je ne m'imagine pas avec un autre copilote. D'autre part, de bons résultats ne suffisent pas pour que les sponsors se bousculent. Il faut être le meilleur ou se résigner à faire autre chose. Jusqu'ici, parce que je suis jeune, j'ai une réputation qui peut me servir de tremplin pour obtenir un vrai métier sans changer d'univers. Si je m'obstine, ce ne sera peut-être pas toujours le cas.

—Quelle sagesse, ma puce !

Il la scruta quelques instants avant de hocher la tête et d'ajouter :

—Le meilleur choix, c'est celui qui vous rend heureux.

—Et tu l'es, toi ? demanda-t-elle de façon abrupte.

—Oui. Je suis heureux avec Mallaury, avec les enfants, avec ce circuit qui m'offre encore des sensations. On n'a jamais cent pour cent de ce qu'on désire, mais je trouve ma part belle.

Par-dessus le toit de l'Alfa-Romeo de Dan, ils échangèrent un long regard.

—Allez, monte, finit-il par dire. Je dois être revenu ici à deux heures, j'ai un client difficile.

S'installant au volant, il s'aperçut que les propos de sa sœur l'avaient ému. Elle n'était plus la petite Valentine têtue, parfois butée, toujours prête à s'amuser ou à faire les quatre cents coups. La gamine qui jouait rageusement avec ses petites voitures Majorette, que Gabriel leur offrait à tous trois par coffrets entiers. Pour elle aussi, le temps de la raison était venu, un parcours que ses frères avaient déjà accompli l'un après l'autre.

— Ah, les bagnoles…, soupira-t-il.

Mais le seul bruit du moteur de l'Alfa lui procurait encore un certain plaisir. Il accéléra au point mort, pour l'entendre rugir, et comme il s'y attendait, le rire de Valentine lui fit écho.

*

Justine considérait le bureau de Mallaury avec intérêt. Tout était simple, fonctionnel et sans le moindre luxe. Les clients devaient forcément avoir l'impression que leur avocate ne s'enrichirait pas sur leur dos. La salle d'attente était aussi spartiate que le reste des locaux, quant à la secrétaire, elle disposait d'un espace exigu surchargé de dossiers.

Souriante, disponible, Mallaury avait accueilli Justine chaleureusement, et elle répondait à ses questions sans le moindre embarras.

— Non, c'est vrai, je ne gagne pas très bien ma vie, mais je fais du droit ! Je vois des gens démunis, qui ne connaissent pas les lois, qui ne s'en sorti-raient jamais seuls et n'ont pas les moyens de prendre un défenseur. Crois-moi, je jubile quand je trouve la faille dans la partie adverse. Gagner n'est pas seulement une victoire personnelle, c'est une manière de rendre la justice.

— Tu choisis tes cas selon leur moralité ? ironisa Justine.

— Je peux en refuser, tout le monde sait que je suis saturée et personne ne m'en tient rigueur. Pourtant je ne choisis pas vraiment. Ceux qui viennent ici ont déjà eu du mal à franchir la porte, en général ils sont en plein désarroi et porteurs d'une demande légitime. Le principal problème est qu'ils ont souvent attendu la dernière extrémité, alors je n'ai plus beaucoup de temps pour agir ni de marge de manœuvre.

Elle semblait si sereine que Justine l'envia, alors que pour rien au monde elle n'aurait envisagé de travailler dans ces conditions.

— Je sais que mon environnement doit te paraître très modeste comparé à ton cabinet de grand standing, ajouta Mallaury d'un ton malicieux.

— Comme tu dis. Mais, au fond… Toi au moins, tu es ton patron, tu fais ce que tu veux.

— C'est l'un des avantages. Le revers de la médaille est que je n'ai pas de grands cas passionnants. Le plus souvent, c'est répétitif, et parfois assez sordide.

Un petit bruit de clochette lui fit froncer les sourcils.

— Voilà mon rendez-vous de dix-huit heures trente, un peu en avance.

Elle tapota l'épais dossier posé devant elle.

— Un père résolu à se battre pour la garde des enfants. Un type gentil mais qui picolait sec il y a quelques années, et sa réputation lui colle à la peau.

— Je vais te laisser, proposa Justine.

— Non, on a cinq minutes ! Il va se plonger dans la lecture des magazines, je fais toujours en sorte qu'ils soient récents. Dis-moi de quoi tu voulais me parler.

— De ton beau-frère.

— Nicolas ?

— Il m'évite, il boude.

— Lui ? Pas son genre. Encore moins de te bouder, *toi*, tu lui plais tellement !

— Je l'avais cru. Mais je me suis montrée maladroite. Un peu trop franche, et je le regrette. Je t'avoue qu'au début, il ne m'attirait pas. Il est si raisonnable, si bien sous tous rapports qu'il me semblait ennuyeux. Or il ne l'est pas. Je finis par me dire que je passe peut-être à côté de quelqu'un d'intéressant.

— Tu l'as braqué ?

Justine n'avait pas envie de raconter sa bévue, que manifestement Mallaury ignorait toujours, et elle se contenta d'acquiescer en attendant la suite.

— C'est ennuyeux parce que Nicolas est très méfiant avec les femmes. Depuis son malheureux échec avec cette fille dont il était littéralement fou, il refuse de s'attacher, il ne s'investit dans aucune relation sentimentale. Je pensais qu'il était en train de faire une exception pour toi. Mais si tu l'as fait rentrer dans sa coquille...

— Pourquoi faut-il toujours que les événements soient désynchronisés ? lâcha Justine avec une pointe d'exaspération.

Elle resta silencieuse un moment avant d'ajouter :

— J'ai reçu une offre tout à fait inattendue d'un cabinet parisien. Le genre de proposition dont je rêvais en arrivant ici. Tout ça grâce à un client très satisfait qui a parlé de moi à des amis qui en ont parlé à leur tour, enfin, tu imagines.

— Et tu vas accepter ? Tu veux retourner à Paris ?

— Eh bien... Oui, évidemment. Sauf que... J'ai peur de rater quelque chose, c'est bête.

— Si tu as envie de partir, tu ne rates rien du tout. Nicolas n'acceptera jamais de bouger, il adore cet endroit. À quoi bon entamer une histoire avec quelqu'un qui ne partage pas tes désirs ?

La logique de Mallaury semblait imparable, mais Justine gardait l'agaçante impression d'être frustrée. Elle jeta un coup d'œil à sa montre et se leva.

— Ton client doit en avoir assez d'attendre. Est-ce que tu crois que tu pourrais…

Elle hésitait à formuler crûment sa demande, que Mallaury devina.

— Organiser un petit dîner à la maison ?

— Oui. Moi, si je l'invite, il va m'envoyer sur les roses, et j'aimerais bien faire la paix avec lui.

— D'accord, on va faire ça. Mais réfléchis-y avant. Je ne veux pas que tu fasses des misères à Nicolas.

Mallaury se leva pour raccompagner Justine en promettant de l'appeler très vite. Lorsqu'elle introduisit son client, elle était encore songeuse. Deux mois plus tôt, c'était Nicolas qui avait réclamé de l'aide pour avoir l'occasion de passer du temps avec Justine. Aujourd'hui la situation était inverse, que leur était-il arrivé à tous deux ? Au vu des projets de Justine, Nicolas n'était pas l'homme qu'il lui fallait, alors pourquoi voulait-elle absolument se réconcilier avec lui ?

Elle prit place à son bureau et s'efforça d'oublier ces questions sans réponse. L'homme assis en face d'elle semblait avoir beaucoup de choses à dire, elle devait l'écouter, mais d'abord l'encourager d'un sourire.

*

Gabriel voyait bien qu'Albane était triste, moins active qu'à l'accoutumée, et beaucoup plus distraite. Elle semblait perdue dans de sombres pensées, répondait par monosyllabes, elle si bavarde, oubliait d'acheter des choses essentielles comme le pain. Il avait bien essayé de l'interroger, lui avait même suggéré de voir un médecin, peut-être un gynécologue si la ménopause se passait mal. Elle s'était braquée, levant les yeux au ciel et le toisant d'un air navré, mais sans rien expliquer. Du coup, Gabriel avait téléphoné à Nicolas pour lui faire part de ses inquiétudes.

— Non, non, je t'assure, insista-t-il, ta mère n'est pas comme d'habitude. Viens dîner à la maison ce soir et tu le constateras toi-même.

— Entendu, je viendrai.

— Parce que, vois-tu, j'ai aussi remarqué que...

— Papa, je suis en pleine consultation, je ne peux pas m'attarder. À ce soir.

Déçu, Gabriel raccrocha. Avoir un fils médecin et ne jamais pouvoir bénéficier de ses compétences l'exaspéraient. Il prit la télécommande et interrompit la diffusion de la série qu'il avait commencé à regarder avant de se décider à appeler Nicolas. Cinquante-six ans était sûrement un âge critique pour une femme. Un instant, il fut tenté d'aller chercher sur Internet quelques éléments de réponse quant aux bouleversements de la ménopause, mais il y renonça. Le sujet lui était tout à fait étranger, presque mystérieux, et il y avait toujours trop de réponses sur le Web, parmi lesquelles il ne saurait pas trier. Pourtant, hormis cette possibilité, il n'imaginait pas ce qui pouvait motiver le changement d'attitude de sa femme.

Albane était le pilier de son existence depuis qu'il avait arrêté sa carrière. Sans en avoir réellement conscience, il avait besoin d'elle, de sa présence, de ses attentions. Même s'il avait eu, plus jeune, diverses tentations, il ne s'intéressait plus aux femmes depuis longtemps. Lorsqu'il s'observait devant un miroir, il se voyait vieux, défraîchi et empâté. Son ancienne gloire était oubliée, comment aurait-il pu encore plaire à quiconque, lui qui avait été un véritable séducteur aux yeux des groupies qui hantaient les stands de F1 ? En revanche, il lui restait Albane, une épouse toujours belle qui ne s'était pas laissée aller et qui s'occupait de lui avec tendresse. Au fond, il avait de la chance, il en convenait volontiers, mais si Albane se mettait à changer…

Elle devait être en train de faire la cuisine, autant la rejoindre. Quittant le canapé, il sortit de son bureau et descendit. Sa femme était en effet derrière le comptoir, occupée à tourner une cuillère en bois dans une casserole.

— Que nous prépares-tu de bon ? lança-t-il d'un ton joyeux. À propos, Nicolas vient dîner.

— Tant mieux, répondit-elle distraitement, sans même lui jeter un regard.

— Mais tu ne me dis pas ce que nous allons manger ?

— Euh… Je fais une pâte à choux, pour des gougères.

— Tout le monde adore ça ! Et tu les réussis très bien, ma chérie.

— Merci.

— Où est Valentine ?

— Sur le circuit, elle voulait voir Dan.

— Pourquoi ?

— Oh, ils parlent beaucoup tous les deux…

— Elle peut me parler à moi si elle a besoin de discuter de son avenir !

Cette fois, Albane se retourna et le considéra pensivement.

— Tu sais, ils sont de la même génération, ils se comprennent bien.

— Assez avec ces histoires de génération, d'âge ! Je ne suis pas gâteux.

— Qui a dit ça ?

Elle ébaucha un sourire qui ne signifiait rien puis ajouta :

— C'est toi qui te tortures tout seul. On s'en fiche, de vieillir.

— Je ne sais pas comment tu fais. Moi, ça me déprime. Et je voulais te dire que, toi, pour d'autres raisons sans doute, tu as l'air déprimée.

— Ah bon ? s'étonna-t-elle avec une évidente mauvaise foi.

— Albane, protesta-t-il, je te connais bien, et je sais quand ça ne va pas.

— Nous en avons déjà parlé, mon chéri. Un peu de fatigue passagère liée à cet hiver si froid...

D'un geste résigné, elle désigna les carreaux couverts de givre.

— Je vais allumer un bon feu ! s'exclama-t-il, heureux de pouvoir entreprendre quelque chose qui lui ferait plaisir. Depuis trois mois, on gèle dès qu'on met le nez dehors. D'ailleurs, tu restes beaucoup à la maison. C'est peut-être ça qui te mine, toi si active !

Ragaillardi par ses propres explications, il s'appliqua à préparer une flambée. De nouveau, elle l'observa tandis qu'il disposait les bûches. Il renouvelait la provision de bois chaque jour, après le petit déjeuner, pour ne plus avoir à sortir. C'était l'une de ses rares corvées, dont il avait plutôt fait une prérogative, comme les barbecues l'été ou le choix du vin à la cave. À part ça, il ne faisait pas grand-chose pour l'aider, mais ils avaient toujours vécu ainsi et elle s'y était résignée depuis longtemps. Elle le vit se reculer pour admirer les premières flammes, puis ajuster le pare-feu. Il se dirigea vers le canapé et, en passant, octroya même une caresse à Aramis sur sa bergère.

— Ma chérie, viens donc t'asseoir un peu avec moi, suggéra-t-il. On pourrait s'offrir un petit verre, non ?

Confortablement installé, il lui faisait signe de le rejoindre, comptant sur elle pour servir l'apéritif. Elle éprouva alors un élan de tendresse auquel elle ne s'attendait pas. Il ne savait rien de la double vie de sa femme, n'aurait jamais pu concevoir qu'elle lui mentait depuis presque vingt ans. Et il n'était pour rien dans l'immense tristesse qui asphyxiait Albane depuis son rendez-vous avec Luc. Le dernier, elle en avait la certitude.

Se dépêchant de déposer les petites boules de pâte sur une plaque de cuisson, elle chassa Luc de ses pensées, ce qu'elle faisait dix fois par jour. Elle refusait de se demander comment il supportait la rupture ou de quelle manière il gérait ses rapports avec son frère désormais. Ce qui se passait à Beaugency ne la concernait plus.

— Ah, cette bonne odeur de fromage ! se réjouit Gabriel.

Pour lui, tout était simple, à sa place. Albane plaqua un sourire sur ses lèvres et se mit à préparer un plateau.

9

Le printemps tentait une timide apparition précoce en ce début mars. Les bruyères, ajoncs et genêts commençaient à colorer le paysage. Au fond des forêts, les biches n'étaient pas encore prêtes à s'isoler dans les fourrés pour mettre bas, mais les cerfs se frottaient déjà aux arbres pour se débarrasser de leurs bois. Nicolas avait repris ses promenades, la fermeture de la chasse ayant eu lieu. Néanmoins, il se montrait prudent, l'oreille aux aguets, et ne laissait pas Aramis trop s'éloigner. Chaque fois, il repensait à l'accident dont sa sœur avait été victime. Il en avait discuté avec certains de ses amis chasseurs qui, comme lui, ne comprenaient pas que le tireur se soit enfui. Quelle lâcheté de ne pas se précipiter pour, au moins, tenter de porter secours ! Nicolas savait qu'ils avaient échappé au pire, qu'une balle faite pour un sanglier aurait pu tuer Valentine sur le coup. Il restait persuadé que son chien avait été confondu avec un gibier et pris pour cible, et que derrière le fusil se trouvait un dangereux irresponsable. S'il s'agissait d'un habitué de la forêt, continuerait-il à y rôder en quête d'une proie ?

Pourtant, il ne voulait pas renoncer à la liberté d'aller à sa guise. Marcher lui était nécessaire, lui permettait de s'échapper, d'alléger le poids quotidien de ses responsabilités professionnelles. Comme tout médecin de campagne, il côtoyait beaucoup de petites ou grandes souffrances, de malheurs, de désarroi. Il passait ses journées à écouter, soulager et rassurer, en échange il avait besoin de l'évasion que lui procurait le contact de la nature.

Deux fois de suite, il avait décliné la proposition de Mallaury qui paraissait décidée à le réconcilier avec Justine. Patiemment, il avait expliqué qu'il n'était pas fâché mais qu'il estimait absurde de s'obstiner. Certes, Justine lui plaisait au-delà de ce qu'il avait cru possible jusque-là, il avouait même qu'il en était vraiment tombé amoureux, hélas sans réciprocité, et de toute façon elle n'était pas une femme pour lui. Elle semblait n'être qu'en transit ici, frustrée de Paris où elle retournerait fatalement dès qu'elle en aurait l'opportunité. À regret, Mallaury lui avait donné raison, d'ailleurs Justine avait reçu une offre et elle y réfléchissait.

Malgré sa détermination à ne plus penser à elle, Nicolas s'était senti atteint. Ainsi, elle allait disparaître définitivement ? Sur le coup, il avait éprouvé un instant de faiblesse, une envie de tenter encore sa chance ou plutôt de la forcer, mais il était parvenu à se raisonner. Depuis, il se réfugiait dans ces longues marches qui l'apaisaient, s'appliquant à guetter tous les signes de la fin de l'hiver.

Ce dimanche-là, il aperçut un aigle botté qui planait en hauteur au-dessus d'une clairière. Son vol gracieux et rapide, tandis qu'il cherchait à repérer une proie, était un beau spectacle. Nicolas resta longtemps immobile, une main en visière pour suivre les évolutions du rapace. Il était en paix avec lui-même, cependant il lui manquait quelque chose, il le savait. Quelque chose qu'il ne trouverait décidément pas dans la solitude de la forêt.

*

— Tu veux que je sorte de ta vie ? répéta lentement Luc, anéanti.

Il serrait si fort le téléphone qu'il en avait les doigts engourdis. Ses idées s'embrouillaient, il ne parvenait pas à réaliser ce que les propos d'Albane contenaient de définitif.

— C'est trop difficile pour moi, ajouta-t-elle d'une voix qu'elle essayait de rendre ferme mais qui tremblait un peu. J'ai l'impression d'être punie de tous mes mensonges.

— Tu n'avais pas besoin de mentir ! protesta-t-il. Tu pouvais dire la vérité à ton mari dès le début. J'ai toujours attendu que tu aies le courage de le faire.

— Et mes enfants ? Tu crois que j'aurais pu laisser mes enfants ?

— Je les aurais accueillis avec joie.

— Mais ce n'était pas à toi de les élever ! Ce sont les enfants de Gabriel, je ne les lui aurais pas enlevés, pas plus que je ne m'en serais séparée, tu le sais bien.

— Je sais aussi qu'ils sont grands depuis longtemps.

Il respirait trop vite, son cœur lui semblait pris dans un étau. Cette séparation si souvent redoutée et cette absence qui allait devenir son cauchemar quotidien étaient au-dessus de ses forces.

— Albane, enchaîna-t-il dans un murmure, tu es la meilleure partie de ma vie. J'ai pris avec reconnaissance ce que tu as bien voulu me donner. Je me suis accommodé tant bien que mal de tes apparitions comme de trop rares rayons de soleil. Quand tu n'es pas là, je peux rêver de toi. Chaque matin, tu es ma première pensée, et je m'endors chaque soir avec ton image. C'est ma part, laisse-moi la garder.

— J'ai gâché ton existence ! Tu aurais pu avoir une femme, des enfants, du bonheur au lieu de quelques moments volés !

— Je n'en voulais pas, je te voulais, toi.

— Nous sommes coupables, Luc. Lâches et coupables.

— Enlève-toi ça de la tête. La culpabilité, le châtiment divin, quelle blague !

— Mais faire le mal n'est pas anodin. Mon fils Nicolas est au courant de notre liaison, et j'ai honte devant lui. Ma fille a failli nous surprendre un jour à Orléans, tu te rends compte ? Et après, il y a ton frère qui… Je ne peux pas assumer ça, Luc. J'ai mis Valentine en danger, je ne me le pardonne pas !

Luc se tut durant plusieurs secondes, ne sachant de quelle manière il aurait pu rassurer Albane. Peut-être n'y en avait-il pas.

— Je deviendrai fou si je ne te vois plus, souffla-t-il enfin.

Cette fois, ce fut elle qui resta muette. Jamais il ne l'avait suppliée, les choses s'étaient toujours déroulées simplement entre eux, comme une évidence. N'allait-elle rien dire pour soulager sa peur, sa douleur ? Quand elle parla enfin, sa voix était si basse qu'il eut du mal à entendre.

—Il faut nous séparer pour de bon. Tourner la page de notre longue histoire. J'ai beaucoup de chagrin, beaucoup... Mais je ne reviendrai pas sur ma décision.

Elle venait de lui assener un coup de poignard car il la savait volontaire.

—Tu vas consacrer le reste de tes jours à un homme que tu n'aimes pas ? s'écria-t-il avec désespoir.

—Je n'ai jamais... jamais dit que je n'aimais plus Gabriel. On peut aimer de plusieurs façons. Je crois que je n'arriverai pas à t'expliquer ça. Écoute-moi, Luc, ne nous déchirons pas maintenant, je t'en prie. Nous avons toujours été en sursis, n'est-ce pas ? Je ne t'avais rien promis, tu n'as rien exigé. Je t'ai aimé passionnément, et en retour tu m'as aimée comme je voulais l'être. À présent, le temps est venu de se dire au revoir.

—Mais je ne peux pas ! hurla-t-il.

Ravalant un sanglot, il essaya de dire autre chose, puis il s'aperçut qu'il n'entendait plus le souffle rauque d'Albane.

—Tu es là ? Tu es là ?

Éperdu, il attendit encore une ou deux minutes avant de comprendre qu'elle avait coupé la communication. Son premier réflexe fut de la rappeler, pourtant il suspendit son geste. Ils avaient leurs codes pour se prévenir lorsqu'ils voulaient se joindre. Des habitudes de secret, de dissimulation. Quelque chose d'amoral, oui, dans cet immense amour. Et le prix à payer se révélait inouï. Pour lui, ce n'était pas Albane qui avait ravagé son existence, c'était le coup de fusil d'Antoine. Il eut une bouffée

247

de rage en pensant à son frère, puis il se prit la tête à deux mains et se mit à pleurer comme un enfant.

*

À Blois, les deux négociatrices employées par l'agence de Boris regardaient Valentine avec une évidente curiosité, ravies de découvrir enfin le pilote avec qui leur patron faisait des rallyes automobiles.

— Allons dans mon bureau, proposa-t-il en entraînant la jeune femme.

Une fois la porte refermée, il ironisa :

— Elles t'ont détaillée comme une bête curieuse ! Mais je crois qu'elles imaginaient une nana baraquée, façon walkyrie, pas un tout petit modèle. Mon négociateur est en ce moment sur le terrain, il sera consterné d'avoir manqué l'événement de la matinée. Veux-tu un café ? Et tu peux en profiter pour me dire ce qui me vaut le plaisir de ta visite.

Il s'affaira près d'une petite machine à expresso tandis qu'elle prenait place dans un des gros fauteuils en cuir havane prévus pour les visiteurs.

— Tu es plutôt bien installé !

— Mes clients ne sont pas des particuliers, ils ont besoin d'un certain standing pour avoir confiance. Je m'occupe uniquement de locaux industriels ou commerciaux. La plupart du temps, je traite avec des entreprises qui veulent s'implanter dans la région. Nous sommes idéalement situés entre Orléans et Tours, et Paris n'est qu'à une heure et demie en train, ce qui pourra encore s'améliorer avec un TGV direct. Bref, la ville est en pleine expansion, tout en conservant son charme. Enfin, pour l'instant !

— Arrête ton numéro, je ne suis pas un client.

Éclatant de rire, Boris lui tendit un gobelet brûlant.

— Bien sûr, pardon pour le réflexe professionnel. Comment vas-tu ? J'ai constaté que tu ne boites plus.

— Depuis quelques jours seulement. Grâce à mes kinés !

— Et à ta volonté.

— Maman m'a choyée, elle m'a beaucoup aidée. Et pourtant, elle n'est pas en forme en ce moment.

— Pourquoi ?

— Elle prétend que c'est le printemps, une allergie au pollen des bouleaux, mais je n'y crois pas. Elle se promène avec sa boîte de Kleenex et elle a laissé tomber pas mal de ses activités. J'ai recommandé à papa de faire un peu attention à elle.

— Ah, ton père, quel personnage !

— Il t'a gavé avec ses histoires quand tu es venu à la maison ?

— Pas vraiment. Il raconte bien, et ses souvenirs de F1 sont assez passionnants. En revanche, dès qu'il n'est plus question de lui, il a l'air de s'ennuyer.

— Évidemment, puisqu'il ne fait rien, ne s'intéresse à rien hormis ses séries télé ou ses films… Ton café est trop fort, donne-moi du sucre.

Il lui en apporta plusieurs morceaux avec une touillette.

— J'avais oublié que tu aimes le sirop de café. Où en es-tu avec les Allemands ?

— Je pars la semaine prochaine à Ingolstadt.

— Déjà ?

La question avait fusé, et Boris esquissa un sourire d'excuse.

— Je voulais dire… euh… Tu vas signer avec eux ?

—Pas sûr. J'ai aussi rendez-vous avec AMG, le préparateur officiel de Mercedes.

—Encore l'Allemagne ?

—Dans la région de Stuttgart. Et enfin, j'ai décroché un entretien avec les gens de chez Renault.

—Ah, voilà une bonne nouvelle !

—Tu trouves ?

—Tu te sentiras plus à l'aise avec des Français, et tu ne seras pas obligée de t'expatrier.

—Je te rappelle que tu voulais *prendre tes distances*, railla-t-elle.

—Pas forcément en kilomètres. Soyons sérieux, ma grande, je ne te vois pas quitter ton pays pour plusieurs années. Et, non, je n'en ai pas envie.

—Alors, tu es toujours mon ami ?

Il ne répondit pas tout de suite, la débarrassant de son gobelet qu'il expédia dans une corbeille à papier. Puis il se retourna et considéra longuement Valentine.

—Je ne suis pas certain de vouloir tenir ce rôle-là, j'en préférerais un autre.

—C'est ridicule, soupira-t-elle. Tu ne devrais pas remettre ça sur le tapis.

—Je te déplais tant que ça ?

—La question ne se pose pas !

Agacée, elle quitta son fauteuil, fit quelques pas.

—Bon, décida-t-elle, je vais te laisser travailler. Je te passerai un coup de téléphone pour te raconter mon voyage et les propositions des...

Elle ne s'attendait pas à ce qu'il l'intercepte alors qu'elle passait devant lui. Il lui mit un bras autour des épaules, de sa main libre il la prit par le menton pour lui faire lever la tête et il l'embrassa. Pas un baiser de gentil copain mais une étreinte assez rude qui ne lui laissait pas le choix. Elle sentit son souffle, ses lèvres sur les siennes, leurs corps qui se touchaient. Puis il la lâcha tout aussi brusquement, recula de deux pas. Il semblait incapable de dire quoi que ce soit, mais il soutint le regard furieux qu'elle lui lança.

— Tu vas trop loin, mon vieux ! jeta-t-elle d'un ton rageur avant de gagner la porte.

Elle réussit à traverser posément le hall d'accueil, adressa un signe de tête aux négociatrices toujours installées derrière leurs bureaux, puis elle se retrouva dans la rue. Pourquoi n'avait-elle pas repoussé ou même giflé Boris ? La surprise l'avait donc paralysée ? Elle était déçue, un peu en colère, mais seulement un peu. Elle connaissait Boris depuis longtemps, ils avaient partagé beaucoup d'émotions ensemble et jusqu'ici ils avaient été si complices ! Elle lui en voulait de ce changement de registre qui la déstabilisait, pourtant, de là à se fâcher pour de bon, il y avait un pas qu'elle ne franchirait pas.

Décidée à se calmer, elle partit se promener du côté de la Loire. Elle descendit la rue Denis-Papin puis longea le quai de la Saussaye jusqu'au couvent des Jacobins. Là, elle resta un moment à contempler le fleuve et le pont Jacques-Gabriel, repensant à la scène qui s'était déroulée dans le bureau de Boris. Pourquoi était-elle allée le voir ? Parce qu'elle le prenait pour son meilleur ami et qu'elle voulait discuter de ses projets avec lui ? Elle aurait pu le faire par téléphone au lieu de venir à Blois. Le relancer sur son lieu de travail pouvait passer pour de la provocation.

Alors qu'elle s'attardait, elle entendit sonner son téléphone au fond de son sac. Persuadée qu'il s'agissait de Boris, elle prit l'appel sans regarder et fut stupéfaite d'entendre la voix de Marc.

— Surprise ! claironna-t-il joyeusement. Figure-toi que je pensais à toi ces temps-ci. Avec un peu de nostalgie, je l'avoue. Et j'avais conçu le projet d'aller te voir courir un prochain week-end, mais je ne t'ai trouvée engagée nulle part. Qu'est-ce qui se passe ?

— Beaucoup de choses, répondit-elle du bout des lèvres.

— Raconte !

— D'abord, j'ai eu un accident.

— De voiture ?

— De chasse. Une balle dans la cuisse.

— Oh ! là, là ! Grave ?

— Ce n'est plus qu'un mauvais souvenir. Mais, même avant ça, je me posais des questions à propos des rallyes, et pour l'instant j'abandonne la compétition.

— Vraiment ? Tu parles d'une nouvelle… Quand je te le demandais, tu refusais de l'envisager, et maintenant… Ton copilote doit être superdéçu, non ?

L'absurdité de cette conversation inattendue faillit la faire rire. Pour les souvenirs qu'elle en gardait, Marc était un amant assez jaloux, et s'il n'avait jamais pris ombrage de toutes ces heures passées avec Boris, c'est que celui-ci avait bien caché son jeu. Elle-même n'avait rien deviné, rien pressenti avant ce retour de Corse en avion. « *Ce qui m'intéresse, c'est d'être avec toi. Si tu faisais du parachutisme, je pense que je m'y mettrais.* » Un aveu fait très simplement, qui avait hélas brouillé les cartes.

—Pourquoi ne viendrais-tu pas passer un week-end à Paris puisque tu es libre ?

—Je ne suis pas libre, j'ai plein de projets. Des voyages en perspective, un boulot à la clef.

—Ah… Et tu ne peux vraiment pas trouver un petit créneau pour que je t'invite à dîner ? Le lieu et le jour seront les tiens.

—Où veux-tu en venir, Marc ?

—Je pensais être assez clair. Tu me manques, Valentine.

—Difficile à croire. Tu détestais notre relation épisodique, l'éloignement, mon indépendance, tout ça.

—Eh bien, justement ! Tu as décidé toute seule d'arrêter les rallyes, je ne vois plus aucun obstacle. Nous étions bien ensemble, non ?

Elle prit la peine de réfléchir à sa réponse puis elle déclara :

—Nous l'avons été, tu as raison. Mais nous n'allons pas réchauffer un truc fini.

—Un *truc* ? s'indigna-t-il. Donne-moi donc une seule occasion de te prouver qu'on peut s'aimer de nouveau, et mieux qu'avant.

—Marc, s'il te plaît, n'insiste pas.

—Pourquoi ? Il y a un autre homme dans ta vie ?

—Non.

—Tant mieux. Écoute, à cause de nos mauvais caractères respectifs, on a raté quelque chose d'important et on peut réparer.

—Tu aurais dû y penser avant ! explosa-t-elle soudain. Dès que je t'ai dit que ça n'allait plus, tu t'es dépêché de partir, drapé dans ta dignité ou trop content d'en avoir fini ! Si tu étais malheureux, il fallait revenir à la charge, me reconquérir, me montrer un autre visage que celui du type qui en a marre de se déplacer, qui est tout le temps crevé, qui voudrait que sa copine l'attende à la maison en lui faisant la popote. Tu m'as connue libre, gaie, passionnée par mes courses, et c'est pour ça que tu es tombé amoureux, mais ensuite tu aurais voulu me mettre sous une cloche, m'éteindre comme une bougie ! Je te souhaite vraiment de trouver une femme à ta convenance, mais ce ne sera pas moi.

D'un geste furieux, elle jeta son portable au fond de son sac, réprimant l'envie de l'expédier dans la Loire. Elle n'aimait plus Marc, n'avait plus envie de le subir. Ces dernières semaines, elle avait énormément réfléchi à sa vie, ses expériences passées, ses désirs. Elle allait avoir vingt-sept ans et s'était laissé porter par les événements. Les rallyes avaient monopolisé toute son énergie, elle n'avait eu aucune conscience des années qui défilaient. Acharnée à donner la preuve qu'elle était un bon pilote, grisée par les sensations fortes de la compétition, elle se retrouvait aujourd'hui les mains vides. Son parcours évoquait celui de Dan et se soldait par le même abandon. Comme son frère, elle avait essayé à sa manière de marcher sur les traces de leur père, et elle y avait perdu sa propre identité. Que n'avait-elle eu la sagesse de Nicolas qui, très jeune, s'était posé les bonnes questions !

Son regard errait sur le fleuve rendu scintillant par le soleil printanier. Cette même Loire qui coulait aussi à Orléans mais qu'elle n'avait jamais le temps d'aller contempler. Trop de sorties nocturnes, trop de copains, et jusqu'ici la préparation des prochaines épreuves en passant des heures au téléphone avec Boris.

Boris... S'il s'obstinait dans ses tentatives de séduction, devrait-elle le rayer tout à fait de son existence?

—Mais non! marmonna-t-elle. Mais non, voyons...

Haussant les épaules, elle s'arracha au spectacle de l'eau et essaya de se souvenir où elle avait bien pu garer sa voiture.

*

Antoine était devenu sombre, il errait tous les soirs dans la cour de l'entreprise, ressassant les mêmes pensées. Ce soir, Luc avait promis de venir dîner, ce qu'il ne faisait plus que rarement depuis quelques semaines. Antoine savait que son frère lui en voulait et qu'il était très malheureux. La garce avait rompu sans la moindre pitié, jetant hors de sa vie un homme qui avait passé deux décennies à attendre son bon vouloir! Bien sûr, il était possible que Luc finisse par l'oublier. Pas vraiment probable mais envisageable, et alors Antoine aurait gagné la partie au bout du compte. Sauf que son frère risquait de lui garder rancune, sauf que lui-même ne mettait plus les pieds en forêt qu'avec répugnance, sauf que, de toute façon, il était trop tard pour les vieux rêves d'une grande et belle famille.

Et puis... Quelque chose lui manquait. La haine qu'il vouait à Albane étant à présent sans objet, il n'était plus obnubilé et se sentait vide, l'esprit vacant. Il essayait d'imputer sa morosité à la fermeture de la chasse, mais en général il occupait ces périodes à observer les déplacements du gibier, les naissances, les changements de la nature. Or il n'éprouvait plus l'envie de hanter les bois. Les années précédentes, même lorsqu'il ne pouvait tirer ni chevreuils ni faisans ou lièvres, il lui restait la possibilité jusqu'à la mi-août de traquer un sanglier. Toutefois, cela nécessitait une autorisation individuelle auprès de sa fédération, or il ne souhaitait pas se faire remarquer depuis l'accident. Il n'allait plus chez l'armurier avec lequel il aimait pourtant discuter, et chaque fois qu'il croisait une voiture de la gendarmerie, il avait l'impression que son cœur ratait un battement. Sur les chantiers, s'il accomplissait toujours son travail, il était encore moins bavard qu'à l'accoutumée avec les autres ouvriers. Les blagues ne le déridaient pas, il avait cessé de siffloter. Quand Luc venait contrôler l'avancement des travaux, il cherchait à capter son attention, quémandait un regard ou espérait un encouragement qu'il n'obtenait pas. Luc n'avait même pas l'air de le bouder, il était indifférent à tout, y compris à son frère, muré dans son chagrin.

Antoine en avait plus ou moins perdu le sommeil, et comme il n'aimait pas lire, il regardait sans plaisir tous les insignifiants programmes nocturnes de la télévision. Avant l'aube, il se préparait de grands bols de café au lait qui le barbouillaient pour toute la journée. Mais ce soir, il était résolu à faire un bon dîner qui peut-être rendrait l'ombre d'un sourire à Luc, et permettrait sans doute de retrouver un peu de complicité fraternelle.

Il entendit approcher une voiture avant de voir ses phares. Peu désireux d'être surpris à arpenter la cour, il se rua dans le bâtiment, grimpa l'escalier qui conduisait à son logement où il avait laissé les lumières allumées. En hâte, il brancha la radio, souleva le couvercle de la cocotte où cuisaient deux perdrix. Il s'était appliqué à suivre la recette à la lettre, les avait fait revenir dans du beurre avec des carottes, des oignons et des lardons, avait mouillé avec du vin blanc, versé du bouillon et mis à mijoter. Juste à côté, dans une casserole, les lentilles parfumées d'un clou de girofle et de thym finissaient leur cuisson à feu doux. Ce serait un régal !

Au bruit de la porte, il se retourna, tout sourires.

— Tu sens ça, Luc ? Je crois qu'on va se régaler…

Son frère hocha la tête, fit deux pas vers lui mais finalement alla s'asseoir à table comme s'il était pressé d'expédier le dîner.

— Encore un peu de patience, dit Antoine avec un geste vers la pendule.

Il déboucha une bouteille de saumur-champigny et vint remplir leurs deux verres.

— Ce rouge-là, il est bon à boire frais, crut-il utile de préciser.

— Je sais, répondit Luc entre ses dents.

— Et tu vas voir, je t'ai gâté avec les perdrix !

Levant la tête, Luc considéra son frère d'un air inquiet.

— Tu n'es pas retourné chasser ?

— Non, celles-ci étaient congelées de l'année dernière. Mais j'aurais pu, parce que la perdrix est autorisée le dimanche.

— Autorisée ou pas, laisse tes fusils où ils sont.

— Ben… Oui, la chasse est fermée pour l'instant. Quand ça rouvrira, on verra.

— On ne verra rien du tout. Toi qui te prenais pour un fin tireur, tu es un danger public !

La véhémence de Luc attrista Antoine. La rancune était toujours là, tenace et angoissante.

— Dis, Luc, tu m'en veux encore ? Je te l'ai raconté cent fois, je ne l'ai pas fait exprès.

— Tu visais délibérément le chien de quelqu'un, c'est déjà monstrueux. D'ailleurs, je ne veux plus en discuter avec toi. Fous donc la paix aux animaux ! Tiens, va plutôt pêcher, ou fais-toi un potager derrière les hangars, je serai plus tranquille.

— Non, grogna Antoine. J'irai en forêt, personne ne m'en empêchera.

Alors qu'il n'en éprouvait pas l'envie, l'idée qu'on veuille l'en priver lui était soudain insupportable.

— Personne ? s'emporta Luc. Les gendarmes le pourraient si tu t'étais dénoncé ! Ta fédération de chasse pourrait aussi t'interdire à vie.

— Oh, bon sang, tu vas me le reprocher jusqu'à quand ? Tout ça pour cette horrible bonne femme qui en a profité pour te plaquer ! Elle ne devait pas t'aimer beaucoup, tu le vois bien.

Luc se leva d'un bond, pâle d'une colère froide qu'il maîtrisait encore.

— N'en parle plus jamais, Antoine. Tu as fait mon malheur avec ta bêtise et ta méchanceté, alors ne remue pas le couteau dans la plaie.

— Ton malheur, tu l'as fait toi-même à t'amouracher d'une salope et à t'y accrocher !

Le coup de poing fusa et atteignit Antoine sur la pommette. Il partit en arrière, agitant les bras pour conserver son équilibre. Consterné, Luc se précipita et le rattrapa avant qu'il ne s'effondre.

— Tu me mets hors de moi…, bredouilla-t-il.

Il fit asseoir Antoine sur une chaise, lui mit un verre dans la main.

— Bois un coup. Et écoute-moi, pour une fois. Il y a des choses que tu ne comprends pas, d'accord ? Je ne veux plus qu'il soit question d'Albane. Je te l'ai déjà demandé mais tu y reviens toujours. Il faut me foutre la paix avec ça.

— Très bien, très bien, admit son frère d'une voix hachée. Mais toi aussi, alors, pour le fusil.

Luc hésita. Ramener systématiquement Antoine à sa faute ne faisait que les séparer davantage et ne lui rendrait pas Albane. Il devait apprendre à vivre avec sa douleur, sans pour autant cesser de veiller sur son frère. C'était sa croix, quel qu'en soit le poids, il fallait la porter. Il prit son propre verre qu'il vida d'un trait.

— Parle-moi du chantier de Mont-Tavers. Où en êtes-vous de la plomberie ?

— Le client a changé d'avis pour le carrelage de la salle de bains.

— Encore ?

— Il voudrait une frise.

— Montrez-lui le catalogue, mais prévenez-le que ça va gonfler le prix.

En se cantonnant au domaine professionnel, tout redevenait simple. Antoine, apparemment soulagé, se lança dans une tirade sur la robinetterie. Sans cesser de discourir, il se leva pour aller se planter devant la cuisinière. Lorsqu'il souleva les couvercles, une légère odeur de brûlé se répandit dans la pièce.

— Mince, les lentilles ont attaché !

Avec un soupir résigné, Luc prit place à table.

*

Nicolas avait profité de sa matinée à l'hôpital d'Orléans pour passer voir sa sœur. Valentine était rentrée chez elle la veille, heureuse de retrouver son duplex en plein cœur de la ville mais un peu nostalgique de ne plus être en famille.

— Tiens, je t'ai rapporté un sac rempli de trucs que tu avais oubliés à la maison ! lança-t-il en déposant le bagage dans le séjour. Fais attention en l'ouvrant, maman a mis une boîte de sablés sur le dessus. Elle les a faits hier soir et elle sait que tu les adores.

Avec un sourire attendri, Valentine récupéra les biscuits et en offrit un à Nicolas.

— À propos de maman, qu'est-ce qu'elle a en ce moment ?

— Papa m'a déjà posé la question.

— Lui ? Il s'est aperçu qu'elle ne va pas bien ?

— Comme tu dis, pour une fois qu'il remarque quelque chose…

— Elle est malade ou seulement déprimée ?

— Physiquement, elle va bien, j'ai eu son médecin traitant au téléphone et tout est normal. En revanche, je la trouve distraite, triste, moins tonique qu'avant.

— Tu crois qu'elle a un souci… euh… personnel ?

Elle abordait le sujet avec réticence. En découvrant que sa mère entretenait une liaison, elle avait été scandalisée, cependant ces dernières semaines passées ensemble les avaient rapprochées.

— C'est possible.

— On peut faire quelque chose pour elle ?

— Oh, non ! Surtout, ne lui parle de rien. Comment voudrais-tu qu'elle en discute avec nous ? Elle ne sait pas que tu es au courant.

— J'aurais préféré ne pas l'être ! répliqua Valentine d'un ton acide.

— Eh bien, fais comme si.

Se reprenant, elle ébaucha un sourire.

— Je ne lui en veux plus. J'ai digéré l'info.

— Oublie-la plutôt. Tu es contente d'être rentrée chez toi ?

— Oui, je vais revoir mes copains et faire la tournée des bars avec eux. Je dois aussi préparer mon voyage en Allemagne, acheter deux ou trois fringues un peu plus classiques que celles que je mets habituellement.

— On n'attend pas d'un pilote d'essai qu'il porte un tailleur chic, je suppose ?

— Je n'ai jamais passé d'entretien d'embauche, rappela-t-elle, alors je préfère être irréprochable. Mais à tout hasard, je prendrai aussi mon casque fétiche. S'ils exigent une démonstration sur piste…

Elle éclata de rire, sans doute égayée par la perspective de changer de vie. Réjoui de la voir si bien dans sa peau, Nicolas l'embrassa affectueusement et lui fit promettre de venir dîner chez lui lorsqu'elle rentrerait. En quittant Orléans, il passa près du palais de justice et crut apercevoir Justine. Quand il se rendit compte qu'il ne s'agissait pas d'elle, il se moqua de lui-même. Allait-il la voir partout ? Lorsqu'il fermait son cabinet, le soir, il ne pouvait s'empêcher de jeter un coup d'œil vers ses fenêtres et se le reprochait aussitôt. Pour se distraire de ce qui tournait un peu à l'obsession, il acceptait toutes les invitations de ses amis et tentait de s'intéresser aux infirmières célibataires de l'hôpital. Malheureusement, le cœur n'y était pas, il devenait même assez maladroit dans sa façon d'aborder les femmes.

Sa visite chez Valentine l'avait mis en retard, il n'aurait pas le temps de déjeuner avant sa consultation. Tant pis, il dînait le soir même chez Dan et Mallaury, il se rattraperait.

*

La tête penchée vers des feuillets qu'il lisait pour la troisième fois, Gabriel restait silencieux. Albane allait et venait derrière le comptoir, rangeant la vaisselle avec des gestes mécaniques. Elle heurta un verre qui s'ébrécha, ce qui la fit grimacer. Elle observa une seconde à la lumière le cristal fendu, haussa les épaules puis le jeta à la poubelle.

— Qu'il est têtu…, soupira Gabriel.

— Qui ça ?

— Dan, ton fils ! Il me présente encore son projet d'un foutu hôtel ou je ne sais quoi !

— Et bien sûr, tu n'es pas d'accord.

— *Bien sûr*, oui.

— Quand on pense qu'il n'y a que les imbéciles qui ne changent pas d'avis… C'est un proverbe, non ?

D'un geste rageur, Gabriel chiffonna les feuillets. Ensuite, il les considéra d'un air penaud avant de les lisser du plat de la main.

— Se lancer dans des investissements, voir toujours plus grand, ça tient de la fuite en avant.

L'affaire marche correctement, quel besoin d'y adjoindre quelque chose qui risque de nous faire perdre de l'argent?

— Offrir du confort aux clients permet de s'assurer leur fidélité.

— Dan t'a farci la tête avec ses idées, hein?

— Il n'en a pas besoin, pour moi, ça tombe sous le sens.

Le panier de couverts qu'elle venait de sortir du lave-vaisselle lui échappa et son contenu se répandit au sol avec fracas.

— Et merde!

Luttant contre les larmes qu'elle sentait venir, elle prit une profonde inspiration pour tenter de se calmer.

— Albane…, murmura Gabriel en quittant son tabouret.

Il fit le tour du comptoir, regarda les fourchettes et les couteaux épars, esquissa un geste.

— Laisse! lui intima-t-elle.

— Mais non, je vais t'aider. C'est cette histoire de Dan qui te contrarie?

— Pourquoi l'empêches-tu de prendre des initiatives? On dirait que tu tiens à le garder en laisse! Il aura bientôt trente-trois ans, il est père de famille, travailleur et bon gestionnaire. Que te faut-il de plus?

— Je ne veux pas, et d'ailleurs à mon âge je ne *peux* pas m'endetter. Prendre un crédit pour des projets utopiques, ce serait mettre notre retraite en péril.

— Il n'est pas question de toi. C'est lui qui veut emprunter, son dossier est basé là-dessus. Tu l'as vraiment lu ? Évidemment, le problème est qu'il te faudrait l'associer, lui donner des parts de l'affaire, ce qui t'obligerait à ne plus le considérer comme ton employé.

— Et ses garanties vis-à-vis de la banque seront constituées des fameuses parts. Un beau piège où nous serons tous engloutis si Dan échoue !

Gabriel s'emportait, sachant qu'Albane n'aimait pas le contrarier. Pourtant, cette fois, elle lui tint tête sans la moindre complaisance.

— Pourquoi échouerait-il ? Il s'occupe seul du circuit depuis des années, reconnais-le. Tu te contentes d'aller y faire une apparition de temps à autre, alors je trouve immoral que ça te rapporte plus d'argent qu'à lui.

— À t'entendre, il est dans la misère ! Or il a un salaire décent, qui s'ajoute à ce que gagne Mallaury.

— Mallaury ! Elle a le cœur sur la main, et quand elle a réglé ses charges, il ne lui reste pas grand-chose. Mais l'important n'est pas que Dan s'enrichisse ou pas, il faut seulement que tu le laisses vivre. Tu comprends ce que je te dis ? De quoi as-tu peur ? Qu'il réussisse ?

— Tu me prêtes de bien vilains sentiments... Ce circuit, c'est mon idée, mon bébé. Même si je n'y *travaille* pas tous les jours, sans moi il n'existerait pas, ou au mieux il végéterait. Il s'en est ouvert partout en France, c'est à la mode. Le nôtre tient sur mon nom, Dan en est bien conscient. Pour les clients, c'est prestigieux de venir tourner chez un champion. Même un *ancien* champion ! Et puis, tu voudrais que je lui donne des parts, mais que fais-tu des autres ? Nicolas et Valentine se sentiraient floués.

— Ça m'étonnerait. Pourquoi n'organises-tu pas un petit conseil de famille pour le savoir ?

Décidément, elle ne cédait pas, le poussait dans ses retranchements.

— Tu m'en demandes beaucoup, finit-il par avouer.

— Je t'en donne beaucoup ! répliqua-t-elle.

Éberlué, il la dévisagea mais elle soutint son regard sans ciller. Puis brusquement, alors que rien ne le présageait, elle parut se radoucir.

— Gabriel, j'aimerais tant que nos enfants soient heureux…

Elle vint vers lui, enjambant les couverts toujours au sol, et lui mit les mains sur les épaules.

— Au moins, penses-y.

Voilà, enfin elle redevenait *son* Albane, déterminée mais gentille et affectueuse.

— D'accord, d'accord, grommela-t-il.

Paradoxalement, il se prit à espérer qu'elle insisterait, reviendrait à la charge, parce que ainsi elle serait de nouveau elle-même et n'aurait plus cet air lointain qui ne lui ressemblait pas.

*

En arrivant chez Mallaury, à Chaumont-sur-Tharonne, Nicolas eut la mauvaise surprise de découvrir dans la cour la voiture de Justine garée à côté de l'Alfa-Romeo de Dan. Celui-ci sortit aussitôt de la maison et vint accueillir son frère avec un petit sourire embarrassé.

— Ce n'était pas prévu qu'elle vienne dîner, expliqua-t-il. Mallaury l'a rencontrée en fermant son cabinet, alors que Justine rentrait chez elle. Il paraît qu'elle n'avait pas le moral, alors, tu connais Mallaury, elle l'a invitée. Si ça t'ennuie vraiment…

— Non, ça ira, pas de problème.

En pénétrant dans le séjour, Nicolas se sentit partagé entre la contrariété de cette rencontre qu'il souhaitait éviter depuis plusieurs semaines, et une pointe d'allégresse tout à fait inattendue. Il avait trop souvent pensé à Justine pour ne pas être heureux de la voir malgré ses réticences.

— Les clients reviennent avec le printemps, ils sont comme les hirondelles! déclara joyeusement Dan en brandissant une bouteille de champagne. L'hiver, il n'y a plus que les irréductibles, ceux qui veulent apprendre à conduire sur la neige ou le verglas. Alors, fêtons les beaux jours, mon planning est quasiment rempli.

Justine vint vers Nicolas de manière spontanée et l'embrassa sur les deux joues. Elle était encore en tailleur strict et escarpins, preuve qu'elle n'avait pas pris le temps de se changer après l'invitation de Mallaury.

— Il paraît que tu as une proposition d'embauche à Paris? lui demanda-t-il d'un ton qu'il espérait léger.

— J'y vais cette semaine. L'offre est assez alléchante et…

— Et tu serais contente de changer d'environnement!

— Oui, je crois. Même si je me suis habituée à cette région, ce que je n'aurais pas cru possible il y a quelques mois. Le cabinet où je travaille à Orléans m'offre des perspectives d'avenir non négligeables, mais l'attrait de Paris reste puissant.

Nicolas savait que, pour Justine, une réussite dans la capitale représentait une victoire absolue. Ce qu'elle venait de dire le confortait dans l'idée qu'elle ne lui était pas destinée et qu'il devait cesser de penser à elle.

—On restera en contact, j'espère ? demanda Mallaury en trinquant avec Justine.

—Bien sûr ! Mais attends un peu, il n'y a rien de signé pour l'instant.

—Je croise les doigts pour toi.

Justine sourit à Mallaury, puis elle jeta un coup d'œil à Nicolas qui détourna son regard. Il la trouvait belle, intéressante, désirable, il ne pouvait rien y faire, il allait devoir supporter stoïquement cette soirée.

—Tu connais la nouvelle ? lui lança Dan en venant s'asseoir à côté de lui. Papa a proposé à maman un petit voyage !

—Tu plaisantes ?

—Pas du tout. Lisbonne ou Séville, au choix.

—On rêve ! Il est malade ?

—Non, mais je crois qu'il s'inquiète pour elle.

—Pourquoi ?

—D'après lui, elle est bizarre, voire triste.

—Il me l'avait dit, oui. Et il croit qu'un voyage l'égaiera ?

—Ils ne bougent jamais, rappela Mallaury. La dernière fois remonte à trois ou quatre ans, quand ils sont allés à Québec. Si Albane n'avait pas autant d'occupations, elle aurait pu mourir d'ennui entre-temps.

— Pas son genre, affirma Dan.

Nicolas approuva, néanmoins il se faisait lui aussi du souci pour leur mère. Il avait constaté qu'elle allait bien physiquement, et il en était arrivé à la conclusion qu'elle cachait un chagrin dont elle ne pouvait pas parler. Devait-il l'interroger ? Que se passait-il donc dans sa vie – sa double vie ! – pour qu'elle soit si abattue, si différente ? Il se doutait bien qu'elle ne lui ferait pas de confidence, surtout s'il s'agissait de l'autre homme, et il ne savait pas comment l'aider. Était-il possible que leur père, mettant pour une fois son égoïsme de côté, s'occupe enfin de sa femme et parvienne à lui rendre le sourire ?

Les enfants sortirent bruyamment de la cuisine où ils avaient dîné et vinrent dire bonsoir. Le petit garçon tira Nicolas par la manche, réclamant qu'il les accompagne dans leur chambre pour lire une histoire, mais Mallaury s'interposa.

— Laissez votre oncle un peu tranquille, c'est moi qui vais vous coucher.

Après les protestations d'usage, les enfants la suivirent tandis que Dan resservait du champagne. Il y eut un petit silence gêné qu'ils voulurent rompre tous les trois en même temps, ce qui les fit rire.

— J'espère que tes souhaits se réaliseront, dit Nicolas à Justine en levant sa coupe.

Elle lui adressa un regard indéchiffrable avant de murmurer :

— Puisses-tu dire vrai !

Un nouveau silence s'éternisa, durant lequel Nicolas se sentit très mal à l'aise. Cette soirée lui rappelait le premier dîner avec Justine, ici même, et son agacement à l'idée qu'on allait *encore* lui présenter une jeune femme. Mais déjà, elle avait mis les choses au point avec franchise, aussi peu tentée que lui par les rencontres arrangées. Et pourtant…

— À Paris, je compte m'offrir une grande tournée de shopping, annonça-t-elle. Si vous voulez que je vous rapporte un truc précis, dites-le-moi.

— Un « truc » qu'on ne trouverait pas dans notre province reculée ? s'esclaffa Dan. En ce qui me concerne, j'ai tout ce que je veux à Orléans, ou même sur Internet quand je suis pressé. Ma seule vraie raison d'aller à Paris, c'est lors du mondial de l'automobile, qui n'a lieu que tous les deux ans.

— Je pensais plutôt à Mallaury, précisa Justine d'un air penaud. Certaines boutiques de luxe ou de créateurs ne… Oh, désolée, je suis ridicule !

Nicolas faillit lui demander si elle les voyait vraiment comme des arriérés, mais il s'en abstint pour ne pas ajouter à son évident malaise.

— Au fond, tu as raison, la rassura gentiment Dan. Demande à ma femme si elle n'a pas un désir particulier, c'est bientôt son anniversaire et je manque d'idées. Tu la connais, elle n'aime pas dépenser de l'argent pour elle, mais je lui ferais volontiers un cadeau un peu exceptionnel.

Le sourire reconnaissant de Justine illumina son visage. Quand elle abandonnait son air sérieux d'avocate, elle avait un charme fou. Nicolas étouffa un soupir résigné et vida sa coupe. En voyant Justine sourire à Dan, il venait de repenser à sa confidence : « *S'il n'était pas marié, un homme comme ton frère me plairait bien.* » La petite blessure d'orgueil était toujours là, exaspérante et humiliante. Il eut soudain envie d'être seul chez lui, au fond de son lit, en train de regarder un film policier sur sa tablette, avec Aramis endormi à ses pieds. Oublier que sa mère allait mal, que son frère se faisait exploiter, que son père était un sacré égoïste, que sa petite sœur risquait de s'installer en Allemagne, que des chasseurs irresponsables rendaient la forêt dangereuse... et que lui-même avait été incapable d'intéresser la seule femme dont il était tombé amoureux depuis des années.

*

Boris lut le SMS de Valentine et éclata de rire. « *Parler allemand lors d'une discussion technique se révèle plus compliqué que prévu. À part ça, ils sont gentils, très pro, mais je ne suis pas sûre de me plaire avec eux à longueur d'année ! Serai de retour jeudi soir, train de 19 h 32. Mon rêve ? Dîner au Lièvre Gourmand d'un quasi de veau aux cèpes pour oublier la trilogie saucisse-chou-bière. Si tu m'invites, je te régalerai d'anecdotes en échange, néanmoins la drague reste interdite entre amis.* »

Il le relut, tout en sachant qu'il allait accepter. Depuis le baiser à la hussarde dans son agence, il craignait de l'avoir fâchée durablement. Ce qu'il aurait admis car il se demandait encore pourquoi il avait agi de façon si stupide. Valentine n'était pas du genre à se pâmer parce qu'il l'avait embrassée par surprise. Mais que pouvait-il tenter d'autre ? D'instinct, il sentait qu'il ne lui déplaisait pas, cependant elle n'était pas prête à le voir autrement que comme une sorte de grand frère. Un rôle qu'il avait endossé dès le début, prenant plaisir à la protéger. Lorsqu'ils s'étaient rencontrés, elle cherchait un copilote pour remplacer le sien avec lequel elle ne s'entendait pas. Elle débutait, n'avait que quelques courses à son actif alors que Boris s'amusait en rallye depuis plusieurs années. Épaté par son talent au volant malgré sa jeunesse, autant que par son obstination et son énergie, il s'était vite décidé à faire équipe avec elle. À partir de là, il s'était pris au jeu et davantage investi dans la compétition. Mais celle-ci restait pour lui un loisir, pas une passion. Avec Valentine, il avait partagé des frayeurs, des moments d'exaltation ou de découragement sans s'apercevoir qu'au fil du temps il était plus heureux de passer de longs moments près d'elle que de se classer dans une épreuve. Puis Marc était entré dans la vie de Valentine, et Boris, en éprouvant une pointe de jalousie, avait commencé à comprendre ce qui lui arrivait. Par crainte de détruire une belle amitié – et aussi de casser leur équipage –, il s'était tu. D'autres femmes l'avaient distrait de ce sentiment encombrant qu'il refoulait. En attendant son heure, il était resté amical, protecteur, attentif. Trop, peut-être ?

— Qu'est-ce qu'il a, votre téléphone ? demanda la négociatrice assise en face de lui.

Elle le considérait d'un air narquois tout en tapotant le dossier étalé entre eux sur le bureau.

— On dirait un gamin devant un sapin de Noël, ajouta-t-elle. Vous avez gagné au loto ?

— Hélas, non.

— Alors, posez ce truc et dites-moi ce que vous pensez de l'offre.

— Elle ne passera pas. Il faut que vos acheteurs tiennent compte de la réalité du marché. Croyez-moi, ils veulent ce terrain, l'emplacement serait idéal pour eux et ils le savent.

— Ils s'abritent derrière la baisse générale des prix.

— Faux ! Pas ici et pas pour ce genre d'affaire.

— Mais nous n'avons aucun autre client en vue.

— Ça ne tardera pas. Soyez donc un peu plus confiante, et ne transmettez pas cette proposition au vendeur, il vous rirait au nez.

— Sauf qu'il est assez impatient.

— Vraiment ? Eh bien, transigez, coupez la poire en deux, ensuite on avisera.

La jeune femme hésita puis finit par acquiescer avant de ramasser son dossier. Elle n'était à l'agence que depuis deux mois et manquait encore d'expérience, cependant elle progressait. Dès qu'elle eut quitté son bureau, Boris reprit son téléphone et envoya une réponse laconique : « *Serai à la gare. Je réserve.* » En y réfléchissant, le message de Valentine le réjouissait de plus en plus. C'était bien *elle* qui voulait le voir, dîner en sa compagnie et lui raconter son voyage. Parmi ses nombreux amis, elle choisissait de le retrouver en premier, à peine descendue du train. Si l'attitude de Boris lui avait vraiment déplu, elle aurait cherché à calmer le jeu et se serait contentée de l'appeler au lieu de provoquer un tête-à-tête. Devait-il y voir un signe encourageant ? Mais, même si c'était le cas, quelle stratégie adopter ? Il avait deux jours pour y penser, et sans doute ne penserait-il qu'à ça.

10

Albane s'en était tenue à sa résolution, elle n'avait ni rencontré ni même appelé Luc. Elle ne prétendait pas l'oublier, mais elle espérait être moins malheureuse une fois que le temps aurait accompli son œuvre.

Un matin d'avril, elle décida de se reprendre, de remettre son quotidien sur des rails. L'offre de Gabriel au sujet d'un voyage était assez émouvante pour qu'elle ait promis d'y réfléchir, cependant elle savait bien que, où qu'elle aille, son chagrin l'accompagnerait. Alors, pour profiter au mieux d'une escapade à l'étranger avec son mari, elle avait décrété qu'elle préférait attendre l'automne. Le printemps était magnifique en Sologne, elle voulait voir l'éclosion des fleurs dans le jardin, les forêts alentour modifier leurs couleurs, les oiseaux revenir en nombre. Elle souhaitait aussi repeindre le séjour en blanc, ce qu'elle entreprit seule malgré la taille de la pièce. Et pour se reposer du maniement des pinceaux, des rouleaux et de l'échelle, elle retourna occuper sa place au sein de diverses associations qu'elle avait boudées tout l'hiver.

Ce fut à Lamotte-Beuvron qu'elle eut la désagréable surprise de tomber sur Luc. La ligue locale de protection des animaux tenait son assemblée générale dans la salle des fêtes, et Albane ne le vit pas tout de suite, assis au dernier rang. Jamais elle n'aurait imaginé qu'il puisse continuer ce genre d'activités maintenant qu'ils étaient séparés. Tout au long de leur liaison, appartenir aux mêmes groupes de bénévoles leur avait servi de prétexte pour se voir, et elle était persuadée qu'il avait tout arrêté. À moins qu'il n'ait rien lâché dans l'espoir de la croiser ? Un réflexe de coquetterie la fit se redresser. Elle était bien habillée mais n'avait pas été chez le coiffeur depuis trop longtemps. Après un instant d'hésitation, elle alla lui dire bonjour car personne ne comprendrait qu'elle l'ignore alors qu'ils étaient censés être bons amis. De près, elle remarqua sa mine épouvantable et ses vêtements qui paraissaient trop grands sur lui. Comme des gens s'étaient retournés pour la saluer discrètement, elle n'eut pas d'autre choix que s'asseoir à côté de Luc, se forçant à sourire. Puis elle fit semblant d'écouter la litanie du trésorier de l'association qui égrenait les comptes annuels. Au bout de quelques minutes, elle sentit que l'épaule de Luc touchait la sienne, mais elle n'osa pas bouger. La clôture de la réunion se fit attendre, et lorsque les membres du bureau se levèrent enfin, elle se dépêcha de les rejoindre. Pour excuser ses absences, elle invoqua la convalescence de sa fille blessée, promit de revenir régulièrement désormais. Lorsqu'elle estima s'être attardée assez longtemps pour laisser à Luc le temps de partir, elle quitta la salle et se dirigea vers sa voiture.

— Albane !

Il était resté à l'attendre et elle fut obligée de s'arrêter, se composant tant bien que mal une expression indifférente.

— Désolée, je suis pressée…

— Tu n'as vraiment pas cinq minutes ? Trois, deux ?

Appuyée à sa portière, elle se mit à jouer nerveusement avec ses clefs.

— Oui, bien sûr, concéda-t-elle. Comment vas-tu ?

— Pas bien et tu le vois. Tu aurais pu m'appeler, même à la va-vite, me faire un petit signe.

— Pour te dire quoi, Luc ?

Autour d'eux, les gens qui avaient assisté à la réunion montaient dans leurs voitures et s'en allaient.

— À quoi servirait de rouvrir la blessure ? ajouta-t-elle plus bas.

— Elle n'est pas fermée ! Tu m'as quitté pour de mauvaises raisons.

— Ton frère…

— Je sais ! Mais je ne peux pas effacer ce qu'il a fait et je n'y suis pour rien. Est-ce que je dois être puni à sa place ? Est-ce que…

— Arrête. S'il te plaît.

Elle posa sa main sur le bras de Luc dans un geste d'apaisement qui le fit tressaillir.

— Je suis autant punie que toi. Mentir durant toutes ces années ne m'a pas porté bonheur.

— Mais nous nous aimons, Albane !

— Qu'est-ce que ça change ? J'ai si peur quand je pense à ce qui a failli arriver à ma fille par ma faute que j'en rêve la nuit. Ton frère me déteste, est-ce qu'il a tort ? De son point de vue, j'ai gâché ta vie, et c'est peut-être vrai.

— Non, tu l'as embellie…

Elle luttait contre l'émotion qui la prenait à la gorge et elle dut avaler sa salive plusieurs fois. Elle aurait donné n'importe quoi pour ne pas être debout sur ce parking, face à un homme qui lui avait offert les meilleurs moments de sa vie de femme. Savoir qu'elle ne le verrait plus, qu'elle ne pourrait plus jamais se réfugier entre ses bras était une torture, et pour y mettre fin elle fit appel à toute sa volonté.

— Nous nous sommes expliqués, Luc. Pour ma part, je suis arrivée au bout de notre histoire, à toi et à moi. Que tu comprennes mes raisons ou que tu les rejettes ne change pas la fin. Je suis aussi très malheureuse, et infiniment triste de te voir comme ça. Mais c'est terminé… Terminé, ou bien le reste de nos vies se transformera en cauchemar.

Elle ôta sa main, soutint son regard un moment, puis elle se détourna pour ouvrir sa portière. Il la laissa démarrer, planté là sans bouger, et la dernière image qu'elle eut de lui fut sa silhouette qui rapetissait dans le rétroviseur.

*

En posant le pied sur le quai de la gare d'Austerlitz, Justine s'était sentie joyeuse et tout excitée. Pourquoi ne s'était-elle pas offert plus tôt un petit week-end parisien ? Comme le temps était radieux, avec un souffle d'air printanier aussi léger qu'elle, elle avait décidé de marcher. Le quai Saint-Bernard la fit passer devant le Jardin des Plantes, puis l'Institut du monde arabe, ensuite elle prit le boulevard Saint-Germain pour remonter vers l'Odéon. À partir de là, elle connaissait bien le quartier puisqu'elle y avait travaillé du temps de son mariage, et elle alla lécher les vitrines de ses boutiques favorites, en prenant garde toutefois à ne pas trop dépenser. Rue Princesse, elle déjeuna au Bistrot d'Henri, un petit restaurant dont elle conservait un excellent souvenir et où elle commanda un boudin noir aux pommes. Après son repas, elle reprit sa promenade mais constata que son enthousiasme était en train de retomber. Il y avait un monde fou sur les trottoirs, sans doute à cause du beau temps qui persistait, des bruits stridents de sirènes, et au pied des arbres les détritus s'entassaient. La misère s'étalait partout avec des malheureux recroquevillés sur des cartons devant les porches, dormant ou quémandant dans l'indifférence générale. Les passants qui musardaient avaient l'air de touristes égarés tandis que les autres se hâtaient, maussades. Les magasins de luxe, aux prix improbables, côtoyaient des enseignes minables évoquant les anciens pays de l'Est. Ce quartier de Paris avait-il changé récemment ou bien le voyait-elle avec un autre regard ? Quoi qu'il en soit, elle se sentait étrangère à toute cette vaine agitation.

Elle finit par s'asseoir sur l'un des rares bancs qui subsistaient. Elle savait qu'on les enlevait peu à peu pour que les SDF ne s'y allongent pas. Comme si dissimuler la pauvreté soulageait tout le monde. Sans nulle place pour s'asseoir, où les gens âgés pourraient-ils se reposer, reprendre leur souffle et s'attarder aux premiers rayons du soleil ? Levant les yeux vers les façades, de l'autre côté du boulevard, elle se demanda si elle aimerait vivre dans l'un de ces beaux immeubles ? Mais au fond, la question ne se posait pas car elle n'en aurait jamais les moyens. Même si elle s'épuisait à travailler douze heures par jour – la norme dans un bon cabinet parisien –, elle serait obligée de se loger à la périphérie ou en banlieue, et de subir quotidiennement des heures de transports en commun. En quoi consistait, au juste, son rêve de retour dans la capitale ? Voilà qu'elle n'était plus très sûre de la pertinence de ses ambitions. Elle poursuivait son but de petite provinciale avide de réussite et de reconnaissance, acharnée à faire son trou sans la moindre certitude d'y trouver le bonheur au bout du compte. Dans sa modeste maison de La Ferté-Saint-Aubin, elle avait ragé au début, s'était sentie humiliée d'avoir atterri là, avait mal supporté le silence des nuits, pourtant au fil des mois une sorte de sérénité l'avait gagnée. Elle avait pris le temps de vivre et vu passer les saisons. À Orléans, une ville à la fois vivante et apaisante, il faisait bon se promener le long des bords de Loire bien réhabilités, ou dans le centre ancien qui poursuivait sa superbe rénovation. Quand elle sortait du palais de justice ou qu'elle quittait en fin de journée son cabinet d'avocats, elle s'était surprise à flâner avec plaisir. Ses patrons étaient courtois, ils l'avaient bien accueillie en lui donnant sa chance, elle traitait là-bas des dossiers intéressants. Allait-elle délibérément abandonner ce confort de vie pour repartir à la conquête du monde ?

Une heure encore la séparait de son entretien d'embauche. Même si elle ignorait ce qu'on allait lui proposer, elle devinait l'essentiel : un bon salaire en échange d'un travail de forçat et de résultats rapides. On lui demanderait de savoir jouer des coudes, d'avoir les dents longues et de ne jamais tomber malade. Elle était jeune, célibataire, elle pourrait assumer. Le désirait-elle ?

Elle s'autorisa enfin à penser à Nicolas, dont elle repoussait l'image depuis le matin. Après l'avoir agacée, il l'avait intriguée, étonnée puis intéressée. Mais elle ne s'imaginait pas prendre une décision professionnelle en fonction d'un homme, encore moins d'un petit coup de cœur qui pour le moment n'avait débouché sur rien. D'ailleurs, ils étaient trop différents et ne s'entendraient jamais !

Néanmoins, songer à lui dans sa maison des bois, avec le feu ronflant dans la cheminée et le chien couché devant, ou bien à lui dans cette forêt enneigée où il avait soigné sa sœur en attendant les secours… Oui, l'attirance existait bel et bien.

Quelques nuages étaient venus cacher le soleil et Justine frissonna. Son élégant tailleur se révélait trop léger, elle décida d'aller dès maintenant jusqu'à la rue de Rennes où elle avait rendez-vous. Elle prendrait un thé dans un bar en attendant. Elle aurait aimé que Mallaury soit avec elle pour discuter de cette éventuelle option d'un retour à Paris. Mallaury était toujours de bon conseil, elle semblait si à l'aise dans sa vie… Évidemment, elle avait Dan. À ses côtés, elle avait construit sa propre famille, tout en s'intégrant à celle de son mari. Une existence paisible où chacun occupait la bonne place. Leurs enfants rayonnaient, Dan était heureux sur son circuit, Mallaury défendait les causes justes sans chercher à en tirer profit.

Évoquer Dan fit sourire Justine. Oui, il était craquant, et totalement irrésistible derrière un volant, mais elle n'aurait jamais dû le dire. D'autant moins qu'aujourd'hui, par un étrange revirement, ce n'était plus lui qui la faisait rêver.

Sur le point de commander un thé, elle se ravisa et demanda un cognac. La perspective de l'entretien à venir ne l'enthousiasmait plus du tout. Mais comme toujours, elle allait faire face.

*

Très à l'aise, Gabriel précéda les visiteurs vers les stands. Dan fermait la marche, à la fois amusé et agacé par l'attitude de son père.

— Nous allons monter dans les gradins d'où vous pourrez observer la totalité de la piste. C'est un circuit rapide mais très sécurisé. La ligne droite d'en face permet des accélérations franches, l'épingle est une difficulté technique, ainsi que la chicane et le virage aveugle. Souhaitez-vous voir une démonstration ?

Les visiteurs se concertèrent avant d'accepter, et Gabriel adressa aussitôt un signe à Dan.

— Mon fils va faire tourner la Porsche, déclara-t-il.

Son comportement était celui d'un dirigeant et plaçait Dan dans un rôle subalterne. Certes, les clients étaient importants, ils représentaient une grande marque automobile et souhaitaient faire ici la démonstration de leurs derniers modèles à toute la presse. En apprenant leur venue, Gabriel avait jugé indispensable d'être présent. Il estimait toujours que son nom était un atout majeur, et que sans lui Dan aurait moins de chances d'obtenir le contrat.

— Vous constaterez que les abords sont parfaitement dégagés, poursuivit-il, avec un arrière-plan splendide. Quelle que soit la saison, hormis peut-être deux mois d'hiver, le décor est grandiose pour les photos.

Dan quitta les gradins et fila vers les hangars. La Porsche se trouvait dans un box fermé dont il releva le rideau de fer. Effectuer une démonstration était pour lui un jeu, mais n'importe quel moniteur du circuit aurait pu s'en charger.

« Ces types ne sont pas venus acheter une voiture mais seulement juger une piste ! »

Néanmoins son père l'avait désigné, comme s'il voulait se débarrasser de sa présence. Avait-il peur que Dan prenne la parole et soit plus efficace que lui ? Il quitta le box, roula doucement jusqu'à l'entrée du circuit et commença un tour de chauffe. Puis, se sachant seul, il s'élança en vidant son esprit de tout ce qui n'était pas l'asphalte devant ses roues. Le plaisir de piloter, lorsqu'il devait démontrer les qualités d'un bolide ou les atouts du circuit, restait intact. Il plongeait dans les courbes, les enroulait selon une trajectoire idéale qui lui permettait de sortir vite. Très réactif au niveau du volant, il jugulait les défauts de survirage en utilisant au mieux les transferts de charge. Durant deux ou trois minutes, il n'y eut rien d'autre pour lui que les rugissements du moteur au rythme duquel il respirait.

Lorsqu'il leva enfin le pied pour accomplir le dernier tour de refroidissement au ralenti, il s'aperçut qu'il avait la bouche sèche. À une époque désormais révolue, il n'aurait pas pu concevoir sa vie sans les sensations extrêmes dont il venait de s'offrir un arrière-goût. Il s'engagea lentement dans la ligne des stands et regagna le hangar. En descendant de voiture, il resta quelques instants les mains appuyées sur le toit, puis il se résigna à rejoindre son père et les visiteurs qui s'étaient groupés dans le hall d'accueil autour de la machine à café.

— Belle prestation! lança l'un d'eux. Voir une voiture tourner de cette manière-là, et dans un tel cadre, ça va plaire aux publicitaires.

Au milieu du concert de louanges qui suivit, Gabriel en profita pour lui glisser à mi-voix:

— Cette Porsche n'est pas un jouet, c'est un de nos outils de travail que tu dois ménager.

Éberlué, Dan le dévisagea, mais Gabriel fit semblant de s'intéresser à la conversation générale.

— Vous n'avez rien d'autre que cette machine à café? demanda l'homme qui semblait être le responsable du groupe. Ce serait bien de pouvoir organiser un repas le jour de la présentation de nos modèles.

— Une salle peut être mise à votre disposition, répondit Dan, mais vous devrez faire appel à un traiteur.

— Ah… Oui, on peut l'envisager. Mais ce serait plus simple si l'infrastructure existait. Vous n'y avez jamais songé?

Gabriel commença à secouer la tête, maussade, tandis que Dan répliquait en souriant:

— Si, bien sûr. C'est en projet.

Il attendit une protestation de son père qui ne vint pas.

— Maintenant, nous allons parler chiffres, déclara le responsable avec un sourire professionnel.

— Alors, allons dans mon bureau, je vous ai préparé nos tarifs.

Dan n'avait pas laissé à Gabriel le temps d'intervenir. Il considérait que, arrivé à ce stade, il lui revenait de prendre la situation en main. De toute façon, son père connaissait mal les chiffres des locations horaires ou journalières du circuit. Mieux valait qu'il se cantonne à ce rôle de légende vivante qu'il revendiquait.

Abandonnant le petit groupe, Dan entraîna son futur client.

*

Nicolas avait privilégié les terrains découverts durant sa promenade, mais à un moment il fut obligé d'emprunter un chemin forestier. Sur ses gardes, il restait attentif à tous les bruits et ne laissait pas Aramis s'éloigner. Bien décidé à ne pas céder à la crainte des chasseurs, il tenait à profiter des premières belles journées.

— Aramis, au pied ! rappelait-il régulièrement à son chien tout excité par les odeurs du printemps.

En débouchant près d'un des nombreux étangs que recelait la forêt, il surprit toute une famille de canards qui barbotaient au soleil. Retenant Aramis, il les observa un moment, sourire aux lèvres, avant de reprendre sa marche.

— Je sais, je sais, dit-il au labrador, tu es un retriever et tu rêves de m'en rapporter un dans ta gueule. Mais ils nagent plus vite que toi, mon vieux !

Parfois, des patients lui offraient du gibier. Il les remerciait toujours chaleureusement et, répugnant à dépecer un petit animal mort, il donnait le lièvre ou le volatile à sa mère.

— Allez, viens, on rentre…

Le soleil allait bientôt se coucher, il commençait à faire frais sous les arbres. Nicolas pressa le pas pour se réchauffer. Il n'était plus qu'à un bon quart d'heure de marche de sa maison et son attention se relâchait car, en fin de journée, les chasseurs étaient tous rentrés chez eux. Quand il vit Aramis s'immobiliser, les oreilles dressées et la queue droite, il crut d'abord que des chevreuils se trouvaient dans les parages, mais le chien retroussa les babines et émit un sourd grognement. Nicolas s'arrêta, posant machinalement la main sur le collier d'Aramis. Il y eut un bruit de branches cassées, tout près d'eux, et un homme émergea des taillis qui bordaient le chemin.

— Bonsoir ! lança Nicolas.

L'inconnu n'avait pas de fusil, il tenait ses mains dans ses poches. Il parut hésiter avant de s'approcher.

— Salut…

Son visage sembla vaguement familier à Nicolas, sans pour autant réussir à l'identifier.

— On se connaît, non ?

— On s'est déjà rencontrés, admit l'autre avec réticence.

— Ah, j'y suis ! Un jour, vous m'aviez dit de tenir mon chien en laisse.

— Oui…

— Antoine Vaillant, c'est ça ?

— Excellente mémoire, docteur Larcher. Mais le clebs est toujours en liberté.

— Il reste à côté de moi.

— Ben, voyons…

Avec une grimace indéchiffrable, Antoine Vaillant observait Aramis.

— Il se laisserait caresser ?

Son attitude mettait Nicolas mal à l'aise, et il refusa.

— Je ne sais pas. C'est un chien de famille, il n'est pas très familier avec les inconnus.

— D'accord.

Antoine releva les yeux vers Nicolas qu'il dévisagea longuement. Il bloquait le chemin étroit et ne semblait pas vouloir bouger.

— Je rentre chez moi, annonça Nicolas. Bonne soirée !

Il fit un pas en avant, obligeant Antoine à s'écarter. Un peu plus loin, il se retourna pour s'assurer que l'autre ne le suivait pas et il lui adressa un petit signe de la main.

— Docteur Larcher ! cria Antoine. Vous savez quoi ? Votre cabot, il a une bonne étoile au-dessus de la tête !

Surpris par cette déclaration saugrenue, Nicolas esquissa un sourire contraint et se remit en route, gardant Aramis à son pied.

*

Albane avait préparé une soupe de cresson, des carpes braisées au four et des galettes de pommes de terre. Quand elle recevait ses enfants, elle retrouvait le plaisir de cuisiner. La veille, vendredi, elle était allée au marché de Lamotte-Beuvron et s'était laissé tenter par ces carpes de printemps bien charnues.

Pour enlever leur léger goût de vase, elle savait qu'il fallait les mettre à tremper dans une eau vinaigrée, et de préférence les cuire sur un lit d'oignons. Elle avait également prévu une tarte Tatin, à l'intention de Valentine et de Mallaury qui en raffolaient.

Depuis sa rencontre avec Luc, elle s'était forgé une sorte de carapace pour ne plus penser à lui ni au passé. Chaque fois qu'un souvenir lui revenait, elle le repoussait et s'investissait aussitôt dans une tâche quelconque. Une à une, elle avait repris ses activités, pressentant que Luc, à présent, allait les abandonner pour de bon. Elle *devait* tourner la page et se résigner, elle devait même paraître gaie, elle s'y contraignait avec l'énergie du désespoir et, contre toute attente, n'y parvenait pas trop mal.

Aramis fit irruption dans la cuisine et vint lui poser les pattes sur les épaules.

— Arrête, tu es tout sale et tu vas me faire tomber ! s'exclama-t-elle en riant.

L'excitation du chien annonçait l'arrivée de son maître qu'il précédait.

— Il est moins joyeux quand il vient seul, fit-elle remarquer à Nicolas qui entrait à son tour. Vous vous êtes promenés ?

— Une merveilleuse balade, qui en promet bien d'autres !

Après avoir soigneusement essuyé ses bottes sur le paillasson, Nicolas se débarrassa de sa parka et vint humer les casseroles.

— Tu t'es surpassée, on dirait ?

— J'y ai pris du plaisir.

— Tant mieux pour nous !

Ouvrant le réfrigérateur, il en sortit une bière qu'il but à la bouteille. Du coin de l'œil, il observa sa mère qui d'une main remuait une cuillère en bois dans une casserole, et de l'autre caressait Aramis.

—Tu sembles aller bien, maman. J'en suis heureux.

—Le printemps y est sûrement pour quelque chose, répondit-elle de manière laconique.

Elle n'avait toujours pas envie de parler de choses plus intimes et il n'essaya pas d'en savoir davantage.

—Tout à l'heure, j'ai rencontré un type bizarre en forêt. Il a eu l'air de s'intéresser à mon chien qui, d'après lui, a une bonne étoile au-dessus de la tête.

—Aramis? Que c'est drôle!

—Pas tellement. J'ai trouvé son comportement inquiétant. Un certain Antoine Vaillant que j'avais déjà…

Il s'interrompit en voyant sa mère se décomposer. Elle était devenue livide et, tournée vers lui, le considérait d'un air horrifié.

—Qu'est-ce que tu as dit?

—Antoine Vaillant. Tu le connais?

—Non! Enfin, si… Je sais qui c'est. Ne le laisse pas t'approcher, Nicolas, et ne le laisse pas toucher au chien! Jamais!

Du coin de son tablier, elle essuya rageusement les larmes qui s'étaient mises à couler sur ses joues. Interloqué, Nicolas alla vers elle et la prit dans ses bras.

—Calme-toi, tout va bien.

Il attendit qu'elle s'apaise un peu avant de l'interroger.

—Qui est cet homme, maman?

— Un fou, bredouilla-t-elle. Un malheureux qui s'est fait des idées.

— À propos de quoi ? De qui ?

— Ne m'en demande pas plus, Nicolas. Et ne commence pas à discuter avec lui. Fuis-le, c'est tout.

— Je n'ai plus douze ans pour t'obéir sans comprendre. Donne-moi une explication ou je la chercherai.

Elle le scruta quelques instants, apparemment indécise.

— Tout ça est lié à… Disons que pour cet homme, qui est un peu fruste et pas très bien dans sa peau, je suis la personne qui a fait le malheur de son frère. Il m'en veut, et par extension à toute ma famille. Je n'y peux rien, hélas, mais j'ai mis un terme à cette trop longue histoire.

— De son *frère* ? répéta lentement Nicolas. Je vois.

En réalité, il n'appréhendait que le début des choses et il lui fallut quelques instants pour envisager la suite.

— Est-ce que tu es en train de me dire que ce serait ce type, Antoine Vaillant, qui serait responsable de…

Renonçant à poursuivre, il secoua la tête, accablé.

— Pas délibérément, se défendit-elle. Il n'aurait tout de même pas tiré sur quelqu'un, non. Non.

— Mais sur mon chien ?

Le menton d'Albane tremblait, elle paraissait sur le point de s'effondrer.

— Tu voulais la vérité, tu l'as ! s'écria-t-elle d'un ton éperdu. Pourquoi poses-tu toujours des questions ?

Elle devait se sentir en danger, à la merci de son fils et au bord du gouffre.

— Et maintenant ? articula-t-elle.

Nicolas esquissa un geste sans l'achever.

— Maintenant, rien, dit-il fermement.

— Rien ? Voyons, Nicolas, c'est comme une grenade dégoupillée ! Il t'a *parlé*, il a voulu *caresser* le chien ! Je pense qu'il est malade et que Luc n'a pas pu le raisonner. À moins qu'il soit pris de remords ? Comment savoir ? Mais je ne pourrais plus jamais être tranquille après ça… En plus, je te charge de secrets dont tu te serais bien passé, hein ? Je ne veux pas faire de toi mon complice. Tu as le droit de parler à ta sœur, de ne pas garder ces horreurs pour toi. Vous penserez ce que vous voulez de votre mère, je n'ai pas d'excuse.

— Tu n'y es pour rien.

— Si !

— C'est un enchaînement qui ne dépendait pas de ta volonté. Antoine Vaillant paraît difficile à gérer, que ce soit par son frère ou par n'importe qui d'autre. Je l'éviterai à l'avenir. Tu ne peux pas récrire l'histoire, maman, alors laisse faire le temps et tout s'apaisera forcément. Ce que tu viens de me confier restera entre nous.

Il devinait qu'elle s'était punie elle-même en quittant son amant, aussi ne voyait-il aucune raison valable pour la trahir et déclencher une affaire de famille. Valentine en savait déjà trop, elle s'était indignée de la liaison de leur mère, mieux valait qu'elle en ignore les conséquences.

Des bruits de voitures s'arrêtant devant la maison les firent machinalement s'éloigner l'un de l'autre, comme s'ils se sentaient coupables de leur complicité. Albane retourna à ses fourneaux et

Nicolas alla s'asseoir dans l'une des bergères, face à Aramis qui occupait l'autre. Ses pensées restaient fixées sur Antoine Vaillant et son étrange comportement. Pouvait-il laisser cet homme potentiellement dangereux l'épier à travers les forêts ? Devait-il aller sonner chez lui et provoquer une explication ?

— Je viens de décrocher un joli contrat ! annonça Gabriel en entrant.

Il arborait son air satisfait de lui-même qui avait le don d'exaspérer Nicolas.

— Tout seul ? ironisa-t-il.

Derrière leur père, Dan leva les yeux au ciel avec une grimace expressive.

— Eh bien, si tu préfères, concéda Gabriel avec agacement, *nous* avons convaincu un client important de venir présenter ses modèles sur *notre* circuit. Mais contrairement à ce que tu sembles croire, si je n'avais pas été là…

— Ton nom suffit, rappela Dan d'un ton neutre.

— Si ma présence est superflue ou importune, je peux rester à la maison la prochaine fois !

Sans s'énerver, Dan se tourna vers son frère.

— Et figure-toi que ces gens-là étaient déçus par l'absence de restauration sur place. Le circuit est loin de tout, il faut reprendre les voitures pour aller déjeuner ailleurs, ou faire appel à un traiteur hors de prix.

— Comme si ça comptait dans leur budget ! protesta Gabriel.

— De nos jours, tout compte. Surtout la première impression, qui doit être la bonne. Plus nous aurons d'atouts dans notre jeu…

L'arrivée de Mallaury et des enfants fit diversion. Albane avait recouvré son sang-froid, elle servit des pruneaux au bacon qui sortaient du four.

— Justine est rentrée, glissa Mallaury à Nicolas.

— Elle a obtenu le poste?

— En tout cas, elle paraît emballée par la proposition et elle y réfléchit.

Mallaury guetta la réaction de Nicolas qui préféra rester imperturbable. Néanmoins, le départ de Justine se précisait et il en était plus affecté qu'il ne le montrait.

— Si elle accepte, on organisera une soirée d'adieu, ajouta Mallaury. Tu en seras?

— Je ne crois pas.

Il espéra qu'il aurait mieux à faire d'ici là. Par exemple, inviter à dîner la ravissante infirmière qui lui faisait du charme à l'hôpital. Une fois par semaine, lorsqu'il y passait la matinée, la jeune femme se trouvait comme par hasard sur son chemin dans les couloirs du service, et avait toujours quelque chose d'amusant à lui dire. Elle s'appelait Céline, avait vingt-huit ans et était célibataire.

Profitant de l'absence de leur père qui venait de descendre à la cave pour chercher du vin, Dan rejoignit son frère.

— Si tu savais le numéro qu'il m'a fait aujourd'hui…, dit-il à voix basse.

— J'imagine très bien. Mais tu ne te défends pas.

— Comment veux-tu? Son image a de l'importance, il le sait. Et puis, c'est tout ce qui lui reste.

— *Tout*? Et maman, ses enfants, ses petits-enfants, cette maison? Ça ferait le bonheur de beaucoup de gens! Mais il veut garder la mainmise sur le circuit, jouer à l'homme d'affaires alors qu'il n'y entend rien, prouver qu'il a su gérer sa retraite alors qu'il s'ennuie mortellement, privé de son ancienne cour d'admirateurs et de groupies. Sans toi, le circuit n'aurait jamais vu le jour, il serait resté un vague projet sur plans.

— Tu n'es pas tendre, constata Dan.

Cependant il souriait d'un air amusé, sans doute d'accord avec le jugement de son frère.

— As-tu des nouvelles de Valentine ? demanda Nicolas.

— Oui, mais c'est top secret.

— À savoir ?

— Rien que je puisse te dire puisque c'est secret.

— Au moins, elle est contente ?

— Aux anges. Et ne sois pas jaloux, si elle m'a appelé en premier, c'est qu'elle voulait un avis professionnel.

— Le tien, donc, et pas celui de papa.

— Vu la vitesse à laquelle le monde de l'automobile change…

— De quoi parlez-vous ? demanda Gabriel qui venait de remonter et disposait avec précaution ses bouteilles sur le comptoir. Il est question d'automobiles ? Je ne sais pas si vous avez vu l'accident du pilote français au Grand Prix du…

— Quel bonheur que ma famille ne soit plus impliquée là-dedans ! l'interrompit Albane. Toi, et puis Dan, et même Valentine, vous m'en aurez fait voir !

— Oh, pour Valentine, c'était moins inquiétant, maugréa Gabriel. À propos, est-ce qu'elle a vraiment tout arrêté ou bien n'est-ce qu'une pause ?

— Je pense qu'elle a raccroché pour de bon, mais elle vous le dira elle-même, se contenta de répondre Dan.

Albane fixait Gabriel, attendant un commentaire de sa part et prête à réagir.

— Laissez ce chien tranquille, ordonna Mallaury à ses enfants.

De part et d'autre de la bergère, ils le caressaient à tour de rôle en jouant à la main chaude sur son dos. Nicolas leur jeta un coup d'œil attendri, sachant qu'Aramis était patient et adorait les enfants. Imaginer que quelqu'un avait voulu l'abattre froidement était intolérable. Et plus il y réfléchissait, plus il devait se rendre à l'évidence : une explication franche avec cet homme était nécessaire. Mais devait-il y aller seul ? D'après Albane, Antoine Vaillant en voulait à toute la famille. Sans doute valait-il mieux que Nicolas se fasse accompagner par Dan. Deux frères face à deux frères, la discussion serait plus égale, et peut-être plus apaisée. Il se tourna vers Dan qui avait rejoint Mallaury sur le canapé. Le mettre dans la confidence supposait trahir la confiance d'Albane. Mais Valentine connaissait la liaison de leur mère, seul Dan l'ignorait, n'était-il pas injuste de le tenir à l'écart ? Frères et sœur s'entendaient bien depuis toujours et n'avaient pas de secrets les uns pour les autres hormis celui-ci. Pesant le pour et le contre, Nicolas décida qu'il parlerait à Dan.

*

Le lundi, à l'heure du déjeuner, Justine avait choisi de se passer de déjeuner pour faire des recherches sur Internet. Trouver un logement dans la proche banlieue parisienne se révélait un parcours du combattant. Montrouge, Gentilly, Ivry-sur-Seine : elle écumait les annonces sans trouver la perle rare. Pour un prix exorbitant qui prendrait un tiers de son salaire, elle voyait des deux-pièces sans charme, dans des quartiers peu attrayants, à dix bonnes minutes de marche du premier métro. Pour la même somme, à l'intérieur de Paris, elle ne pouvait prétendre qu'à un studio.

Elle se frotta les yeux et poussa un long soupir de découragement. À La Ferté-Saint-Aubin, la maison qu'elle louait n'était certes pas immense mais très spacieuse avec son beau séjour, une chambre agréable et pleine de placards, une grande cuisine claire ainsi qu'une salle de bains assez vaste pour contenir une baignoire et une douche, ce qui lui laissait le choix tous les matins. Elle bénéficiait même d'un jardinet à l'arrière, où elle pourrait prendre son petit déjeuner en été. Mais, d'ici à l'été, sans doute aurait-elle quitté la région.

Son entretien à Paris s'était bien déroulé, le poste proposé semblait intéressant, néanmoins il s'agissait d'un gros cabinet d'affaires et les avocats qui y travaillaient n'étaient pas censés compter leurs heures de travail. Justine avait déjà vécu une situation semblable à l'époque de son mariage, et malgré tout ce qu'elle avait pu croire, elle n'était plus très sûre de vouloir recommencer. Sortir tard du boulot, ne vivre que pour ses dossiers, subir les rivalités féroces entre confrères, se battre pour obtenir un bureau à soi, être obligée de faire du chiffre pour espérer une prime... Croyait-elle encore à ce genre de vie ? Était-elle aussi motivée que lorsqu'elle avait débarqué à Paris la première fois ? Et surtout, quel avenir souhaitait-elle se construire ? Combien de temps lui faudrait-il pour obtenir une situation solide et une rémunération lui permettant un achat immobilier ? Vu le prix au mètre carré dans la capitale : jamais !

Découragée, elle chercha un autre site d'annonces, mais elle avait l'impression que tout était semblable.

— Vous n'êtes pas partie déjeuner, Justine ?

Son patron venait de passer la tête à la porte du bureau, intrigué mais souriant.

— Je fais quelques recherches personnelles, expliqua-t-elle.

— Ah, très bien ! Prenez tout de même le temps de manger quelque chose…

Il parut hésiter puis entra carrément.

— Puisque nous sommes seuls, je voulais vous dire que je vous regretterai beaucoup. Vous avez fait du bon travail depuis votre arrivée chez nous et je suis navré que nous ne puissions pas vous retenir. Nos clients le seront tout autant !

— Je compte boucler mes dossiers en cours, dans la mesure du possible.

— Je n'en doute pas, vous êtes quelqu'un de sérieux. Pour ce qui se plaidera après votre départ, passez la main à Serge.

— Entendu…

— Bien. Je vous laisse à vos recherches.

Il referma doucement la porte mais la rouvrit presque aussitôt.

— Une dernière chose, pour en avoir le cœur net. On ne peut rien dire ou faire qui soit susceptible de modifier votre choix ?

Troublée, elle esquissa un geste qui ne signifiait rien.

— Non, c'est idiot de ma part, oubliez ça. Une grande carrière vous attend à Paris !

Cette fois, il s'éclipsa pour de bon. Justine attendit une ou deux minutes, songeuse, puis elle fit rouler son fauteuil jusqu'à la fenêtre. Le cabinet était situé rue Jeanne-d'Arc, dans le quartier ancien d'Orléans, non loin de la cathédrale Sainte-Croix. Sur la place du même nom, près des fontaines, Justine aimait aller boire un verre en terrasse. Il régnait une réelle douceur de vivre dans cette ville où même les tramways se faisaient discrets. Et elle devait bien admettre que Paris lui avait semblé moins gai et plus bruyant que dans son souvenir. Aurait-elle pris goût au calme ?

Bien entendu, parmi toutes ces questions planait l'ombre de Nicolas. Elle s'en exaspérait sans comprendre pourquoi il avait pris une telle importance alors qu'ils ne se voyaient plus. Faisait-elle un challenge de la conquête d'un homme si différent d'elle ? Mais même les balades en forêt ou l'amour de la nature, dont elle s'était moquée assez cyniquement, avaient fini par revêtir un certain charme, elle le constatait avec perplexité. Était-il possible qu'elle se soit aveuglée, lors de son adolescence à Arras qu'elle avait détestée, et que, depuis, elle soit en train de courir après un mode de vie qui n'était finalement pas pour elle ?

De plus en plus songeuse, elle retourna vers son ordinateur, jeta un regard maussade à l'écran. Bon, assez de recherches, son boss avait raison, elle devait manger quelque chose. D'ailleurs, il faisait beau et elle éprouvait soudain l'envie irrésistible de sortir, de sentir les rayons du soleil sur sa peau. Le surlendemain, elle avait un rendez-vous sur le circuit Larcher pour ce qu'elle pensait être son dernier cours de conduite. À Paris, elle n'aurait plus ce plaisir-là non plus. Elle avait aussi envisagé, quelques semaines auparavant, de prendre des cours de tir dans un petit club près de La Ferté-Saint-Aubin, dont un de ses clients lui avait vanté la convivialité et le sérieux. Jamais elle ne chasserait, ayant trop de sympathie pour les animaux, mais viser des cibles en carton semblait être un excellent exercice de concentration, de maîtrise de soi.

Elle mit l'ordinateur en veille, ramassa son sac et, après une hésitation, prit un dossier qu'elle étudierait en mangeant une salade de magrets sur une terrasse.

*

Valentine émergea lentement d'un sommeil profond. Une violente migraine lui comprimait les tempes, et une vague odeur de café lui souleva le cœur. Elle avait beaucoup trop bu, la veille, or elle supportait mal l'alcool. Ouvrant les yeux, elle fut stupéfaite de ne pas reconnaître les murs de sa chambre. Aussitôt, elle se redressa pour tenter d'identifier ce lieu inconnu. Son cœur se mit à battre très vite tandis qu'elle essayait de rassembler ses souvenirs. Pour fêter la proposition de Renault, qui offrait de l'engager comme pilote d'essai, elle avait dîné avec Boris à l'Orangerie du Château, à Blois. Une folie qu'ils avaient partagée joyeusement, savourant des langoustines puis du turbot sauvage, avant une fourme d'Ambert en croûte chaude et… de trop nombreux verres d'un excellent vin. Elle se rappelait encore la manière dont elle s'était affalée sur la banquette du taxi que Boris avait jugé bon d'appeler, mais ensuite, plus rien, un trou noir.

Face à elle, la porte entrouverte laissa passer Boris qui entra, vêtu d'un peignoir éponge gris ardoise et porteur d'un plateau de petit déjeuner.

— Tu émerges enfin, ma grande ?

Ma grande était son expression habituelle, mais sa voix contenait une note très familière qui alerta Valentine.

— Où suis-je ?

— Dans mon lit.

— Quoi ?

Elle se redressa brusquement, ce qui fit empirer son mal de tête, et en même temps elle prit conscience d'être nue. Aussitôt, elle remonta la couette sur elle.

— Et toi, où as-tu dormi ?

— Là aussi. Après tout, c'est mon lit.

Il posa le plateau devant elle et s'assit sur l'oreiller libre. Le peignoir s'ouvrit largement sur son torse, ce qui ne parut pas le gêner.

— Je ne me souviens pas de grand-chose, dit-elle prudemment. Tu peux m'éclairer sur nos agissements de fin de soirée ?

— Comme ça, à froid ?

— Boris…

— Très bien. Alors disons que c'était torride ! Je ne t'aurais jamais crue si volcanique, mais rassure-toi, j'ai apprécié.

— Tu plaisantes ? s'écria-t-elle. Évidemment, tu plaisantes.

— Non, pourquoi ? Et, de toi à moi, je ne demande qu'à recommencer.

— C'est ridicule ! Abject, révoltant, minable. Je n'étais même pas consciente. Tu as fait l'amour à une femme dans les vapes ?

— Ta mémoire te trahit, tu n'étais nullement évanouie, crois-moi.

Il devait avoir pris une douche car ses cheveux étaient mouillés. Très à l'aise, il beurra un toast, ajouta une fine couche de confiture et le lui tendit.

— Tiens, mange, ça ira mieux après.

Sur le plateau, il y avait aussi du jus d'orange, du café, un tube d'aspirine.

— Je veux me laver d'abord, décida-t-elle.

Et surtout s'éclaircir les idées. Y avait-il quoi que ce soit de vrai dans cette histoire insensée ?

— Si tu l'as oublié comme le reste, la salle de bains est juste à droite en sortant.

Elle mit un pied par terre, hésita.

— Pudeur matinale ? s'esclaffa-t-il.

Furieuse, elle le fusilla du regard et cramponna la couette à deux mains.

— Non, sois gentille, ne la traîne pas par terre, elle sort du pressing. Tiens, prends plutôt ça.

Il se leva, fit le tour du lit et ôta son peignoir qu'il brandit devant lui à la façon d'un drap de plage. Elle se glissa dedans, serra la ceinture. Puis elle le toisa des pieds à la tête en espérant le déstabiliser à son tour, mais il se contenta de demander, d'un ton ironique :

— Déçue par ta conquête, mademoiselle je-ne-me-souviens-de-rien ?

— Je suis sûre que tu mens. Ou alors, tu m'as fait boire exprès, et dans ce cas…

— Je ne t'ai pas forcée ! Tu avais l'air d'adorer ce bourgogne, j'en ai commandé une deuxième bouteille pour te faire plaisir. Après, tu as réclamé un digestif, et puis un autre. Je n'étais pas d'accord, mais celui-là on nous l'a offert et tu l'as bu cul sec avant de siffler le mien. Sincèrement, tu ne tenais plus debout. En revanche, une fois allongée, tu ne m'as pas laissé une minute de paix. Je ne suis qu'un homme, ma grande, et tu es fichtrement désirable.

Valentine se détourna en maugréant.

— Je te trouve ignoble, je ne suis plus ton amie.

— Ben, non, tu es devenue ma *petite* amie.

Elle quitta la chambre en claquant la porte. Qu'était-il arrivé en réalité ? Elle ne croyait pas à ce que racontait Boris avec un cynisme déroutant. Avant tout, elle avait besoin d'un grand verre d'eau glacée et, au lieu d'entrer dans la salle de bains, elle gagna le séjour où elle s'arrêta net. Le canapé était déplié en lit, les draps froissés et l'oreiller en boule montraient l'évidence : Boris avait dormi là. Par terre, un livre ouvert, une bouteille de Perrier vide, un radio-réveil. Brusquement soulagée, elle se sentit toute bête.

— Avoue que tu as marché, dit Boris depuis le seuil de la chambre.

Il avait eu le temps d'enfiler un jean et un tee-shirt.

— C'est bien une blague de mec !

Le sourire qu'ils échangèrent annonçait le retour de leur complicité.

—La seule chose incorrecte que j'ai faite a été de te déshabiller, mais tu as sûrement mieux dormi sans tes vêtements. Ils étaient mouillés parce que, en descendant du taxi, tu as voulu chanter et danser sous la pluie, au risque d'ameuter tous les voisins. Ensuite, comme j'avais peur que tu sois malade, je suis resté au pied du lit un petit moment avant d'aller me coucher. Tu es jolie quand tu dors, mais tu ronflais un peu.

—Oh, je suis désolée de m'être saoulée… Je ne tiens pas l'alcool et je n'en ai pas l'habitude.

—Soirée exceptionnelle, tu voulais arroser ton contrat.

—Je l'ai noyé!

Elle se dirigea vers la cuisine où elle ouvrit le réfrigérateur pour prendre une bouteille d'eau minérale qu'elle but avidement au goulot.

—Au fond, tu es un chic type, dit-elle en reprenant son souffle.

—Au fond de quoi?

De nouveau, ils se sourirent, et Boris décida de refaire du café frais pendant qu'elle serait sous la douche. Il était redevenu son meilleur ami, son troisième frère… avec néanmoins quelque chose de changé. Valentine le voyait différemment ce matin. Son embarras et sa colère au réveil ayant disparu, elle découvrait qu'il pouvait *aussi* être séduisant. Elle alla vers lui, s'arrêta. Finalement, elle posa une main sur son épaule.

—Merci…

Dans un élan qu'elle ne chercha pas à refréner, elle se mit sur la pointe des pieds pour l'embrasser, cherchant ses lèvres.

11

— C'est dément…, soupira Dan.

Les coudes sur les genoux, la tête dans les mains, il avait l'air accablé par ce que son frère venait de lui révéler.

— Une liaison ? répéta-t-il pour la énième fois. Maman a un autre homme dans sa vie. Bon. Tu le savais depuis longtemps, Valentine l'a découvert par hasard il y a peu, et maintenant c'est mon tour d'avaler la couleuvre. Franchement, Nick, j'ai du mal. Comment a-t-elle pu ?

— Ne la juge pas, on ne sait pas grand-chose de sa vie intime.

— Tu veux rire ? On connaît maman par cœur, on… Non, en effet, tu as raison.

Les vitres de l'Alfa-Romeo étaient baissées, laissant entrer un petit vent frais. Dan se redressa et donna un coup de poing sur le volant. Ils s'étaient arrêtés à Beaugency, non loin de la Tour du Diable. Là, Nicolas avait tout raconté à Dan qui comprenait enfin ce qu'ils venaient faire dans cette ville.

— Et cet homme s'appelle Luc Vaillant ?

— Oui. À partir du nom de famille de son frère, Antoine, j'ai trouvé l'adresse de son entreprise de bâtiment.

— On ne va pas le voir chez lui?

— Il doit être sur liste rouge, je n'ai que ses coordonnées professionnelles.

— Le coincer sur son lieu de travail ne lui fera pas plaisir.

— Tant pis. Mais soyons bien d'accord, Dan, ce n'est pas une expédition punitive, je veux seulement avoir une explication avec lui concernant les agissements de son frère qui ne semble pas simple à gérer. Ni tout à fait clair dans sa tête.

— Un vrai danger public, oui! Maintenant que Valentine connaît le nom du tireur, pourquoi ne…

— Elle l'ignore. Je n'ai parlé qu'à toi. Je pense qu'on peut essayer de traiter cette affaire sans y mêler la gendarmerie ou la justice.

— Tu es bien magnanime!

— Pas du tout. Valentine n'y gagnerait rien, et tu imagines les conséquences pour maman si on met ça sur la place publique?

— Merde…

— La réaction de papa?

— Re-merde…

— De toute façon, accuser sans preuve ne sert à rien. Ce serait une parole contre une autre. Antoine Vaillant ne s'est pas dénoncé et il continuera à nier.

— Alors, on fait quoi?

— On parle. Je ne veux plus être suivi et épié.

— Surtout par un cinglé! Bon sang, quelle histoire…

Dan prit une grande inspiration avant de se tourner vers Nicolas.

— Allez, on s'y colle.

— Il est midi moins dix, je crois qu'on a une chance de les trouver là-bas. Dans le bâtiment, les gens s'arrêtent pour casser la croûte à l'heure du déjeuner. Entre l'adresse dans ton GPS.

Dan s'exécuta avant de démarrer. Ses idées s'embrouillaient, il se sentait choqué, désemparé et inquiet. Les révélations de Nicolas lui faisaient considérer leur mère sous un jour inconnu. Impossible de la voir comme une femme fatale, elle qui s'était dévouée à son mari, à ses enfants, à sa maison, et même à de nombreuses associations caritatives. Où avait-elle trouvé le temps de mener une double vie ? Comment avait-elle fait pour que nul ne se doute de quelque chose ? Bien sûr, leur père était tellement centré sur lui-même qu'il n'avait rien soupçonné. Était-ce son égoïsme ou son indifférence qui avait poussé Albane dans les bras d'un autre homme ? L'ennui d'une femme au foyer ? D'après Nicolas, la liaison avait duré près de vingt ans ! Au moment de la rencontre, Dan avait douze ans, Nicolas dix et Valentine six. Albane était alors une jeune femme séduisante, avec un mari toujours absent en raison des championnats. Elle détestait la F1 et tout ce qui touchait le monde de l'automobile, elle refusait de se montrer sur les paddocks des circuits. Et pour cause !

— On est bientôt arrivé, annonça-t-il en désignant l'écran du tableau de bord. C'est juste à la sortie de la ville.

Comment Nicolas allait-il s'y prendre pour aborder l'amant de leur mère ? Un affrontement surréaliste ! Dan ne pourrait l'épauler que par sa présence, il ne comptait pas prendre la parole, certain que la rancune risquait de l'aveugler. Contrairement à Nicolas, il n'avait pas eu le temps de s'habituer à la nouvelle, et pour lui cet homme était haïssable.

Il vit de loin un écriteau signalant l'entreprise Vaillant. Devant le portail ouvert, il ralentit puis s'engagea dans la cour et s'arrêta le long d'un hangar. Il y avait plusieurs voitures garées près de ce qui semblait être le bâtiment administratif.

— Allons-y, décida Nicolas.

Ils descendirent de l'Alfa-Romeo, regardant autour d'eux en attendant qu'on vienne les accueillir. Le vent avait fraîchi et de gros nuages menaçants s'accumulaient, précurseurs d'une averse.

— Bonjour ! lança Luc Vaillant.

Il sortait d'une remise, sourire aux lèvres, mais il s'immobilisa et son sourire disparut. Avait-il identifié les fils d'Albane ? Nicolas, lui, l'avait aussitôt reconnu. Le type de la gare, du Saint-Patrick. Maintenant qu'il le voyait de près, il constatait que l'homme avait un certain charme, des traits affirmés, un regard franc. Durant quelques instants, ils se dévisagèrent tous les trois en silence.

— Il faut que nous ayons une conversation, déclara Nicolas.

— Bien sûr…

Luc jeta un coup d'œil derrière lui, vers les bureaux, mais finalement il désigna la remise d'où il était sorti. Nicolas et Dan le suivirent en silence. Ils pénétrèrent dans un local assez vaste, rempli d'outils bien rangés le long des murs.

— Ici, nous serons tranquilles. Je ne peux pas vous emmener dans mon bureau, mon frère habite juste au-dessus. Et c'est de lui que vous voulez me parler, n'est-ce pas ?

— Absolument.

— Vous avez décidé de le poursuivre en justice ?

La voix était ferme et néanmoins agréable, presque chaleureuse.

— Pas pour le moment, répondit Nicolas. Inutile de vous dire ce que nous pensons de l'accident qu'il a provoqué et qui a envoyé ma sœur à l'hôpital.

— Je comprends tout à fait. Dans la situation inverse…

— Elle est inenvisageable, l'interrompit sèchement Dan. Nous ne sommes pas des cinglés, nous ne tirons pas sur les gens.

Malgré ses résolutions, il n'avait pas pu s'empêcher d'intervenir. Luc resta imperturbable tandis que Nicolas reprenait :

— Votre frère, Antoine, m'a abordé à plusieurs reprises en forêt. Il y a quelques jours, il a voulu caresser mon chien. Une demande d'autant plus incompréhensible qu'il a déjà essayé de le tuer.

— Il vous a parlé ? s'enquit Luc d'un ton stupéfait.

Il semblait soudain désemparé et il dut chercher ses mots.

— Depuis l'accident, il est très perturbé. Quoi que vous puissiez croire, il regrette d'avoir blessé quelqu'un. Il est impulsif, rancunier, souvent difficile à comprendre, même par moi. Je l'ai pris en charge depuis longtemps et je me sens responsable de lui bien qu'il ne soit pas sous ma tutelle. À cause de… de la situation que vous connaissez puisque vous êtes là, il éprouve un ressentiment très injuste envers votre mère.

Dan eut un geste d'agacement, mais aussitôt Nicolas lui posa la main sur le bras, comme pour le retenir.

—Ce n'est pas facile d'en parler, enchaîna Luc. Ni pour moi ni pour vous, je suppose. Mais nous sommes entre adultes, n'est-ce pas ? J'avais proposé à votre mère de régler tous les frais médicaux de votre sœur, ce qu'elle a refusé. De toute façon, et ça vous l'ignorez peut-être, nous ne nous voyons plus, Albane et moi. Cet accident a été intolérable pour elle.

Dan se contraignait au silence, admiratif du calme dont Nicolas faisait preuve. Même si Luc Vaillant n'était pas antipathique, penser qu'il avait été l'amant de sa mère le lui rendait odieux et lui donnait envie de chercher la bagarre.

—Qu'attendez-vous de moi ? demanda Luc à Nicolas.

—L'assurance que votre frère ne croisera plus ma route. Qu'après son geste insensé, il comprenne bien qu'il faut laisser ma famille en paix et se tenir loin d'elle. De mon chien aussi, car je ne tolérerai pas qu'il lui arrive quelque chose. Nos rencontres ne doivent rien au hasard, je pense qu'il me surveille et c'est odieux.

—Évidemment…

—Avez-vous une quelconque influence sur lui ?

Luc enfouit ses mains dans ses poches, puis il secoua la tête et pour la première fois son regard se déroba.

—Je n'en suis pas certain.

—Est-ce qu'il est là ?

—Oui.

—Alors, allez le chercher.

Sans doute Luc avait-il deviné que Nicolas finirait par le demander et qu'il n'aurait aucun moyen de refuser la confrontation. Les yeux rivés au sol, il hésita quelques instants avant de se résigner.

— Suivez-moi, lâcha-t-il entre ses dents.

En sortant de la remise, ils n'eurent pas loin à aller car Antoine était planté au milieu de la cour. Dan, qui ne le connaissait pas, découvrit qu'il ne ressemblait nullement à son frère. Il était plus massif, avec une mâchoire carrée qui lui donnait l'air buté.

— Viens voir, lui enjoignit Luc.

Antoine s'approcha en marmonnant :

— Tiens, le docteur Larcher… Vous avez amené du renfort ?

— Je ne pense pas en avoir besoin ! répliqua sèchement Nicolas. Nous sommes ici, mon frère et moi, pour avoir une explication définitive avec vous.

— Rien n'est jamais définitif, à part la mort.

— Antoine ! lui lança Luc d'un ton pressant.

— D'accord, d'accord… Alors, vous voulez quoi ?

— Me promener tranquille. Vous êtes un danger public et je ne veux plus vous trouver sur mon chemin. Moi, ma sœur, tous les autres membres de ma famille et même mon chien, vous nous détestez au point de nous mettre en joue et d'appuyer sur la détente ! D'où vous vient cette haine ? À cause de ma mère ? Elle ne vous a rien fait !

— Si, elle a pourri la vie de mon frère.

— Et réciproquement. Mais ce n'est pas votre affaire. Ni la nôtre, d'ailleurs.

— Tu n'as pas à juger, renchérit Luc. Ni à t'en mêler, je te l'ai déjà demandé.

— Tu es avec eux contre moi ? s'étonna naïvement Antoine. Parce qu'ils sont les fils de cette bonne femme, de cette…

— Ça suffit, ferme-la !

En imposant silence à son frère, Luc voulait éviter le pire. Par Albane, qui lui en avait longuement parlé dans leurs moments d'intimité, il savait que Dan pouvait se montrer querelleur alors que Nicolas était plus calme. « C'est Nicolas qui dit les choses les plus dures, mais il le fait toujours avec sang-froid. Au contraire, Dan encaisse un moment et se tait, jusqu'à ce que, soudain, il explose. » Avec tout ce qu'elle lui avait raconté au fil des ans, Luc avait l'impression de connaître chaque membre de la famille Larcher. Si Antoine continuait sur ce ton, une bagarre finirait par éclater et Luc redoutait par-dessus tout un nouveau drame. Même s'il ne devait jamais revoir Albane, il ne supporterait pas que leur histoire, qui s'était mal finie, soit salie davantage.

Après un silence tendu, Nicolas reprit, en s'adressant à Antoine :

— Bien, est-ce que nous sommes d'accord ? À partir de maintenant, vous me laissez tranquille, vous nous laissez *tous* tranquilles.

— La forêt est à tout le monde, c'est vous qui l'avez dit, ricana Antoine.

Mal à l'aise parce que Luc ne le soutenait pas, il lui adressa un regard de chien battu puis haussa les épaules.

— Vous ne m'avez pas répondu, insista Nicolas. Je veux votre parole.

Buté, Antoine se tut et croisa les bras dans une attitude de défi.

— Eh bien, je vais donner la mienne, de parole ! s'emporta brusquement Dan. Au premier incident avec vous, même insignifiant, je vous démolis. Ce langage-là, vous le comprenez mieux ?

La situation était en train de déraper. Luc fit deux pas en avant, s'interposant entre Dan et son frère à qui il s'adressa :

— Promets-le-moi, Antoine. Tout ça ne sert à rien, tu ne fais que mettre de l'huile sur le feu. Albane et moi, c'est terminé, on a tourné la page. Et toi, tu aurais pu te retrouver en prison. Allez, promets, je sais que tu t'y tiendras.

— D'accord, d'accord, céda Antoine qui se sentait vaincu.

Ignorant Dan, il se tourna vers Nicolas.

— D'accord, répéta-t-il. On oublie, on s'ignore.

Estimant sans doute qu'il avait été au bout des concessions possibles, il s'éloigna à grandes enjambées.

— C'est un engagement, ça ? ricana Dan.

— Oui, soupira Luc. Il a son code d'honneur à lui, il ne se contredira pas.

— Alors, nous ne devrions plus jamais avoir affaire les uns aux autres !

Dan fit quelques pas vers sa voiture, mais voyant que son frère ne le suivait pas, il s'arrêta.

— La double vie de ma mère a duré vingt ans, déclara Nicolas à Luc. Vingt ans de mensonges, ce n'est flatteur ni pour elle ni pour vous. Puisqu'elle a mis un terme à votre histoire, ne la relancez pas, elle a eu du mal à s'en remettre et elle commence à peine à aller mieux. Si elle avait voulu une autre fin, elle l'aurait choisie.

Luc soutint son regard sans ciller, puis il murmura :

311

— Hélas, oui.

Nicolas attendit encore un instant pour être certain que tout avait été dit, puis il rejoignit Dan.

*

Justine faisait la queue à la poste pour envoyer la lettre recommandée qui mettrait fin au bail de location de sa maison. Triturant l'enveloppe entre ses doigts, elle hésitait encore.

— Justine !

Une voix joyeuse la hélait, en levant les yeux, elle reconnut Valentine qui venait de quitter un guichet et la rejoignait.

— Qu'est-ce que tu deviens ? Tu as obtenu ton boulot à Paris ?

— Oui, mais ce n'est pas signé.

— Tu attends leur accord ?

— Plutôt le mien.

Valentine se mit à rire, compréhensive, puis elle désigna la lettre de Justine.

— Si c'est urgent, je te tiens compagnie.

— Pas vraiment. Allons plutôt prendre un verre, j'expédierai ça plus tard.

Elles quittèrent la poste bras dessus, bras dessous, et s'arrêtèrent quelques instants sur le trottoir pour profiter du soleil.

— Quelle journée magnifique ! s'exclama Valentine qui semblait radieuse.

— J'ai une idée, suggéra Justine. Pourquoi n'irions-nous pas manger une bonne viande au Jardin du Pavillon ? C'est juste à côté, et avec un peu de chance la terrasse sera ouverte.

— Eh bien… J'ai un peu fait la folle ces temps-ci, alors mes finances sont au plus bas.

— Je t'invite, ça me fait plaisir.

— Un repas d'adieu ?

— Franchement, je n'en sais rien.

— Tu vas me raconter ça.

— Toi aussi, tu as sûrement des trucs à dire, vu ton air réjoui et épanoui.

— Je trouve la vie légère, avoua Valentine avec un sourire désarmant. D'abord, je suis embauchée chez Renault, donc je reste en France. Je testerai leurs voitures de rallye, c'est pile dans mes compétences, et j'en discuterai avec leurs ingénieurs pour apporter des améliorations. Il y a aussi les modèles de tourisme en préparation, dont les essais se font sur leur circuit. En résumé, que des choses que j'aime !

— Et puis ?

— Et puis quoi ?

— Tu as dit : « D'abord ». De toute façon, à voir ta tête, c'est au-delà de ton avenir professionnel, non ?

— Si tu veux tout savoir, je m'amuse en ce moment. J'ai un petit flirt inattendu qui me réjouit. Tu sais quoi ? La vie est pleine de surprises, et, parfois, elles sont bonnes !

— Bienheureuse Valentine…

— En plus, je me suis aperçue que le fait de lâcher la compétition m'a paradoxalement soulagée.

— Là, tu m'étonnes. Je croyais que c'était ta passion ?

— Je l'ai cru aussi, mais en réalité j'étais tout le temps en train de faire mes preuves. Je voulais épater les hommes, ou plutôt un seul : mon père.

Elles s'installèrent à la terrasse du Jardin du Pavillon, et en attendant qu'on leur apporte le menu Valentine poursuivit, très en verve :

— Dans mon enfance, j'ai adoré le kart, ça, je ne peux pas le nier. J'étais douée et je me donnais à fond, j'ai vite constaté que ça enthousiasmait papa. Être admirées de leur père est le rêve de toutes les petites filles, non ? Ensuite, j'ai enchaîné les victoires, c'était génial. Je me moquais des angoisses de ma mère, je me sentais très valorisée d'être dans le camp de mon père et de mon frère Dan. Lui, il s'est mis à briller en formule Renault puis en F3, et je ne voulais pas être en reste. D'ailleurs, entre nous, on ne parlait que de vitesse, de bagnoles, l'option rallye a été une évidence pour moi. Mais au bout de quelque temps, j'ai compris que je ne serais pas Sébastien Loeb. J'ai commencé à trouver les courses dures. Les déplacements, le fric investi, les sorties de route, les abandons, les sponsors qui rechignent… Bien sûr, il y avait toujours l'adrénaline de la conduite, qui est une vraie drogue, en revanche je ne voyais pas où ça me menait. Et dès mes premiers succès, papa s'est désintéressé de moi. Comme il l'a fait pour Dan.

— Quel égoïste !

— Je crois qu'il a toujours été partagé entre l'envie qu'on le prenne pour modèle en essayant de suivre ses traces, et la crainte d'être dépassé. En revanche, il éprouvait un peu de mépris pour Nicolas. Il a longtemps pensé que Nick avait peur de la vitesse et du danger, or Nick n'a peur de rien. Il était seulement plus détaché de l'image du père, ne s'en faisait pas un défi. D'autres choses l'attiraient comme la nature, les animaux, et plus tard les études

314

scientifiques. De ce point de vue-là, il s'est révélé le plus brillant de la famille !

— Il ne s'entendait donc pas avec Gabriel ?

— Pas très bien, puisqu'il n'était pas en admiration devant lui. Par esprit de revanche, papa a toujours refusé que nous ayons un chien, ce qui a terriblement frustré Nicolas. Il n'a pas pu en avoir un non plus lors de ses études de médecine à Paris, alors, dès qu'il est revenu s'installer ici, il a acheté Aramis auquel il est vraiment très attaché. Encore un truc qu'il partage avec maman…

La serveuse attendait leur choix et elles commandèrent une côte de bœuf saignante, ainsi qu'une demi-bouteille de vin.

— Un jour, reprit Valentine, ils se sont disputés pour de bon. Papa avait traité Nick de « *fils à sa maman* », et en retour il a eu droit à un « *pauvre type* » qui a sonné comme un cri du cœur. Ils ont failli en venir aux mains, tu te rends compte ?

Justine acquiesça, un peu étonnée par l'humeur bavarde de Valentine, mais celle-ci la prit au dépourvu en concluant :

— Est-ce que j'ai satisfait ta curiosité ? Je sais que tout ce qui touche à Nicolas t'intéresse. Tu aurais dû le lui montrer ! Où avez-vous raté le coche, tous les deux ?

Sa franchise acheva de déstabiliser Justine.

— Je crois que nous n'avons pas fait tilt au même moment. Et j'ai eu la maladresse de le vexer. Il est susceptible.

— Il est surtout sensible, et très méfiant avec les femmes.

315

— À cause de son histoire de jeunesse ? Il a eu le temps de guérir !

— Il tenait énormément à cette fille, il comptait l'épouser. Or c'est quelqu'un d'entier, qui a le respect de l'engagement. Être trahi de cette manière l'a secoué.

— Alors, il va rester seul avec son chien dans sa maison des bois ?

— Bien sûr que non. Il y aura forcément une femme qui saura forcer ses défenses. À mon avis, il n'attend que ça. Pourquoi n'essayes-tu pas ?

Embarrassée, Justine marmonna une réponse inaudible qui parut amuser Valentine. Comme on venait de leur servir le vin, elle leva son verre et porta un toast.

— Aux mystères de l'amour ! lança-t-elle en éclatant de rire.

*

— Mais non, protesta Antoine, je ne l'ai pas *braconné* aujourd'hui, je l'ai seulement décongelé ! Celui-ci, je l'ai tiré l'année dernière, je ne chasse qu'en période d'ouverture, tu sais bien. Alors, même si on appelle ça le « pot-au-feu du braconnier », le mien est tout à fait légal. Et j'ai suivi la recette à la lettre, avec les lardons et le foie poché.

Luc regardait avec méfiance le civet de lièvre préparé par son frère.

— J'aimerais autant que tu ne chasses plus du tout, maugréa-t-il.

— Ah, non, ne me demande pas ça ! C'est mon seul plaisir… Et puis, je te rappelle que j'ai promis d'éviter les Larcher, et aussi d'être prudent, très prudent...

Résigné, Luc l'observa quelques instants. Sans doute tiendrait-il sa parole, il était honnête à sa façon, avec son propre code d'honneur. L'explication qui avait eu lieu dans la cour, face aux fils d'Albane, semblait l'avoir paradoxalement apaisé. La certitude de ne pas être poursuivi par les gendarmes devait y être pour beaucoup, ainsi que d'avoir pu exprimer sa rancœur à haute voix. Serait-ce suffisant pour qu'il abandonne son obsession? Luc commençait à le croire car Albane avait tout à fait disparu de leur vie, et la colère d'Antoine n'avait plus d'objet.

D'un geste théâtral, son frère empoigna la louche pour servir. Le civet sentait bon, il allait falloir le manger, même sans appétit. Luc avait beaucoup maigri ces dernières semaines, il dormait mal la nuit, ses traits s'étaient creusés. Néanmoins, il n'avait pas le droit de se laisser aller, de sombrer dans le chagrin comme il en éprouvait la tentation. Ni son frère ni son entreprise ne pouvaient se passer de lui. Il était trop vieux pour recommencer ailleurs à zéro, trop jeune pour prendre sa retraite. Il devait rester là, solide, établir des devis et gérer ses chantiers, veiller sur son frère comme il l'avait toujours fait. Sans lui, que deviendrait Antoine?

Il goûta le civet, émit un grognement approbateur. Durant quelques minutes, seuls les bruits de mastication troublèrent le silence. Était-ce cela qui attendait Luc? Des repas silencieux face à son frère, puis le retour chez lui dans une maison vide où planerait pour longtemps encore l'ombre d'Albane. Un avenir sans relief et sans joie.

Se redressant sur sa chaise, il but un grand verre d'eau. Le moteur de l'amour lui faisant défaut désormais, comment allait-il avancer ? Et quand accepterait-il enfin de se demander si Antoine n'avait pas vu juste, depuis le début, en lui répétant qu'il gâchait sa vie ? Aimer une femme mariée, une mère de famille qui refusait de quitter son foyer, avait transformé son existence en un puzzle d'absences, d'attentes, et de culpabilité. Il avait connu des moments de fulgurance suivis de longues nuits de frustration. Albane l'avait pourtant prévenu qu'il n'avait rien à espérer. Pourquoi avait-il laissé la situation s'enliser durant près de vingt ans ?

— Tu n'es pas bavard, constata Antoine.

— Je n'ai rien à dire…

— Tu m'en veux, c'est ça ? Mais puisque tout est arrangé !

— Tu trouves ?

— Bien sûr !

Son sourire naïf acheva de démoraliser Luc. La prison du quotidien se refermait inexorablement sur lui.

— Tu es libre, maintenant, ajouta son frère.

Libre de quoi ? De voir enfin où l'avait conduit sa lâcheté ? Quel affreux constat ! Il n'avait même plus le choix de mener enfin une vie normale, de rencontrer une autre femme. Arrivé au seuil de la vieillesse, il n'était plus l'homme plein d'énergie qui avait séduit Albane. Dans leur trop longue liaison, il avait laissé tous ses rêves, toutes ses chances.

De nouveau, il contempla Antoine qui s'était resservi et qui mangeait, tête baissée. C'était son frère, il l'aimait, il en avait la charge. Ce lien-là ne pouvait pas être rompu.

— J'en prendrais bien encore un peu, se décida-t-il à dire en tendant son assiette.

Le visage d'Antoine s'illumina tandis qu'il saisissait la louche.

*

— Tu n'as pas une âme de touriste, mon chéri ! Si tu dois t'ennuyer du matin au soir, et me suivre en essayant de dissimuler que tu traînes les pieds…

La réflexion d'Albane arracha un sourire à Gabriel. Elle le connaissait bien, difficile de la contredire.

— Je profiterai des restaurants, tenta-t-il pourtant d'argumenter, j'adore la cuisine espagnole.

— Mais pas leurs horaires ! Tu tombes de sommeil à dix heures, et, là-bas, c'est le début de la soirée.

Contrairement à ses habitudes, elle était montée jusqu'à son bureau, avait éteint la télévision d'autorité avant de s'asseoir à côté de lui sur le canapé.

— Un voyage coûte cher, ajouta-t-elle. En avons-nous tellement envie ?

— Moi, non, admit-il en riant. Mais je croyais que tu adorerais !

Gentiment, elle lui tapota la main.

— Gabriel, j'ai juste eu un petit… passage à vide. Je te remercie de t'en être aperçu et préoccupé. Ton offre d'aller à Séville me touche d'autant plus que, pour toi, ce serait un effort. Tu as suffisamment voyagé durant toute ta carrière avec ces Grands Prix partout dans le monde, tu n'es pas très motivé par une excursion de retraités, n'est-ce pas ? Eh bien, moi non plus ! J'ai repris mes activités, j'ai mille projets en tête, réalisables sans sortir des limites du département.

Soulagé, mais refusant de le montrer, il fit une ultime tentative.

— Tu ne regretteras pas ? Parce que c'est toute une organisation, on ne peut pas partir au dernier moment.

— Je ne vois pas ce qui nous en empêcherait si nous changions d'avis.

— Et si tu te fais du souci pour le coût, nous pouvons nous le permettre.

— Je le sais bien, mon chéri. Je te rappelle que je tiens les comptes.

Ils échangèrent un sourire amusé. Comme souvent, Gabriel se demanda ce qu'il ferait sans sa femme. De manière implicite, mais sans y avoir jamais réfléchi, il espérait partir le premier quand arriveraient le grand âge et la fin de leurs vies.

— Puisqu'il est question d'argent, reprit-elle, si on parlait de Dan ?

— Tu ne vas pas revenir à la charge ? protesta-t-il.

— Donne-lui des parts et laisse-le réaliser ses projets.

— Oh, la barbe !

Il se leva, agacé qu'une conversation si bien commencée puisse soudain tourner à la dispute.

— C'est l'heure de l'apéritif, constata-t-il en regardant ostensiblement sa montre. On descend ?

— On descend, mais on continue à discuter, répondit Albane sans s'émouvoir. Tu vas m'expliquer une fois pour toutes ce qui te retient.

Dans le séjour, ils trouvèrent Nicolas avec Aramis bondissant autour de lui.

— Il était déjà sur le chemin pour aller chez moi quand il a compris que je venais ici, alors il a coursé la voiture, expliqua Nicolas en essayant de calmer les débordements d'affection du labrador.

— Le printemps rend ce chien cinglé, fit remarquer Gabriel d'un ton aigre.

— Et joyeux, ce qui n'est pas le cas de tout le monde !

Père et fils s'affrontèrent du regard durant quelques instants, jusqu'à ce qu'Albane demande :

— Qu'y a-t-il dans ce paquet, sur le comptoir ?

— Des fromages, apportés par un patient. Un producteur de délicieux petits chèvres.

— Tes clients te payent en nature ? railla Gabriel.

Nicolas ne jugea pas utile de répondre et il alla embrasser sa mère.

— Nous parlions de ton frère, lui dit-elle avec un discret clin d'œil. J'essaye de convaincre ton père de lui céder des parts, mais il pense que vous vous sentiriez lésés, Valentine et toi…

— Tu plaisantes ? Le circuit, c'est vraiment l'affaire de Dan, et plus tôt il sera seul aux commandes, mieux ça vaudra.

— Comme tu y vas ! s'exclama Gabriel.

— Eh bien, quoi ? Il s'en occupe très bien, nous le savons tous, mais avec toi il a les mains liées.

— Sûrement pas ! Il fait ce qu'il veut, il gère à son idée. Pour ces histoires d'investissement, je trouve idiot de prendre des risques.

— À nos âges, prendre des risques est la seule façon d'avancer.

Son fils voulait-il lui faire remarquer, une fois encore, qu'il était vieux et dépassé?

— Tu devrais faire attention, papa. Un jour, Dan en aura assez de passer pour un sous-fifre, assez de faire tourner la boutique alors qu'il n'est que ton employé. Et, contrairement à ce que tu sembles croire, Dan n'est pas un gentil garçon effacé. Il peut très bien exploser un de ces quatre matins. Qu'est-ce que tu feras, ce jour-là?

— Dan a *toujours* été un gentil garçon. Il ne passe pas son temps à me contredire, comme toi, et je ne le vois pas *exploser*.

— Tu as tort. Il est plus coléreux et plus déterminé que tu ne l'imagines. Avec toi, il essaye d'arrondir les angles depuis le début. Tu lui as donné un travail, il en est conscient, mais tu n'aurais jamais fait marcher ce circuit tout seul.

— J'aurais pu le confier à n'importe qui!

— Vraiment? Où aurais-tu trouvé un type parfaitement honnête, avec l'expérience de Dan et sa propre notoriété? Parce qu'il s'est montré brillant en course, lui aussi, ce que tu oublies volontiers. Même s'il n'a pas été un grand champion, il a quelques jolies victoires à son actif en F3. C'est ton nom *et* le sien qui attirent les amateurs de vitesse, selon leur génération.

— Tu parles de ce que tu ne connais pas! riposta Gabriel avec un rictus méprisant.

Imperturbable, Nicolas poursuivit:

— Or c'est Dan qui reçoit vos clients et qui leur montre ce qu'on peut faire d'une voiture sur une piste. Pas toi. Tu te sentirais rabaissé de jouer les professeurs. Pas lui. Monter dans une Ferrari ou une

Porsche avec un Larcher au volant, c'est ça qui épate les gens. Pour vos clients, vous êtes une dynastie de coureurs automobiles.

— Eh bien, non ! Que ça te plaise ou non, on ne peut pas mettre tout le monde sur un pied d'égalité. Il y a les stars et les autres. Une *petite* réussite ne marque aucun esprit. Comme dit le proverbe : « Beaucoup d'appelés, peu d'élus. » Sais-tu seulement quel effort immense ça demande de se hisser parmi les meilleurs ? Il faut une telle dose de volonté, de courage, d'énergie, de talent, de…

— De chance ?

— Oui, la chance compte aussi. On doit avoir tout ça en main, comme au poker : la quinte flush. Je l'ai eue, voilà pourquoi on se souvient de moi. Là, on est dans l'exceptionnel. Toi, que je sache, tu n'es pas devenu un grand patron, une sommité de la médecine. Tu n'as pas eu un destin remarquable. Tu ne t'es pas distingué parmi les gens de ta génération. Eh bien, moi, oui ! J'ai fait partie des *élus*. Alors, les gentils rallyes de Valentine et les petits succès de Dan, ça m'amuse ! Ton frère n'a pas réussi à se hisser en F1 parce qu'il n'avait pas les tripes, pas l'envergure, c'est aussi simple que ça.

— Pourquoi passes-tu ton temps à le rabaisser ? À rabaisser tout le monde, en fait, puisque tu viens de le faire avec moi.

— Mais, pas du tout…

— Et à toujours revenir sur ton propre passé ? Avance un peu, regarde devant toi. La gloire, c'est fini. Tu fais du commerce. Qu'est-ce que ça t'enlèverait si Dan améliorait votre chiffre d'affaires grâce à ses idées et à son enthousiasme ?

— Bon, maintenant ça suffit, se rebiffa Gabriel. Ton petit ton docte, très donneur de leçons, me tape sur les nerfs.

— Ce qui t'agace est surtout que je ne m'écrase pas devant toi. Des leçons, tu en as donné suffisamment à Dan et à Valentine, non? Je maintiens qu'il est temps pour toi de passer la main concernant le circuit. Ma sœur et moi sommes d'accord pour soutenir Dan, pas pour lui mettre des bâtons dans les roues.

— Tu dis ça maintenant, mais à la première dispute entre frères et sœur, vous pourrez aussi bien crier à l'injustice. Je connais la vie…

— Mais pas tes propres enfants! On te signera des papiers si tu as des doutes.

Se sentant mis en accusation et acculé par son fils, Gabriel lança un regard désemparé vers Albane. Celle-ci les écoutait, apparemment calme, pas du tout disposée à intervenir. Approuvait-elle la violence de cette mise au point entre père et fils?

— Personne ne m'obligera à faire ce que je ne veux pas, lâcha-t-il en se redressant de toute sa taille.

Une déclaration de parfaite mauvaise foi. Lui-même avait songé à plusieurs reprises que donner des parts de l'affaire à Dan serait somme toute équitable. Il avait fini par entendre les demandes réitérées d'Albane et ses arguments, cependant il ne supportait pas l'idée de céder devant Nicolas. Ce fils-là lui avait toujours posé un problème.

— On goûte les fromages avant que je parte? demanda Nicolas en se retournant vers sa mère.

Il abandonnait la discussion comme s'il s'en désintéressait soudain, et Gabriel trouva son attitude encore plus provocante que tous les propos échangés.

— Tu ne restes pas dîner ? demanda Albane.

— Je dois retrouver des amis.

Elle lui tendit un cracker suédois sur lequel elle venait de déposer une tranche de chèvre, puis elle fit la même chose avec son mari. L'ambiance entre les deux hommes, qui évitaient de se regarder, restait très tendue.

— J'aimerais bien vous réunir tous samedi soir, déclara-t-elle. Il y a trop longtemps que la famille ne s'est pas retrouvée au complet autour de ma table. Je préparerai quelque chose de spécial, j'ai envie de cuisiner.

— Excellente idée, répondit gentiment Nicolas.

Il l'embrassa, appela son chien, et avant de sortir il salua son père, mais de loin.

*

Justine avait choisi l'Étrier d'Argent, à Lamotte-Beuvron, pour s'éloigner un peu de La Ferté-Saint-Aubin où elle ne tenait pas à tomber sur Nicolas. Si une rencontre devait avoir lieu avant son départ – et elle le souhaitait –, autant bien la préparer. En attendant, elle dînait avec deux avocats et une stagiaire du cabinet. À défaut de s'être fait des amis véritables, elle avait noué des relations sympathiques avec quelques-uns de ses collègues de travail. Elle s'apercevait que ses réticences du début avaient disparu. Si elle avait cru s'ennuyer à Orléans, ce n'était plus le cas aujourd'hui. Elle acceptait les invitations, prenait plaisir à discuter des dossiers ou à plaisanter des petits travers de certains clients. Elle aurait même pu envisager de recevoir chez elle car elle était plutôt bonne cuisinière. Mais elle était sur le point de s'en aller définitivement, alors à quoi bon ? Dans son sac, la lettre de résiliation du bail n'avait toujours pas été postée. C'était ridicule, en continuant comme ça, elle allait perdre de l'argent à payer une double location, pourtant elle ne parvenait pas à s'y résoudre. Qu'est-ce qui l'arrêtait donc ? La peur de se tromper une fois de plus ?

Alors qu'elle était en train de bavarder gaiement, décidée à oublier ses soucis et son indécision, au moins pour la soirée, elle vit entrer Nicolas dans la salle du restaurant. Il précédait une jolie jeune femme que Justine ne connaissait pas. Comme la table où elle était installée se trouvait tout au fond, Nicolas ne la remarqua pas, et lorsqu'il prit place, ce fut dos à elle. Quelle malchance qu'il ait eu la même idée qu'elle en choisissant précisément cet endroit ! Perturbée, elle avait perdu le fil de la conversation et elle dut faire un effort pour y participer de nouveau. Mais tout en parlant, elle se demandait qui était cette fille et s'il s'agissait d'une petite amie. Nicolas avait beau aimer la solitude et les forêts, il avait *aussi* une vie privée. Forcément. Sa méfiance envers les femmes n'excluait pas les aventures. Jusqu'au jour où il s'attacherait à l'une d'elles, ainsi que Valentine le prédisait. En tout cas, sa compagne de ce soir lui adressait des sourires éblouissants et le cajolait du regard. Ils semblaient prêts à passer une excellente soirée, tant mieux pour eux, mais la pointe d'aigreur qu'éprouvait Justine ressemblait bien à de la jalousie. Elle-même dînait avec des copains, et Nicolas avec une conquête. L'emmènerait-il chez lui en fin de soirée?

—Tu ne nous écoutes pas, protesta l'avocat qui était son vis-à-vis. Déjà partie en pensée à Paris?

—Désolée, je suis un peu fatiguée.

—Les préparatifs du départ? De toute façon, changer de vie est toujours stressant.

Elle opina, se souvenant à quel point elle s'était sentie mal lors de son arrivée. Elle avait tout détesté d'emblée: la maison louée à La Ferté-Saint-Aubin – une ville trop petite et bien trop paisible à son goût –, la route à faire matin et soir, ses nouveaux confrères, le palais de justice d'Orléans. Et puis elle avait rencontré Mallaury et toute la famille Larcher, s'était adaptée facilement à des horaires moins épuisants que ceux qu'elle avait connus, et on lui avait vite confié de bons dossiers. Emprunter le chemin en sens inverse était-il vraiment la chose à faire?

Durant la fin du dîner, elle essaya de ne plus regarder dans la direction du couple, à l'autre bout de la salle. Mais quand ses compagnons se levèrent, elle fut bien obligée de les suivre et de passer à côté de la table de Nicolas.

—Nous avons eu la même idée, on dirait! s'exclama-t-elle en s'arrêtant. On mange très bien ici…

Consciente d'afficher un sourire très artificiel, elle fit un signe de tête à la jeune femme et voulut s'éloigner. Déjà debout, Nicolas l'en empêcha.

—J'ai appris ton départ imminent, je te souhaite le meilleur pour ta nouvelle vie à Paris!

Son attitude semblait aussi peu naturelle que celle de Justine. Celle-ci était trop avisée pour ne pas le

327

remarquer, et elle en éprouva une jubilation tout à fait disproportionnée.

—Moi aussi, tous mes vœux pour ta vie... actuelle.

Il y eut un instant de flottement durant lequel ils se regardèrent avec un peu trop d'insistance, puis Justine se mit sur la pointe des pieds pour l'embrasser sur la joue avant de se dépêcher de rejoindre ses amis.

12

Valentine s'étira avec la volupté d'un chat, puis elle roula sur elle-même et vint poser sa tête sur l'épaule de Boris. Après l'amour, ils étaient restés silencieux, aussi étonnés l'un que l'autre d'être devenus amants. Le désir qui les avait fait se déshabiller mutuellement avec fébrilité était maintenant apaisé, et chacun cherchait ce qu'il devait dire.

Un rayon du soleil couchant passait entre les rideaux trop hâtivement tirés, faisant danser des particules de poussière en suspension. Embarrassée par ce silence qui se prolongeait, Valentine désigna une série de clous sur le mur.

— Marrante, ta déco… Ne rien accrocher du tout laisse place à l'imagination !

— En réalité, il y avait des trucs que j'adore mais que j'ai rangés pour ne pas t'effrayer au réveil quand tu es venue cuver ta dernière cuite dans mon lit.

— Ma *dernière* ? À t'entendre, j'en prends une toutes les semaines ! Allez, montre-moi tes horreurs, je te promets de ne pas m'évanouir.

Tout en plaisantant, elle se demanda si ce ton-là était toujours de mise entre eux. Ils n'étaient plus de simples amis, inutile de faire semblant.

— Très bien, tu l'auras voulu. Et ce que femme veut…

Boris se leva pour aller ouvrir un des placards qui occupaient tout le mur opposé. Il en sortit une série de cadres qu'il se mit à accrocher à leurs places. Puis il ouvrit en grand les rideaux avant de retourner s'allonger. Éberluée, Valentine se redressa pour mieux voir. Elle figurait sur les quatre agrandissements, en combinaison de pilote, avec ou sans son casque, au volant ou à côté de la voiture couverte de boue. Les photos étaient superbes et exprimaient soit de la joie, soit de l'émotion.

— C'est toi qui les as prises ? demanda-t-elle d'une voix étranglée.

Elle se rappela soudain que Boris avait un superbe appareil numérique qu'il emportait toujours lors des rallyes. À l'arrivée des courses, elle le laissait mitrailler sans y prêter attention.

— Là, c'était l'année dernière… et il y a trois ans, cette course horrible où on a dû abandonner, et puis… Ah, je reconnais celle-ci, nous faisions équipe pour la première fois, non ?

Après quelques instants de contemplation des clichés, elle reporta son attention sur Boris.

— Quand les as-tu fait agrandir, encadrer ?

— Au fur et à mesure, depuis le début. J'ai toujours aimé m'endormir en te regardant.

— Et qu'en pensaient tes petites amies ?

— Elles n'y voyaient que des souvenirs de rallye.

— Sauf que ton pilote était une femme, or tu t'es focalisé sur moi, pas sur notre voiture !

— Mes copines ne faisaient pas de commentaires, et je ne leur demandais pas leur opinion concernant la décoration de ma chambre.

— Macho, va…

— Moi ? s'indigna-t-il. Moi qui me suis si longtemps laissé conduire en toute confiance par une nana !

Il la prit dans ses bras et l'attira à lui.

— Mam'zelle Larcher, j'ai toujours eu un faible pour toi.

— Tu ne l'as pas montré.

— Parce que tu n'étais pas prête à l'accepter. D'ailleurs, tu aurais pu croire que j'avais voulu faire équipage avec toi pour cette unique raison, alors que j'étais aussi très admiratif de ta façon de conduire. Un petit bout de femme risque-tout vraiment bluffant… Certains disaient de toi que tu étais aussi tête brûlée que ton célèbre père et que ton frère Dan. Alors, j'ai épluché ton CV, j'ai vu tes résultats au volant d'un kart et je t'ai regardée courir avec ton ex-copilote. Lui n'était pas à la hauteur, mais toi, tu t'en sortais bien, tu maîtrisais les risques.

— Le nom de Larcher n'a pas toujours été facile à porter, soupira-t-elle.

— Tu étais en quête de reconnaissance personnelle, et si on évoquait Gabriel, tu affichais un petit sourire crispé. Surtout devant les journalistes ! Pour te préserver, j'avais pris l'habitude de demander qu'on te fiche la paix avec ton père. Du coup, tout le monde a compris que j'étais amoureux de toi. Sauf toi, bien entendu. Quand Marc est entré dans ta vie, j'ai été très déçu, mais j'ai continué à croire que mon heure viendrait.

— Macho, arrogant, dit-elle en faisant semblant de compter sur ses doigts.

— Et très amoureux, très heureux que tu sois là, très inquiet pour la suite des événements. Au moins, tu restes en France, je ne vais pas passer mon temps dans l'avion pour Stuttgart ou Ingolstadt.

— Parce que tu crois que ça va durer, nous deux ?

— Je le souhaite de tout cœur, mais la balle est dans ton camp.

— C'est tellement inattendu…

— Tellement attendu, au contraire !

Elle se laissa aller contre lui, ferma les yeux. Sa peau avait une odeur agréable, elle était douce. Bien qu'il ait refermé ses bras sur elle, elle ne se sentait pas prisonnière. Contrairement à Marc, il semblait prêt à respecter ses choix, son caractère, ses envies, à la prendre telle qu'elle était parce qu'il la connaissait très bien et depuis longtemps. Allait-elle l'aimer ? En tout cas, elle avait pris beaucoup de plaisir à faire l'amour avec lui, ce qu'elle n'aurait jamais pu imaginer quelques semaines plus tôt.

— Je dîne chez mes parents demain soir, annonça-t-elle. Veux-tu venir avec moi ?

— Oh, c'est une présentation officielle, déjà ?

— Ne dis pas n'importe quoi. Tu les connais, et ils t'aiment bien.

— Alors, j'irai volontiers. Le plaisir d'une soirée avec toi ne se refuse pas.

— Mais tu feras attention à…

— À quoi ? Me comporter en brave copain vis-à-vis de toi ? N'y compte pas. Sauf si tu as honte, et là je ne vois pas pourquoi tu m'invites.

— Pour tout te dire, ce dîner me semble une sorte de convocation pour conseil de famille. Si tu m'accompagnes, nous ne serons pas exclusivement entre Larcher et ça ne tournera pas au règlement de comptes. Papa et Nick se sont déjà disputés en début de semaine, paraît-il.

— Ils ne s'entendent pas ?

— Ils ne sont pas sur la même planète.

— Celle de l'automobile ?

— Exactement.

Boris était en train de lui caresser délicatement le dos, et elle fut parcourue d'un frisson. Au bout d'un moment, elle murmura :

— J'adore…

De nouveau, elle avait envie de lui, envie de faire l'amour. Avoir abandonné la compétition et trouvé un véritable métier qui allait lui permettre de gagner sa vie la rendait beaucoup plus sereine qu'elle ne l'avait été ces dernières années. Elle se retourna pour faire face à Boris et l'embrasser.

*

Son dernier patient était parti, et Nicolas avait éteint les lumières. Cependant, il n'était pas sorti, il restait debout dans l'obscurité, près d'une des fenêtres donnant sur la rue. Rien n'était allumé non plus dans la maison de Justine, preuve qu'elle n'était pas encore rentrée chez elle. Il savait qu'elle devait prendre un train pour Paris le surlendemain, dimanche. Était-ce un départ définitif ? Cette idée l'avait poursuivi depuis leur brève rencontre à l'Étrier d'Argent. Le regard échangé ce soir-là l'obsédait. Il s'était d'ailleurs senti incapable de ramener la jolie Céline chez lui, son envie d'une aventure légère ayant totalement disparu, diluée dans les yeux noisette de Justine.

Bon, si c'était cette femme-là qu'il voulait, il devait s'en donner les moyens, ou au moins faire une ultime tentative pour ne pas remâcher des regrets durant les mois à venir. Il avait fini par relativiser sa petite réflexion ambiguë au sujet de Dan. Simple provocation ou banal constat, pourquoi s'en offusquer exagérément ? Son frère plaisait aux femmes, Justine y avait été sensible sans pour autant chercher à le draguer. Séduite par la vitesse, puisqu'elle prenait des cours, l'aisance de Dan l'avait éblouie, quoi de plus normal ? Dans ce domaine, Nicolas ne pouvait pas rivaliser avec son frère et ne s'y risquerait pas. Il ne possédait un puissant 4×4 que pour pouvoir emprunter les longs chemins de terre semés d'ornières quand il allait visiter ses malades dans des exploitations isolées, des propriétés difficiles d'accès.

Pour se dégourdir les jambes, il fit quelques pas dans la salle d'attente obscure mais revint vite vers la fenêtre. Il se sentait un peu ridicule, et pourtant très déterminé. Se planquer pour guetter une fille ne lui était pas arrivé depuis le lycée ! Mais si elle ne rentrait pas ce soir ? Ou à minuit, après une dernière virée avec ses copains dans les bars d'Orléans ? Elle s'était fait des amis, il l'avait constaté à l'Étrier d'Argent. Il ne pouvait tout de même pas passer la nuit debout, embusqué là. Il orienta sa montre vers l'éclairage de la rue. Déjà vingt heures… Faisait-elle de longs adieux à ses patrons ? Comptait-elle sur la journée du lendemain pour boucler ses valises ?

Il sursauta en voyant la Polo de Justine qui passait devant ses fenêtres au ralenti. Rigoureusement immobile, il attendit encore une minute pour lui laisser le temps de se garer, puis il sortit en sifflotant. Comme il l'avait prévu, elle descendit de voiture à l'instant où il fermait sa porte à grand bruit.

— Justine !

Mais il n'aurait pas eu besoin de la héler, elle regardait dans sa direction et elle le rejoignit.

— Heureuse coïncidence ! dit-il d'un ton léger. Je me demandais si j'aurais le plaisir de te voir avant ton départ. As-tu le temps de prendre un verre ?

— Bien sûr.

— Pas trop de préparatifs de dernière minute ?

— Non, je m'en sors. Où allons-nous ? Tiens, chez moi si tu veux. C'est un peu le bazar, mais tu m'aideras à boire ma dernière bouteille de vin blanc.

Il la suivit en essayant de ne pas se montrer trop réjoui. Une fois dans sa maison, il fut surpris par l'ordre qui y régnait.

— Je ne vois pas de cartons de déménagement ?

— Mes sacs de voyage et valises sont dans ma chambre. Pour le reste, j'ai loué meublé, rien n'est à moi ici.

— Ton propriétaire a du goût. L'ambiance est neutre mais bien pensée, et malgré tout assez gaie.

— J'ai fini par m'y habituer. Même si c'est une petite maison, pour moi toute seule elle était vaste ! Évidemment, elle n'a pas le charme de la tienne.

— Je loue aussi, en réalité.

— À ta famille, donc tu te sens chez toi. J'aime beaucoup la manière dont tu l'as décorée, c'est vraiment chaleureux. Chez tes parents aussi, d'ailleurs. Leur très grande pièce à vivre est une totale réussite. Ta mère devait avoir un bon architecte, ou un entrepreneur plein d'idées.

Réalisant que, sans le savoir, elle parlait probablement de Luc Vaillant, Nicolas voulut changer de sujet.

— Et à Paris, comment seras-tu logée?

— Tout ce que j'ai trouvé me déprime. Au point de me demander si je fais le bon choix. Pour ne rien te cacher…

Elle s'interrompit, fouilla son sac et en sortit une enveloppe.

— Ma lettre de résiliation du bail, que je n'arrive pas à poster.

— Ici? s'étonna-t-il. Mais tu vas payer pour rien!

Elle se mordit les lèvres, parut sur le point de dire quelque chose et y renonça.

— Alors, finit-elle par marmonner, la bouteille…

D'un pas décidé, elle fila à la cuisine et revint avec un plateau.

— Je te laisse la déboucher, elle est bien fraîche, et voici un paquet de pistaches que je viens de découvrir au fond du placard. Depuis quelques jours, je n'achète plus rien.

Nicolas fit le service avant de prendre place sur le canapé. Il sentait bien le malaise de Justine mais n'en devinait pas la raison exacte. Il prit son verre, trinqua avec elle, grignota deux pistaches. Le moment était venu de se jeter à l'eau, il l'avait assez attendu pour ne pas le manquer.

— J'ai peur que nous soyons partis sur de mauvaises bases, toi et moi, commença-t-il laborieusement.

— Ah oui, je suis d'accord!

— Pour commencer, je n'aurais pas dû proposer cette promenade d'avant Noël qui a si mal tourné. Tu n'aimes pas la nature et les petits oiseaux, j'ai bien compris, et là-dessus un accident de chasse ne…

— Qui t'a dit que je n'aimais pas la nature ? Je ne la connais pas, c'est différent. Et quand Valentine a été blessée, tu m'as épatée par ton sang-froid.

— Je suis médecin, c'est la moindre des choses d'être efficace devant un blessé. Rien d'extraordinaire.

— Sauf qu'il s'agissait de ta sœur.

— Mais toi aussi, tu as gardé ton calme. Tu es restée avec moi, tu as enlevé ta doudoune pour couvrir Val, tu t'es même mise à courir en rond pour ne pas attraper la crève !

Ils échangèrent un sourire, puis Justine l'encouragea d'un signe à poursuivre.

— Ensuite, je me suis vexé le soir où nous étions au restaurant. Tu as évoqué Dan, ça m'a exaspéré parce qu'il a toujours été le tombeur des filles quand nous étions jeunes.

— Normal, il est bourré de charme.

— Je sais.

— Comme toi.

Pris au dépourvu, Nicolas chercha ses mots.

— Eh bien… euh… Merci. En fait, ce que je cherche à te dire est que je suis navré de ton départ. J'aurais dû venir me réconcilier avec toi plus tôt.

— C'est très gentil.

Il y eut un instant de flottement et ils en profitèrent pour vider leurs verres.

— Je n'ai plus le temps nécessaire pour te proposer un déjeuner et…

— Une balade dominicale en forêt ?

— Dominicale, ce serait difficile, Mallaury m'a dit que tu comptes prendre un train dimanche. Que vas-tu faire de ta voiture ?

— La laisser au parking de la gare. Je reviendrai forcément pour l'état des lieux, tout ça. À condition que je poste cette fichue lettre !

— Pourquoi ne l'as-tu pas déjà fait ?

— Quelque chose me retient. Quand je fais la queue au guichet, je laisse passer mon tour et je finis par m'en aller. Ce n'est pas du tout mon genre.

— Il faut parfois écouter son instinct.

— Pour une juriste, ça ne marche pas. Les choses doivent être claires. Or je suis un peu dans le brouillard.

— Tu pourrais rester ?

— Je n'en suis pas sûre non plus.

La voyant se lever, il crut qu'elle voulait mettre un terme à leur conversation. Il quitta le canapé à son tour, cherchant désespérément une idée.

— Puisque tu seras encore là demain soir, je t'aurais volontiers invitée à dîner, mais il y a une réunion familiale chez mes parents. Ils adorent nous avoir tous ensemble, et ma mère prépare toujours un menu génial. Veux-tu te joindre à nous ? Mallaury et Dan seront contents de te voir, Valentine aussi. Et surtout moi…

Embarrassé d'avoir prononcé les trois derniers mots d'une voix différente, il s'empressa d'ajouter :

— Rester seule pour ta dernière soirée serait dommage.

— D'accord, dit-elle très vite.

Elle semblait attendre autre chose, mais Nicolas préféra se contenter de la victoire qu'il venait d'obtenir.

*

Albane avait passé une grande partie de l'après-midi du samedi devant ses fourneaux. Elle ne connaissait pas de meilleur moyen pour se vider la tête que de régaler sa famille. Or elle ne voulait plus penser aux sempiternelles disputes entre Gabriel et Nicolas ni à Valentine qui avait abandonné sa passion des rallyes pour entrer enfin dans la vie active et n'y trouverait peut-être pas que du plaisir. Encore moins à Luc, dont l'image venait parfois la hanter mais qu'elle reléguait de force au rang de souvenir.

Pour ce dîner, au cours duquel elle espérait que tous les siens seraient heureux d'être réunis, elle avait prévu des médaillons d'anguilles au fenouil, une gigue de chevreuil qu'elle faisait mariner depuis deux jours dans de l'armagnac, et des croquets solognots aux noisettes. Mallaury devait faire manger les enfants avant de venir, ainsi ils pourraient regarder un dessin animé dans le bureau de Gabriel pendant que les adultes seraient à table. Une belle soirée en perspective.

Tandis que ses plats mijotaient, elle mit le couvert en choisissant son service de vaisselle favori. Pour la semaine à venir, elle avait mille projets, ayant repris un certain nombre d'activités. Bien que ces sorties ne puissent plus lui donner l'occasion de voir

Luc, elle continuerait à se mobiliser pour de justes causes, à s'intéresser à la vie de la région, et accessoirement à prendre soin d'elle-même comme elle l'avait toujours fait.

— Je ne tiendrai jamais jusqu'à l'heure du dîner, ça sent trop bon ! s'exclama Gabriel qui descendait l'escalier.

— Il va pourtant falloir.

— Aramis n'est pas là ? s'étonna-t-il en désignant la bergère vide.

— Il te manque ?

Gabriel leva les yeux au ciel, puis il parut se rappeler que, le samedi, Nicolas et son labrador arpentaient la forêt.

— Ah, oui ! L'homme des bois cherche une balle perdue...

— Gabriel !

— Je plaisante. Je faisais juste un mot.

— Pas d'esprit, en tout cas.

— Dès qu'il s'agit de Nicolas, tu montes sur tes grands chevaux, fit-il remarquer.

— Dès qu'il s'agit de *n'importe lequel* de nos trois enfants. Mais tes disputes avec Nick me désolent.

— Tu as entendu le ton sur lequel il me parle ?

— À trente ans, il a le droit de dire ce qu'il pense.

— En y mettant les formes, ce qu'il ne fait pas avec moi.

Il s'était installé sur l'un des hauts tabourets, et elle remarqua qu'il ne réclamait pas un apéritif.

— Ah, j'ai failli oublier ! s'exclama-t-il en se frappant le front. Valentine a appelé pour prévenir qu'elle viendrait avec son ami Boris. Il y aura assez pour tout le monde ?

— On pourrait nourrir un régiment avec ce que j'ai préparé.

Au même instant, elle sentit son portable vibrer dans la poche de son tablier. Un ancien réflexe la fit se raidir, mais désormais Luc ne l'appelait plus, ne cherchait plus à la joindre. Elle prit le téléphone, jeta un coup d'œil au nouveau message qui s'affichait.

— Décidément... Nicolas non plus ne viendra pas seul, il a invité Justine. Tu te souviens d'elle ?

— Oui, une belle jeune femme. Avocate, c'est ça ?

— Une amie de Mallaury.

— Eh bien, je croise les doigts pour que Nicolas en ait enfin trouvé une à son goût, ça lui adoucira le caractère !

Valentine arriva la première, en compagnie de Boris, et Gabriel les accueillit pendant qu'Albane se dépêchait d'enlever son tablier.

— Ce soir, c'est champagne, annonça-t-il en embrassant sa fille. On va fêter ton futur travail. Quand commences-tu ?

— Dans deux semaines.

— Tu es contente ?

— Ravie !

— Les rallyes ne vont pas te manquer ?

— Je ne crois pas. Et heureusement, parce que je te rappelle ta brusque décision de ne plus me soutenir.

Gabriel se renfrogna et marmonna :

— Tu vois bien que j'avais raison, tu n'avais pas le feu sacré. La vitesse, on l'a dans le sang, si c'est juste un passe-temps...

Boris profita de leur échange aigre-doux pour offrir à Albane le bouquet de roses qu'il avait apporté.

— J'ai cru en voir de tout aussi belles dans votre jardin, lui dit-il en souriant.

— Mais je n'aime pas les couper, alors celles-ci sont bienvenues. C'est très gentil d'avoir accompagné Valentine ce soir.

— J'espère en avoir souvent l'occasion.

Un peu étonnée par sa réponse, Albane le suivit des yeux. Sa façon de s'asseoir tout à côté de Valentine et de lui poser une main sur l'épaule la renseigna. Apparemment, il y avait maintenant un peu plus que de l'amitié entre eux. La dernière fois qu'elle les avait vus ensemble, leur attitude n'était pas la même.

L'entrée bruyante des enfants, suivis de Dan et Mallaury, l'empêcha de se poser d'autres questions. Elle prépara une assiette de croquets solognots destinés aux petits, les accompagna jusqu'au bureau de Gabriel et leur fit choisir un DVD de Walt Disney. Lorsqu'elle redescendit, Nicolas venait d'arriver en compagnie de Justine et d'Aramis qui faisait fête à tout le monde.

— Il a les pattes sales! se plaignit Gabriel en brossant son pantalon d'un geste agacé.

— C'est un chien, il ne sait pas s'essuyer sur les paillassons. En revanche, il t'aime bien, et il a du mérite car tu ne lui as jamais accordé une caresse, répliqua Albane.

Elle avait préféré répondre elle-même et ainsi empêcher Nicolas de le faire.

— Toujours pas partie? lança Mallaury à Justine. J'ai l'impression que tu as du mal à nous quitter.

Son sourire prouvait qu'elle plaisantait, mais Justine eut une petite grimace embarrassée. Elle alla s'asseoir à côté de Valentine, sur le canapé, pendant que Dan et Nicolas approchaient des fauteuils.

— Malgré ce printemps magnifique, les soirées sont un peu fraîches, alors j'ai préparé une flambée, annonça Gabriel.

D'un geste théâtral, il alluma les journaux froissés sous les brindilles. Albane apporta un plateau de petits toasts au chèvre et demanda à Dan de servir le champagne. Du coin de l'œil, elle vit Nicolas prendre place sur l'accoudoir, près de Justine. Il avait dû remarquer la main de Boris, toujours posée sur l'épaule de Valentine car il les observait avec intérêt. Puis il baissa la tête vers Justine, et Albane comprit qu'il avait envie de faire la même chose mais n'osait pas. Ce soir, de façon exceptionnelle, Valentine et Nicolas étant accompagnés, elle estima que c'était un signe très encourageant. Elle rêvait de voir ces deux-là enfin heureux sentimentalement. Serait-ce sa récompense pour avoir eu le courage de mettre un terme à toutes ces années de mensonge ? Les choses étaient rentrées dans l'ordre, elle s'en félicitait, néanmoins il lui arrivait de se demander si, sans Luc, elle aurait supporté son existence auprès de Gabriel. À l'âge où elle avait rencontré celui qui allait devenir son amant, Gabriel n'était déjà plus un mari attentionné. Aux longues absences dues à sa carrière avait succédé une retraite anticipée passablement sinistre. Auraient-ils fini par divorcer si elle s'était autant ennuyée que lui ? Elle n'en avait pas eu l'occasion *grâce* à sa liaison, et ce paradoxe la laissait souvent songeuse.

— À Valentine ! lança Gabriel en levant sa coupe. Ton accident n'est plus qu'un souvenir, et j'espère qu'une belle carrière s'ouvre devant toi. Je vais enfin pouvoir considérer mes trois enfants comme bien partis dans la vie...

Il but une gorgée mais garda sa coupe en main. Dos à la cheminée, il se redressa de toute sa hauteur.

— Et à ce propos, enchaîna-t-il avec emphase, je veux vous faire part de la décision que j'ai prise de donner des parts de mon affaire à Dan.

Un silence stupéfait s'abattit sur la famille. Albane releva qu'il n'avait pas pu s'empêcher de dire : « mon » affaire, mais elle se garda bien d'intervenir, tout aussi étonnée que les autres par cette annonce inattendue.

— Comme ça, j'espère éviter les petites piques de Dan chaque fois que je mets les pieds sur le circuit, ainsi que les insupportables leçons de morale de Nicolas. Bien entendu, on ira signer des papiers chez le notaire tous ensemble, je ne tiens pas à ce que vous vous arrachiez les yeux après ma mort. Votre mère est sûre que non, mais je connais mieux la vie qu'elle.

Spontanément, Nicolas croisa le regard d'Albane. Sans doute était-il le seul à savoir qu'elle possédait une connaissance de la vie que ne soupçonnait pas son mari. Mère et fils échangèrent un sourire très discret.

— Eh bien..., commença Dan en se raclant la gorge, voilà une sacrément bonne nouvelle !

— J'étais certain de ton soulagement, ironisa Gabriel. Tu m'auras moins sur le dos et tu pourras t'endetter jusqu'au cou.

— Je suis surtout enthousiaste à l'idée de réaliser enfin mon projet pour le circuit.

S'adressant à sa belle-fille, Gabriel ajouta d'un ton ironique :

— Pas trop inquiète, Mallaury ?

— Moi ? À propos d'argent, jamais. Tant qu'on a de quoi manger…

Elle souriait, les yeux brillants, à la fois émue et très réjouie pour son mari.

— Je t'ai coupé l'herbe sous le pied, dit Gabriel à Nicolas. Tu ne sauras plus comment m'embêter désormais !

— Crois-tu vraiment que c'était ça mon but ?

Ils avaient vidé leurs coupes, que Dan s'empressa de remplir à l'aide d'une deuxième bouteille. Voyant que Valentine n'avait pas l'intention de bouger, et qu'à présent Boris avait carrément mis son bras autour d'elle, Mallaury fit circuler le plateau de toasts. Justine profita du mouvement pour se lever discrètement après avoir chuchoté quelque chose à Nicolas. Il la précéda au premier étage pour la conduire au fond du couloir.

— Salle de bains à droite, toilettes à gauche. Tout va bien, tu n'as besoin de rien ?

— Non ! C'est juste le champagne. Et comme je suppose que le dîner sera long…

— Probablement.

— Ton père a été formidable, non ?

— Bluffant, admit-il.

Sur le point de s'éloigner, il se ravisa.

— Je voulais te dire…

— Oui ?

— Je suis content que tu sois venue ce soir.

— Moi aussi !

—Et puis… S'il y avait la moindre chance pour que tu ne t'en ailles pas, j'aimerais qu'on prenne le temps de… Enfin, de mieux se connaître parce que… Parce que j'ai été un peu nul avec toi, et ça m'ennuie énormément, alors j'y pense souvent et… Et voilà.

Il attendit quelques instants pour lui laisser le temps de protester, ou de trouver une éventuelle fin de non-recevoir, puis il fit volte-face et partit à grandes enjambées. Restée seule, elle alla aux toilettes, puis dans la salle de bains pour se laver les mains. La déclaration embrouillée de Nicolas lui procurait une satisfaction proche de l'euphorie. Pouvaient-ils vraiment entamer quelque chose, tous les deux ? Était-ce pour cette raison qu'elle hésitait tant à partir ? Et si elle déchirait purement et simplement cette fichue lettre qui traînait dans son sac ? Annoncer à son patron qu'au bout du compte elle n'irait pas à Paris le ferait sauter de joie, il mettrait sa démission à la poubelle sur-le-champ. Elle pouvait annuler son billet du lendemain, ne pas prendre ce train, défaire ses valises. Une perspective excitante, qui lui donnait un peu le vertige. Tout annuler pour un « peut-être » ?

Relevant la tête, elle se considéra dans le miroir. Elle avait souvent pris des risques dans sa vie, et celui-là ne serait pas le pire.

—De toute façon, dit-elle à son reflet, je ne peux rien faire ce soir. Je déciderai demain matin, à jeun.

Pas question de se laisser influencer par l'ambiance conviviale qui régnait chez les Larcher ni par le champagne. Encore moins par l'attitude attendrissante de Nicolas, qui avait manifestement pris sur lui pour parvenir à se livrer, ce qu'il n'avait pas réussi à faire la veille, chez elle. Satisfaite de sa résolution, elle descendit rejoindre les autres.

—On passe à table! annonça Albane.

Pour une fois, la disposition des convives avait été évidente avec quatre hommes et quatre femmes, mais comme il n'y avait pas de jeunes mariés, Albane avait séparé les couples. Elle posa le plat d'anguilles au fenouil devant Justine et l'invita à se servir.

—Assieds-toi, lui suggéra Gabriel, on se débrouillera.

Il la regardait gentiment, avec un intérêt inhabituel. Était-il comblé, lui aussi, par cette réunion familiale dont il avait profité pour se donner une fois de plus le beau rôle grâce à son annonce stupéfiante? Qu'est-ce qui avait bien pu le convaincre de céder? L'insistance de Nicolas? Une réflexion approfondie sur l'avenir commercial du circuit? Ou peut-être seulement les arguments d'Albane, qu'il avait enfin entendus. L'affaire continuerait à porter son nom, et les clients à manifester leur admiration pour sa carrière de champion. Il en avait un besoin vital, il voulait continuer à exister dans la mémoire des gens et pouvoir se redire qu'il avait été quelqu'un d'exceptionnel.

Prenant place à un bout de la table, Albane considéra ses convives. Une famille. Voilà ce qu'elle avait réussi à fonder, à maintenir unie. Pour Dan et Mallaury, tout était simple, déjà construit. Valentine avec Boris? Pourquoi pas… Ce serait tellement mieux qu'avec Marc! Nicolas lui-même semblait sur le point de vaincre ses réticences et oublier son échec sentimental de jeunesse, à en croire le regard qu'il posait sur Justine. De belles années s'annonçaient,

Albane voulait y croire. Vieillir n'était pas aussi effrayant qu'elle l'avait redouté. Douloureux, mais pas insurmontable. Là-haut, ses petits-enfants pleuraient sans doute devant les aventures de *Simba*, qui deviendrait le nouveau roi lion dès qu'il aurait surmonté sa culpabilité. Fichu sentiment.

Face à elle, Gabriel parlait à Boris. Il devait lui raconter ses anciens exploits car il affichait cette expression faussement modeste qu'elle connaissait trop bien. Mais *tout* chez Gabriel lui était familier, ses qualités comme ses défauts. Malgré leurs différences, leurs désaccords, parfois leur désamour, ils avaient néanmoins réussi à durer, et ce soir elle s'en émerveillait soudain. Elle se revit vingt ans plus tôt dans cette même pièce aux cloisons abattues, enjambant les gravats en serrant la main secourable de son entrepreneur. Pendant ce temps-là, Gabriel devait accomplir des tours de piste sur le circuit de Monza ou de Silverstone, à plus de 300 à l'heure. Chacun sa vie, et pourtant c'était la même.

Par-dessus le brouhaha des conversations, elle perçut au vol quelques mots de ce qu'il était en train de dire. Il évoquait une époque encore plus lointaine, racontait qu'alors Albane venait dans les stands où elle se rongeait d'angoisse. La terreur de l'accident, oui, elle s'en souvenait, et aussi de ses craintes devant toutes ces belles filles qui vibrionnaient autour des pilotes. Des images du passé, paradoxalement empreintes de nostalgie à présent.

—Maman?

Interrompant le cours de ses pensées, Dan se penchait vers elle.

—Comment s'appelait le type qui a fait les travaux, ici? Parce que je vais avoir besoin d'un entrepreneur sérieux et compétent pour mes projets.

Elle faillit se troubler mais n'eut qu'une seconde d'hésitation avant de trouver la parade:

—Il a pris sa retraite, mon chéri. Il n'exerce plus.

N'était-ce pas la seule réponse possible? De nouveau, elle croisa le regard de Gabriel. Ils avaient fait un beau, un bon bout de chemin ensemble, et le choix de continuer n'était pas seulement le plus sage, il était le meilleur.

Composition :
Soft Office – 5, rue Irène Joliot-Curie – 38320 Eybens